长江九歌

CHANGJIANG
JIUGE

段 华／著

湘潭大学出版社
XIANGTAN UNIVERSITY PRESS

图书在版编目（CIP）数据

长江九歌 / 段华著. -- 湘潭 : 湘潭大学出版社,
2023.4
ISBN 978-7-5687-1042-8

Ⅰ. ①长… Ⅱ. ①段… Ⅲ. ①报告文学—中国—当代
Ⅳ. ①I25

中国国家版本馆 CIP 数据核字（2023）第 055352 号

长江九歌

CHANGJIANG JIUGE

段华 著

策划编辑：蒋海文
责任编辑：单 越
封面设计：李 平
出版发行：湘潭大学出版社
社 址：湖南省湘潭大学工程训练大楼
电 话：0731-58298960 0731-58298966（传真）
邮 编：411105
网 址：http://press.xtu.edu.cn/
印 刷：长沙鸿和印务有限公司
经 销：湖南省新华书店
开 本：710 mm×1000 mm 1/16
印 张：18
字 数：250 千字
版 次：2023 年 4 月第 1 版
印 次：2023 年 4 月第 1 次印刷
书 号：ISBN 978-7-5687-1042-8
定 价：72.00 元

目　录

序章　唱给母亲河的恋歌

长江，中华民族的母亲河！

人类文明起源于江河。河姆渡、城头山、玉蟾岩和七星墩出土的碳化谷雄辩地证明：长江流域是人类稻作文化和农耕文明的始源地。三星堆的青铜神树、良渚的玉琮之王、马王堆的金缕玉衣、随州的曾侯乙编钟，向世人证明长江和黄河都是孕育华夏文明的母亲河。忠勇信义、开放包容的巴蜀文化，兼收并蓄、摇曳多姿的湘楚文化，刚柔相济、聪慧务实的吴越文化，涵养了华夏的厚土，装点了历史的天空。历代文学巨匠用如椽巨笔饱蘸着长江的浩瀚和澎湃，纵情书写出楚辞的瑰丽浪漫、唐诗的恣肆汪洋、宋词的婉约豪放、元曲的典雅悠扬……

长江曾经是一条生物多样性极其丰富的河流，奔跑在可可西里的藏羚羊、苍翠在蜀南的万顷竹海、灵动在梵净山中的黔金丝猴、卖萌于雅安竹林的大熊猫、馥郁在西陵峡的蜜柑脐橙、畅游在八百里洞庭的江豚、传承着2亿多年古老DNA的扬子鳄，还有从《诗经》中蓬勃生长出来的连天蒹葭、从《楚辞》中快意绽放出来的遍野杜衡……无不骄傲地表明，长江是饮誉世界的生物基因宝库。

长江总长6387公里，流域面积180万平方公里，干流流经青海、西藏、四川、云南、重庆、湖北、湖南、江西、安徽、江苏、上海等11个省、自治区、直辖市。在世界的大江大河中，长江养育了最多的人口、形成了最发达的农耕文明、聚集了最多的城市群落、形成了最大的江河流域经济带。

流域经济飞速发展的同时，自 20 世纪末以来，长江每况愈下的生态环境频频拉响警报。

母亲河病了，而且病得不轻！

全球气候变暖既是天灾，也是人祸，而长江源头乃至整个上游一度持续出现的过度放牧、乱砍滥伐、非法垦殖和采矿、盗猎高原珍稀动物等现象则全为人祸。于是，母亲河本来圣洁晶莹的乳汁遭到令人剜心的污染，长江上游频频出现表土流失、冻土退化、雪线上升、冰川退缩，三江源一些原本柔软滋润的湿地逐渐干涸，有的还露出底层砂石，有如人的肌肤上的创口，令人目不忍见，荒漠化的逆风在曾经水草丰美、鲜花绽放的沼泽上空呼啸肆虐，扬起阵阵黄沙。长江中下游的生态环境同样一度持续恶化。长期以来的乱砍滥伐致使森林面积大幅下降，水土流失、泥沙剧增、湖泊萎缩，1996 和 1998 年连续两次特大洪水，是大自然对人类乱砍滥伐、围湖造田、与水争利等破坏生态行为的警告与惩罚。同时，母亲河也因中下游诸多城市多年误入高投入、高产出、高污染的歧路，化工围城、化工围江导致工业废水直排江河，有些岸线烟囱林立管道密布，不少河段污水横流臭味刺鼻。城镇生活污水也不少直排长江，太湖蓝藻暴发就是母亲河涌出的一串蓝色泪珠。据测算，2003 年，长江流域废水排放总量达 163.9 亿吨，其中工业废水 72.5 亿吨，生活污水 91.4 亿吨。

肆虐横行的污水直接戕害的是无辜的水生动物和植物，长江生物多样性显著下降。不少珍稀鱼类濒临灭绝，2002 年 7 月 14 日，世界上唯一人工饲养成功的白鳍豚淇淇在武汉孤独地离去，那一块竖立在江城的巨石上的“淇石”二字，是刻在无数长江子孙心上的带血伤痕。

唐诗宋词中的长江不仅有看不完的满目碧水青山，还有啼不住的两岸猿声、吟不尽的萋萋芳草、唱不够的江山如画。难道两岸青山，一江碧水就要这样从我们的视野里消失？

生态好，文明兴，国运昌。长江生态的兴衰变化，牵动着全世界的眼光。心忧天下的伟大情怀，从长江中游的岳阳楼上向全人类社会发布，而长江全流域的生态状况，却成为普天下人们的心头之忧。

2016 年以来，习近平总书记分别在重庆、武汉、南京亲自主持召开长江经济带发展座谈会，会议指出：“长江拥有独特的生态系统，是我国重要的生态宝库。当前和今后相当长一个时期，要把修复长江生态环境摆在压倒性位置，共抓大保护，不搞大开发。”从“推动”“深入推动”演进到“全面推动”。五年三会，成为国家实施对长江流域生态优先、绿色发展重大战略的伟大里程碑。

会议还提出：“要保护传承弘扬长江文化。长江造就了从巴山蜀水到江南水乡的千年文脉，是中华民族的代表性符号和中华文明的标志性象征，是涵养社会主义核心价值观的重要源泉。要把长江文化保护好、传承好、弘扬好，延续历史文脉，坚定文化自信。”

六年多来，一场气势如虹的长江生态保卫战在雪山和大海之间的辽阔大地展开。长江流域的省区市深入、全面推进生态环境整治，传承源远流长博大精深的长江文化血脉，促进经济社会全面绿色转型，其力度之大、信念之坚、规模之广、影响之深、变化之巨前所未有。长江经济带生态环保发生了转折性变化，经济社会发展取得历史性成就，人民生活水平显著提高，实现了在发展中保护、在保护中发展的目标和愿景。人民拍手叫好，世界为之注目。长江经济带正以春潮的风采和惊涛的气概，成为我国生态优先绿色发展的主战场、畅通国内外双循环的主动脉、引领经济高质量发展的主力军。

实际上，我国生态环境的治理从党的十八大以来就拉开了战幕。十年间，我国完成水土流失治理 56.6 万平方公里，长江优质水断面超过 97%，基本实现全流域水质优良。2018 年 4 月 25 日，习近平总书记在长江岳阳段“守护好一江碧水”的深情嘱托，已变成全流域人民的共同愿望和自觉行动。

天连五岭银锄落，地动山河铁臂摇。上游植树增绿，中下游护岸复绿，呵护和苍翠了两岸青山。

截至2021年底，我国森林覆盖率已提升至23.4%。全国各级各类自然保护地总面积约占陆域国土面积18%。

被称作亚洲水塔的青藏高原，在屡受创伤的长江源头，在可可西里环保卫士索南达杰流尽最后一滴血的莽莽荒原，早已人间改换，乾坤扭转。国家生态公园的牌匾挂上了世界屋脊，一块牌子管到底的新体制新机制迸发出巨大的能量，青海省14.5万名生态管理员日夜奔波在冰川草甸间，为黑颈鹤当保姆，为藏羚羊当保镖，为雪豹、白唇鹿、荒漠猫当保安，为雪野冰河、为湖泊草原当保洁员。长江源头的各族人民用大爱和担当保护了中华民族母亲河的冰清玉洁，用忠诚和坚毅捍卫亚洲水塔的神圣和巍峨。

管中窥豹，略见一斑。

成都的摄影家张巍的镜头始终瞄准拱卫成都平原的巍巍雪山。2015年，他曾16次捕捉到雪山的踪影。2021年，他70次拍到远在两三百公里之外的雪山，包括9次拍到蜀山之王贡嘎山，33次拍到蜀山之后幺妹峰。乐山、自贡、宜宾、德阳、达州、泸州等14个重点城市进入全国168个重点城市空气质量前百名。

从玉龙山下金沙江畔，到乌江赤水、乌峡瞿塘，筑牢长江上游生态屏障，成为云贵川渝共同的愿景和担当。长江第一湾石鼓镇所在的金沙江边人工营造的护堤柳林，乌江两岸洗脚上岸的渔民垦荒种植的生态甜橙，无不在无声地诠释着长江上游生态守护者绿色的情怀与金色的梦想。重庆市铁腕治污，刀刃向内，确保山河无恙，神女无恙。自2017年来，包括三峡库区在内的长江干流重庆段水质保持为2类。唐代诗人张籍笔下的“长江春水绿堪染”和李白眼中的“两岸青山相对出”，成为游人共有的审美体验。

长江经济带1064家工业园区全面建成污水集中处理设施，化工围江、化工围城的窘境已成不堪回首的记忆，一座座曾多年吞云吐雾的烟囱轰然倒地，宜昌的134家沿江化工企业全面退出长江沿岸，湖南31家沿江化工企业关闭退出，岳阳扛实守护一江碧水的神圣使命，投入117亿实施己内酰胺产业链整体搬迁与升级转型。6年来长江沿岸共关、改、搬、转8731家化工企业，江岸复绿，江水变清。2022年9月24日，在长江与洞庭湖交汇的城陵矶水域，长江江豚科考队的中国水生生物研究所副研究员、宜昌至城陵矶段考察队队长郝玉江和他的团队，与一群江豚不期而遇，这些以理性、冷静著称的科学工作者发表观感时，使用的关键词是“感到震撼”。2023年2月18日至20日，岳阳市在东洞庭湖举行国际观鸟节，30支来自全国各地的观鸟队伍共观测到171种鸟类，武汉小伙子谭文卓将一只罕见的大天鹅的翩翩舞影定格胶卷，获得至尊鸟种奖。此前10年洞庭湖越冬鸟类监测日志中，一直未有大天鹅在东洞庭越冬的目击记录。大天鹅通体洁白，颈部极长，体态优雅，行如绅士，是世界上飞得最高的鸟之一，能轻松越过珠峰。湖南省林业局调查数据显示，洞庭湖越冬水鸟从2018年的22.6万只增长至2022年的29.8万只。南昌固废处理循环经济产业园投入重金建起生活垃圾焚烧发电厂、餐厨垃圾处理厂、渗滤液浓缩液处理厂，固态、液态、气态垃圾不留死角全部资源化、无害化处理，确保长江“秋水共长天一色，落霞与孤鹜齐飞”。崇明岛启航世界级生态岛新征程，作为上海的“绿肺”，长江三角洲的前厅，坚定践行生态立岛和绿色生产生活理念。崇明岛既是人们心驰神往的梦想之岛，又是西伯利亚、澳大利亚候鸟迁徙途中的重要落脚点和栖息地，从2011年到2020年，上岛候鸟总数从25万羽增加到33万羽，白头鹤、黑脸琵鹭随处可见。

重回长江的当然不仅仅是面带微笑的江豚，还有一系列面带微笑的数字。沿江 11 省区市经济总量占全国比重从 2015 年的 45.1% 已提升至 2021 年的 46.6%，对全国经济增长的贡献率从 2015 年的 47.7% 提升到 2021 年的 50.5%，如果将虽不在长江干线内但属于长江流域内的贵州和浙江的数字统计在内，长江的贡献率大大超过全国国民生产总值的半壁江山！自 2021 年 1 月 1 日起长江流域重点水域实行十年禁渔，11.1 万艘渔船、23.1 万渔民退捕上岸，安徽马鞍山薛家湾的陈兰香、湖南六门闸的刘静、刘晓云等都是这批登陆水师中的“娘子军”，她们放下渔网奔向互联网，或是网上创业，或是直播带货，在市场大潮中如鱼得水，用渔民特有的激流勇进精神，在时代大潮中奋楫扬帆。

宜宾，以守护长江上游绿色生态屏障为己任，探索出一条生态与发展共赢之路，成功打造成“动力电池之都”。

因为拥有葛洲坝、三峡、向家坝等沿江 6 座大型水电站，长江流域成为世界最大的清洁能源长廊。凭与江水走向一致的西电东送，母亲河用伟大的能量点亮了大半个中国。

襄阳市以一条 5.4 公里洞穿汉江的公路隧道，避免了建桥过江可能对湿地生态的破坏，低调无声地显示了这座生态之城的绿色担当。

可深呼吸的空气、宜人的气候、低廉的电价，成为发展大数据产业的独特优势。面对风雷激荡的数字天空，贵州将守护绿水青山和发展绿色产业完美结合，为全球大数据发展搭建了东方平台。

贵州“数谷”、武汉“光谷”、无锡“慧谷”、合肥“声谷”、株洲“动力谷”，长江流域优势产业集群山鸣“谷”应，五“谷”丰登。

由上海浦东领跑的长江三角洲一体化，引领着长江经济带的绿色转型和高速发展，同时标有郭沫若手书的“中国科学院”的上海张江综合性国家科学中心、合肥综合性国家科学中心，均可代表国家能参与高层次的国际性科技合作。耸立于长江和太湖之间的“神威·太湖之光”，让中国昂首进入拥有自主核心技术的超算时代。2020 年揭牌的苏州国科综合数据中心，为苏州这座活力之城的高新企业军团提供强大动能。

“一条大河波浪宽，风吹稻花香两岸，我家就在岸上住，听惯了艄公的号子，看惯了船上的白帆。”乔羽的经典歌词似乎是我们这些长江儿女的专属。母亲河哺育了我们，长江精神健硕了我们的人格，长江的惊涛磅礴了我们的人生。我出生在长江和洞庭湖之间的岳阳华容，我枕着大江大湖的涛声逐梦。我用超过半个世纪的时间，追寻长江的宽阔与博大、浩瀚与深沉，探寻长江的文明密码、文化根脉。我用最近 6 年的时间，两上青藏高原，用脚步丈量母亲河源头的广袤，用良知感受母乳的圣洁，用心灵倾听护草护江牧民的心声。在武汉市暴发新冠肺炎疫情的前不久，我还在汉正街外的江滩察看生态环境变化，饱览江城秀色，享受世界军运会开幕前的自豪。数十年来，我遍访金沙丽水，巴山蜀水。依赖岳阳衔远山吞长江浩浩汤汤的舟楫之便，我曾从上海逆水而上直至岳阳城陵矶，也曾从重庆朝天门码头顺江而下体验千里江陵一日还的畅快风雅。6 年来，我“突破乌江”，数渡赤水。听宝瓶口的风啸，看神农架的云涌，品钱塘江畔田园牧歌，记录长江三角洲新型农民对“绿水青山就是金山银山”的切身体会，感受长江文化的厚重辉煌。

任何一架相机没有如此巨大的广角镜能一框摄下 6387 公里的壮阔壮丽。同时作为写作个体，也不可能在一部书稿中写尽写活写深写透万里长江的厚重历史和蓬勃生态。作为长江子孙，我惟愿以散点透视的方式，向读者呈现自己对浩荡大江和悠久文明灿烂文化的深深敬仰，记录自己狭小视野内所摄入的近 6 年来为长江生态环境整治修复、绿色发展而脚踏实地踔厉奋发忘我奋斗的普通市民、村民、渔民、牧民的真实故事，多为凡人小事，力呈吉光片羽。如果能将自己对母亲河的这番敬仰、依恋、感恩和祝福传递给更多的朋友，那将是母亲河赐予我的最大馈赠。

长江九歌

长居屈子悲壮一跃之宝地，久沐楚韵骚风，借三闾大夫楚辞“九歌”一用，拙作九章依次题为“母乳颂歌”“莽原悲歌”“巴渝古歌”“文明长歌”“涅槃战歌”“生命赞歌”“林海山歌”“悠远渔歌”“绿色壮歌”，组合而成《长江九歌》，权当一串献给伟大母亲河的忘情恋歌。

长风浩荡，大江浩荡，祈愿“恋歌”也随之浩荡。

第一章 母乳颂歌

圣山，横空出世

黄河与长江这两条伟大的母亲河孕育了中华灿烂悠久的文明。而作为这个世界上第三大河流的长江，躁动于它的母腹中时，这个蓝色星球的东方注定要崛起一个伟大的民族，注定要崛起一个伟大的文明古国。

长江作为中国最宏大的江湖水系，最繁忙的黄金水道，最辽阔的流域面积，最具生机的澎湃活力，凝聚了全国40%以上的人口，她传承的是华夏民族优秀的DNA，创造的是占全国40%以上的GDP，展示的是沿江各族人民的真善美，提振的是炎黄子孙的精气神！

人类之所以能在地球上生存，是因为地球上有水，而其他星球没有。也许有人会质疑唯地球有水之说，但至少到目前为止，外星人还只能在科幻作品中出现。水是万物之母，水是人类文明之母。人类逐水而居，城市依水而兴。一部厚重博大的人类文明史，就是一部波澜壮阔的江湖海洋史。

七八千万年前那场旷日持久，然而却是惊天动地、摇天撼地、翻天覆地、改天换地的喜马拉雅运动，颠覆了地球的格局。

漫漫洪荒，莽莽古特提斯海底下的岩浆岩石，以忍辱负重逆来顺受的姿态，忍受着无边黑暗和残酷高压，积蓄成海底巨大的能量。这些忍无可忍的地下能量终于冲天一怒仰天一啸，昔日不见天日的岩浆岩石终于扬眉吐气地悍然崛起，以胜利者的姿态，挺直腰杆，使中生代东西横亘的古地中海即特提斯海褶皱骄傲地隆起在世界东方。

而上述地壳变化，也被地质学家们描述成欧亚板块和印度板块的漂移和碰撞。在宇宙的不测处，在时间的纵深处，不甘寂寞的印度板块，也许合着《流浪者之歌》的原始动机，以极不负责任的态度向北任性飘移，而傲视一切的亚欧板块也以称雄地球舍我其谁的气势，迎战不自量力的印度板块。随着一声惊彻寰宇的巨响，一俯一仰的两大板块骤然相撞，时间和空间的一切都被这一撞而震惊。也许就是这一瞬，古地中海的地火也像听到了冲锋号声奋力一搏，以乘人之危或推波助澜的状态参与混战。就是这扭转乾坤的一战，喜马拉雅山主峰珠穆朗玛峰以八千八百多米的海拔高度横空出世，以海拔七千六百多米的公格尔峰为主峰的昆仑山脉也应运而生，以顶天立地的雄姿托起世界屋脊，喜马拉雅山和昆仑山两座人类最高水源最丰沛水质最纯净的水塔，雄峙在苍天之下，大地之上。

这是高天和厚土慷慨赐予中华民族、炎黄子孙的圣洁母乳！

有情北纬 30 度

黄河、长江、澜沧江，三江共源。这纵横驰骋于神州大地的三条巨龙，追本溯源同宗共祖。

三江源地区位于世界屋脊青藏高原的腹地，青海省东南部，平均海拔 3500—4800 米。这里行政区域涉及玉树、果洛、海南、黄南四个藏族自治州的 16 个县及格尔木市的唐古拉镇，总面积为 30. 25 万平方公里，几近青海半壁江山。55. 6 万人口，其中超过 50 万藏族人和汉、回、撒拉、蒙古等多个民族共同守护着中华水塔，守护着滋养大中华乃至东南亚的圣洁母乳。

三江源处于北纬 31°39′—36°12′之间。这是造物主的精心安排，还是赤县神州的主动争取？众所周知，北纬 30°（含上下波动 5°）所覆盖的地区是地球最神秘的地方，它像一根金色彩带，连接着四大文明古国，它又像一串项链，串起无数人类文明的奇珍异宝：埃及文明的守护者狮身人面像和金字塔、中国三星堆遗址、美国加州与内华达州相交之地的世界特大山谷、百慕大三角、作为世界八大奇迹之一的巴比伦空中花园、突然有如人间蒸发的亚特兰蒂斯（又名大西洲）、处于石器时代而科技高度发达的玛雅文明、建造于约 2300 年前的英国巨石阵、位于幼发拉底河和底格里斯河的交汇处的巴比伦通天塔、位于南美洲亚马逊雨林深处的黄金之国……

地球上汪洋恣肆澎湃向前的几条著名河流，如中国的长江、埃及的尼罗河、伊拉克的幼发拉底河、美国的密西西比河等，像是听到了统一的号令，不约而同地在北纬 30°奔腾入海，义无反顾，一往无前。而中国的长江这条穿云破雾一路劲飞的巨龙，不仅从腾飞的起点到航程的终点都为北纬 30°，而且一路紧贴北纬 30°奋飞。换句话说，万里长江温情脉脉地与北纬 30°这条黄金纬线不离不弃，一路相伴，缠绵悱恻，形影相随。良渚的玉琮昂然耸立，展示着人类对苍茫大地的敬畏与崇拜，河姆渡遗址的第四文化层诉说着中国原始社会母系氏族时期的发达与繁荣。七星墩遗址宣示着总面积为 22 万平方米的城壕已在新石器时期的东洞庭湖横空出世。还有三溪人高举着金灿灿的史前稻穗、三星堆捧出突目铜面具，诠释着古蜀先民对自然万物与人神世界的独特理解与哲学思考。更有元谋人从 170 万年前的历史深处步履蹒跚地走来，讲解着“人猿相揖别，只几个石头磨过”的悠久与短暂……

北纬 30°有众多的未解之谜，如百慕大魔鬼三角区，先后有数十架飞机、一百多艘轮船在这里神秘失踪。又如日本龙三角，多次出现船艇无故失踪、潜艇有去无回、飞机凭空消失的咄咄怪事。

然而神秘事件也有人性化的解释，中国儒家信奉“得道多助，失道寡助”，北纬 30°也曾发生上苍有眼、天诛强盗的奇诡和巧妙。1945 年 4

月，正是中华民族国难当头、日寇铁蹄蹂躏中华大地第十四年的危急关头。4月16日，那艘竖着膏药旗的两千吨级的“神户丸”巨轮，满载着明火执仗抢掠的珍贵文物和金银财宝，大摇大摆地在鄱阳湖西北水面上横行，船上286名武装到牙齿的鬼子负责押送，企图将巨轮经九江入长江后出海驶回日本。

“神户丸”行驶到老爷庙水域，原本晴天丽日的天气突然变脸，瞬息之间乌云四合，滂沱大雨如复仇的子弹向“神户丸”倾泻而下。一道耀眼的白光一闪，湖上涌起冲天巨浪，一股力胜千钧的激流劈头盖脸扑来，“神户丸”上的鬼子还没来得及思索就连同巨轮一道被强大的地心引力吸进湖底。

也就是转瞬之间，乌云散去，大雨骤停，湖面上风平浪静，一排排沙鸥悠闲地飞向天际，像是写下一排排意味深长的省略号。

北纬无意化兵戎，长江有情起歌声！

徐霞客与易铭鼎、刘少创隔空喊话

徐霞客是当之无愧的“旅二代”。他的传奇一生属于明朝那点事儿中最光鲜的事儿之一。

父亲徐有勉名如其人，一生对体制内的事儿毫无兴趣。他酷爱华夏大地奇山异水，名山大川，一生好作名山游。徐霞客生性聪颖，自幼耳濡目染于父亲的儒雅豪兴，一边畅游书海，一边壮游中华。小小霞客对历代地经图制情有独钟。

自古英雄出少年，尚值总角的徐霞客就挥笔言志：“大丈夫当朝碧海而暮苍梧！”

万历三十三年（1605年），徐有勉驾鹤西去，19岁的徐霞客意欲远行壮游，然而其母年迈多病，霞客不忍别母而行。但是徐母最懂儿子志向，万历三十六年，在母亲的勉励下，徐霞客戴着母亲亲手为他缝制的远游冠，壮别慈母，踏上遍访中华名山大川的修远求索之路。他风餐露宿，夙兴夜寐，用脚步丈量中华大地的广阔，用心灵感受赤县神州的壮美，足迹踏遍苏、浙、鲁、陕、冀、豫、皖、赣、闽、粤、湘、鄂、桂、黔、滇和京、津、沪等地，把一腔赤子之情挥洒在相当于当代 21 个省、市、自治区。他不是轻松自如地驾车游，而是属于类似当代驴友的暴走族。他带着研究课题行访，把论文写在大半个中国的山水间。他曾遭遇草寇劫财，也曾与山中猛兽邂逅。荆天棘地，九死一生，然虽九死犹未悔，行万里而情未了。他将旅途见闻和理性思考凝结成旷世奇书《徐霞客游记》，为我华夏留下弥足珍贵的具有历史、地理、经济、社会、文化、民俗、地质、地貌、水利、生物、气象等多元价值的精神财富。因此，《徐霞客游记》的开篇之日 5 月 19 日，被今人确定为中国旅游日。

徐霞客是万里长江哺育成长的儿子，他终身依恋母亲河，守望母亲河。在他生命的最后时刻，还拖着病残之躯千里跋涉走到云南丽江，瞻仰玉龙雪山的雄姿，追寻长江的真正源头。

他崇尚经典，但不迷信盲从。他焚香沐手翻开被世代奉为经典的《尚书·禹贡》，顺着线装书的竖行寻求长江源头，《尚书·禹贡》言之凿凿地陈述“岷江导江”。

挑战历史结论，需要缜密无误的科学思维，坚持真理的科学精神，严谨求实的科学态度。由于长年栉风沐雨旅途劳顿，积劳成疾，年届天命的徐霞客意识到来日不多而壮志未酬，毅然决然地拖着病残之躯开启慷慨悲壮的“万里遐征”。翌年从湘入桂，次年，黄果树瀑布以神采飞扬的气势，给徐霞客加油打气，他凭借一腔豪气和一支拐杖，终于一步一步走到云南丽江，纳西族同胞用歌舞和美酒迎接这位身残志坚的旅行家，搀扶着这位“两足俱废”然仍雄心万丈的伟男子瞻仰了玉龙雪山的神圣和端庄，目睹了万里长江第一湾的恢宏和逶迤。他还想沿金沙江而上，渴望凭双脚一直追寻到长江的最早的源头。

“两足俱废”心未废，长使英雄泪满襟！木府的土司派专人护送徐霞客返回江阴故居。第二年，这位用生命的长度去丈量母亲河长度的伟大地理学家，将《尚书·禹贡》的讹传隆重更正，他的《溯江纪源》逻辑严密，文笔优美。请欣赏开篇：

> 江河为南北二经流主要河流，以其特达于海也。其余邑正当大江入海之冲，邑以江名。亦以江之势至此而大且尽也。

字里行间，倾诉着对母亲河的感恩，让恒温的江水变得滚烫。

下面这段文字值得注意：

> 南流经石门关，始东折而入丽江，为金沙江，又北曲为叙州大江，与岷山之江合。余按岷江经成都至叙今之宜宾，不及千里，金沙江经丽江、云南、乌蒙至叙，共二千余里，舍远而宗近，岂其源独与河异乎？

文中的“叙”乃宜宾古称，“叙”因金沙江与岷江汇合后浩荡东去称之为长江，《尚书·禹贡》称不及千里的岷江为长江之源头，视长两千余里的金沙江为不见，岂不是舍远而宗近，舍本而逐末吗？

完成为长江正本清源这一惊天壮举，徐霞客便枕着长江涛声长眠不醒了。

子在川上曰，逝者如斯夫。

1720 年，清康熙曾派遣使臣溯源长江，使臣喘着粗气到达青藏高原，只见冰川之下高原之上水流如网，自觉欲寻正源力不从心，于是他回奏康熙曰：“江源如帚，分散甚阔。”这八个字可谓世上最精短的科考报告。

当长江的春潮浸湿公元1976年8月的日历，中国长江流域规划办公室组织石铭鼎等25名科技人员，经过一路艰难跋涉，终于在8月23日骑马抵达各拉丹冬雪山群西南的巴冬山，两条晶莹剔透的巨大冰川出现在科考队员们面前。这是一种凝结了时间和空间的神圣和壮美，这是一种洗涤灵魂荡尽俗念的朝圣。高耸在湛蓝天幕之下的伟岸冰崖，冰清玉洁，气势恢宏。

全体科考队员欣喜若狂，面对魂牵梦萦的长江源头，他们想欢呼雀跃，但是海拔5400米以上的空气中氧气不支持他们跳跃，他们只能气喘吁吁地互相击掌以示欢庆！

如果双方都有联系方式，石铭鼎一定会在第一时间，把巴冬山的视频发给长眠在长江之滨的徐霞客。徐霞客徒步溯江而上豪迈放言“朝碧海而暮苍梧”和石铭鼎们决心书上所写的“不到江源心不死，死在江源心也甘”一样惊天地、泣鬼神！

当晚，科考队夜宿海拔5400米的终碛雪地。24日，他们背负科考器材，步履维艰地向两条巨大冰川之间的姜根迪如雪峰攀登。在海拔5800米的制高点上，俯视冰川如玉龙蜿蜒，南侧冰川以12.8公里的长度，北侧冰川以10.3公里的长度依偎在姜根迪如雪山之麓，均吐出无数玉笋般的冰舌，形成泛着银辉的浩大冰塔区，如无瑕美玉雕砌而成的冰塔，参差错落，簇拥成林，塔身最高达20米，低则10米以上。这是造物主推出的高原文创佳构，这是一组离天最近的鬼斧神工之作。这是莽莽昆仑的圣水以固体的姿态骄傲的呈现，也是哺育了中华民族的圣洁母乳用奶酪的状态完美的展示！

25日，人困马乏但士气高涨的科考队，以可与徐霞客比肩的勇毅和敬业，沿着冰舌北峰的巴冬山腰，向冰峰宣战。终于，他们又有新的惊喜：一座海拔6543米的无名雪峰，被他们确认为江源冰川的起始点。

接下来，科考队又骑马踏雪告别无人区，马不停蹄考察了沱沱河口与当曲下游段。

1978 年 1 月 13 日，新华社发布消息：“经长江流域规划办公室组织查勘的结果表明，长江源头不在巴颜喀拉山南麓，而是在唐古拉山脉主峰各拉丹冬雪山西南侧的沱沱河。”随即，美联社也转发了该消息，《辞海》及有关工具书均采用了这次科考成果。

正是因为这次科考，中国科学家以确凿数据将长江的长度排名从世界第四跃升为世界第三，而美国的密西西比河从此屈居第四。

2008 年 9 月，由中国科学院遥感应用研究所研究员刘少创为首席科学家的青海省三江源头科学考察队，倚仗本土科学家更能适应高原气候、应对“高反”的强大优势，经过 41 天实地考察，利用全球卫星定位系统、地理信息系统、遥感科技等先进技术，得出更为精准的结论：沱沱河为 348.63 公里，当曲为 360.34 公里，比沱沱河长 11.71 公里。这就是说，当曲将取代沱沱河而成为长江正源，而且长江的长度也会相应增加 11.71 公里。

数字时代，用数字说话，离开了数字，无话可说！

九泉之下的东方游圣徐霞客如果遥感到了这个喜讯，肯定会向刘少创发个欣喜欣慰的表情包，后缀三朵以上的红玫瑰。

梦幻三江源

三江源北部是楚玛尔河，南部是当曲河，西部是沱沱河。三条由无数小溪组成的辫状水系汇合而成的悠悠小河，在海拔五千多米的高原上缠缠绵绵、曲曲弯弯、若隐若现、时缓时急地梦幻般地流淌。到底长江源头的筹头由谁拔得，这似乎并不重要，反正无论是当曲河、沱沱河还是楚玛尔河，都是中华大地高原雪山冰川的孪生兄弟。直至 2021 年，仍然有主流媒体称沱沱河为长江正源。当曲河大器无声地表示默认，这就是一种高山大川骨子里的大度，灵魂里的豁达！

让我们走近直指苍穹的中华水塔，零距离扫描三江源的壮美、荒凉与恬静。

北端的楚玛尔河静静地铺展在雪山之麓，蓝天之下，辫状水系依偎在广袤原始的赭红色河床上，在高原炽烈的阳光下，她更显得白里透红与众不同，她既不同于甘肃张掖丹霞地貌的雄险奇幽美，也有别于广东韶关丹霞地貌的色如渥丹灿若明霞，她呈现的是一马平川的平坦辽阔，洁白的雪原上如动脉静脉纵横交织的河道小溪里，奔涌着的是鲜血般的殷红，让人即使是看一眼视频也血脉偾张，热血沸腾。这不正是中华民族挥洒在雪山之麓冰川之旁蓝天之下的澎湃热血吗？

楚玛尔是藏语中红色的意思。楚玛尔河一带年均降水量仅 200 毫米，由于没有植被护佑，水土流失严重，而当地泥沙含铁较高，于是，水便成了红色。也许，这是长江从源头向人们发出的向往绿色的第一声呼唤吧！这呼唤虽然不算高亢响亮，但倍显炽热赤诚！

三江源南部的当曲河，发源于唐古拉山脉东段海拔 5395 米的山麓。有人说，“当曲”在藏语中是“沼泽河”的意思，这里有世界上海拔最高的沼泽地，登高俯视，星罗棋布的沼泽如群星熣璨，蔚为大观。又有人说，康巴区域称江河为“曲”，如扎曲、希曲、那曲等。卫藏区域称江河为“藏布”，如吉隆藏布、雅鲁藏布。当曲河上接冰川，由南蜿蜒北上，一路左冲右突，先西北后东北，稍作沉吟，又毅然东进，直至囊极巴陇与沱沱河会师。

这里的时间和空间仿佛是凝固的，然而又是运动的。时间的运动是通过涓涓细流而体现，空间的运动靠的是冰川与气候的合作。当曲当曲，当是一首蓝天雪山冰川沼泽共同奏响的中华水塔交响曲，一曲原生态的高海拔荒原咏叹调，一首哺育了中华民族的圣洁母乳的赞美诗！

沱沱河从各拉丹冬的姜根迪如冰川发源，她接纳了无数冰川奉献的一滴滴宝贵冰水，也代表长江流域各族儿女接受了母亲无私的乳汁。冰川、冰斗的融水流淌成天下大爱，汇聚成温暖的溪流、小河，然后依依不舍地向北行走 9 公里后，在巴冬山下又与尕恰迪如岗雪山的冰川融水相汇，穿过一条 15 公里的谷地向北挺进，分成两条小河，同时接纳谷地两岸密密麻麻的小溪小泉，构成沱沱河丰沛的上源。谷地将尽，河床突然以落差 20 米的高度断裂，温顺的河水顿时变为神采飞扬的瀑布轰然直下，无数溪流、小河兴奋不已地涌入加盟，组成激情奔涌、开阔阳刚的长江西源沱沱河，她冲出唐古拉山区后锐气不减地昂扬北进，用水滴石穿的韧劲截开祖尔肯乌拉山的顽固群山，再经过一条幽深的峡谷，在葫芦湖旁掉头东去，到囊极巴陇与当曲河胜利会师，在这里，那曲河和沱沱河组成宽达 30 米的大河，并获得一个令山川万物为之震撼的大美之名——通天河。

沱沱河流域不仅冰峰林立冰塔密布，银装素裹风光无限，而且资源丰富生物多样，奇珍异宝蕴藏其中。尕卡迪如雪山之麓的玛尔肯湖的碧水之下，沉睡着品位颇高的铅锌、磁铁矿石，而湖中盛产高原裸鲤，用其烹食喝一口汤也得小心吞下自己的舌头。崔英山上终年不化的冰雪中，有成群的雪鸡在扑腾欢跳，一串串悦耳的啼叫，让寂静的时空从千年沉睡中蓦然苏醒。崔英山下大草原上绿草如茵，花团锦簇，雪域高原的旗舰动物雪豹，在这里尊享雪山之王的荣耀，凡是它用膀胱划定的领地便神圣不可侵犯，它用灵敏的嗅觉和骁勇的武功时刻捍卫自己的尊严。王者之风源于其独特的血红蛋白含量，说它拥有高贵血统一点也不是阿谀奉承。

藏羚羊自知得罪不起猫科肉食动物，但羊多势众，群威群胆。每年夏天，成百上千甚至更多的藏羚羊都会举行气势恢宏的大迁徙，势如千军万马军威浩荡。藏野驴、野牦牛、藏狐、兔逊、荒漠猫、鼠兔、艾鼬、白唇鹿、岩羊、棕熊、盘羊、猞猁等都以不同的优势和理由，在这片洪荒地带顽强地奋斗着、生存着、繁衍着。这里还是候鸟的天堂，金雕、黑颈鹤、斑头雁、游隼、猎隼、草原雕、赤麻鸭等珍禽凭借着强大的肺活量，万里迢迢飞到这里，以宾至如归的主人翁意识安营扎寨，而以上万之众的灰鹤，则把这里当作迁徙途中后勤补给的兵站、驿馆，将沼泽湿地上的免费美食饱餐一顿后扬长而去，而更多的候鸟则在此安居乐业，铺天盖地地飞来，在这片广袤苍凉而又姹紫嫣红的原野上翩翩起舞。

巴颜喀拉山脉的褶皱，如一册巨大的书简，书写着黄河之源的神圣、厚重，作为黄河与长江的分水岭，这册天书也记录了长江最原始的血缘和家谱。巴颜喀拉山呈西北—东南走向，它作为昆仑的东延部分，西接可可西里，东抵松潘高原和邛山。在藏语中，“巴颜喀拉山”为“职权玛尼术占木松”，意为“祖山”。在藏族同胞眼中，地球东方三条大河黄河、长江、澜沧江发源地的雪山、冰川是神圣的，是值得世世代代受她滋养的各族人民仰视敬畏、顶礼膜拜的。是祖山、圣水用丰沛的乳汁孕育了中华民族光辉灿烂的文明。

长江在三江源与黄河依依惜别，浩荡南下，面对崇山峻岭的封锁阻挡，表现出不屈不挠的狂野和勇毅，用波涛的利刃顽强砍杀，硬是劈出一条条伤痕累累的幽深峡谷，一路接纳无数支流，将强大的生命力注入两岸，使沿江各族儿女共同吮吸圣洁的母乳，伟大的中华民族得以如巨人一样屹立在世界东方。

风雪横断山

通天河自囊极巴陇启程，经青海省治多县、曲麻莱县、称多县、玉树市，一路奔腾咆哮闯关夺隘，驰骋高原，穿过经幡的七彩缤纷，穿过《格萨尔王》的磅礴恢宏，穿过暮鼓晨钟的浑厚清新，滚滚滔滔来到巴塘河口，还没来得及停下脚步喘一口气，就换了“金沙江”的姓名，重整旗鼓，直面中国第一阶梯和第二阶梯交界处的巍巍群山，以不撞南墙不回头、撞了南墙仍不回头的执拗一意孤行！不，途中，金沙江又挽起怒江和雅砻江的手臂，结伙过岗，用狂野的惊涛刺穿千仞石壁，用任性的瀑布冲开百道山梁，在白雪盖顶白云缠腰的莽莽苍苍中切割出俯视深不见底、仰视难见天日的悠长峡谷。千万年来这道原本没有姓名的山脉，140 多年前被一位江西贡生赐予“横断山脉”的美名。作为长江上游的主要山脉，横断山脉给了桀骜不驯的金沙江和怒江广阔的集雨面积、丰沛的森林蓄水资源。

由于横断山脉特殊的走向和地理方位，使其在地质、地理、水文、生态等方面具有特殊意义。作为印度洋暖湿气流进入中国的通道，给青藏高原东部地区带来丰沛雨水。这里一山有四季，十里不同天。物种丰富，山下山腰是热带植物和亚热带植物的王国，棕榈、椰树、榕树等阔叶乔木也比比皆是，尤其是阔大碧绿的芭蕉叶，如绿色的芭蕉扇一样大摇大摆，而山顶高山寒温带植物如针叶松杉也能生长。农业专家称此为立体农业地形，我国几乎所有农作物，都可以在这片神奇土地上栽种，不过是“楼层”有别而已。

让我们把视线移向 1878 年冬天的大相岭，一名身着四品顶戴官服的朝廷命官，从一顶官轿上走下，翻身上马一路疾行，在理塘小住两日恢复元气后，又晓行夜宿快马加鞭，顺金沙江东岸一条羊肠小道艰难跋涉，17 天后疲惫不堪地出现在云南中甸厅驿馆内。翻开日历，已是 1879 年 1 月 5 日。

此官姓黄，名楙材，江西上高人氏，学历学位均不高，仅贡生一枚，虽精通数学地理，相当于当代品学兼优自学成才理工男，但缺少进士一纸文凭，就连举人一级的“中专”文凭也拿不出，在科举取士的年代，他很难进入最高统治者的视野。

一招鲜，吃遍天！凭地理测绘的特殊才能，黄懋材的祖坟突然冒出一缕青烟，光绪四年，在四川总督丁宝桢的力荐下，朝廷特许派他“以四品顶戴出境换二品顶戴”，前往三藏五印察看情形，同行的还有武举人章鸿钧等一行五人，略大于唐僧团队编制。欧洲的那个所谓“日不落帝国”对东方这头睡狮虎视眈眈，而睡狮渐成醒狮，当洞察内外环境，黄懋材出使印度，与此有关。

由于此行终极目的地是印度，不可能在中甸厅多作流连，而这里的自然风光和生态环境实在宛如仙境，难怪后来被英国作家詹姆斯·希尔顿在小说《消失的地平线》中称其为香格里拉。高海拔低纬度的特殊地理方位，造就了这里的“立体农业气候”，西部季风和南支西风急流的交替控制，使这一带干湿季节分明，全年分雨、旱两季，几乎终年无夏，纵横的山脊将此地分别分为森林气候、草原气候、湖盆气候等单个小气候地理，造成“隔里不同天”的奇观。作为地理和测绘专家，黄懋材何尝不想一头扑进香格里拉崇山峻岭作深度考察？但公务在身，不敢懈怠。他拒绝了海拔5588米的雪宝顶下如黄龙腾空般的5000多个天然钙华池的集体挽留，用心和笔记下这方水土的诸多美好，心一横，牙一咬，于1月5日果断上路。

这里是虎跳峡。黄懋材虽然对其久闻大名，但当他零距离审视时，还是被这摇天撼地的气势所震慑、所惊呆了！

金沙江千年奔波，尽管历尽艰辛但仍然斩关夺隘锐不可当，未曾想到行至此地，迎面猛推过来玉龙雪山和哈巴雪山两座横蛮不讲理的大山。

金沙江没有后退的习惯，它有足够的水力支持，它甚至可以漫过一些山丘的头顶飞流直下，然而玉龙雪山和哈巴雪山却不是可以漫过头顶的主。金沙江怒不可遏，成千上万股激流举起浪花的斧钺，用尽洪荒之力，以排山倒海之势断杀过来，硬是在玉龙和哈巴两山之间劈出一条30

米宽的血路，江水躁动着、拥挤着，互相撕扭着，前后踩踏着，既乱得一塌糊涂，又猛如万钧雷霆。这些扭曲变形失去理智高度亢奋极端疯狂的恶浪发出的咆哮，被高达 3900 多米对峙峭壁形成的巨大扩音器放大无数倍，峡谷组合成天上人间最大的环绕立体声传播系统，其声响如十万面战鼓同时擂动，十万支军号同时奏响，十万骑战马的铁蹄同时叩击大地，十万头猛狮同时发出长啸，不是令人感觉山崩地裂，而是令人感觉肝胆俱裂！听着这震耳的怒涛狂吼，看着这令人战栗的巨浪出峡，黄懋材的心脏一阵猛跳，血压与跃下深涧的江水成反比一路飙升，眼看就将进入休克状态，但怒涛奔涌处一道独特的景观使这位弱不禁风的知识分子顿时获得神助般的定力，血液循环迅速恢复正常。

那是因为他看见了那块屹立在风口浪尖的黑色礁石，那位于瀑布上方激流正中的中流砥柱。它如铁打的金刚昂然耸立，任凭万丈怒潮铺天盖地朝自己冲来，任凭波浪的利剑和利斧劈头盖脸地朝头上砍来，它听之任之，岿然巍然，以静制动，不怒而威！它用铁肩顶住一江怒潮的狂躁喧嚣，它用铜足踏碎千层迷雾的波谲云诡，它用巨掌推开万重彤云的沉沉黑幕，它用钢头顶住九天之上的道道狂飙，黄懋材面对这旷世奇观想到了什么？我们不得而知。我们所知道的是他从此气度风度迥然不同，胆略方略判若两人。

也许，站在虎跳峡礁石前的黄懋材想起了阿基米德的名言："给我一个支点，我将撬起整个地球！"这块曾让老虎跳跃而过江的礁石，也许就是长江的支点，它必然撬起这条中华巨龙浩荡东去、拥抱东海、扑向太平洋的伟大畅想，撬起古老东方文明古国的光明未来！

这一段山脉群不是还没有名字吗？

这是中华大地最长、最宽、最典型的南北向山系群体，这还是唯一兼有太平洋和印度洋水系的地区，同时这还是一道横在长江上游金沙江面前的天然屏障，它就这样蛮横无理地阻断着东西间的交通物流，就叫它横断山脉吧！

不久，黄懋材意气风发入缅甸，下印度，以大清帝国二品要员之风采气度完成出使和考察印度的神圣使命，从加尔各答转乘海轮穿越马六甲海峡，带着丰硕的考察成果和亲手绘制的系列地图荣耀凯旋。被金沙江征服抑或是变通绕过了的这一组宏阔浩荡圣洁庄严的山脉，从此有了响亮的名字——横断山脉。

白面书生跨过横断山脉崇山峻岭，进入滇缅原始森林穿越瘴疠之地，一路披荆斩棘征服无人区抵达印度，并圆满完成精准测绘地图之重任，是浩荡长江为他注入了坚韧不拔百折不回的原动力，是古老的东方大地上腾空而起的巨龙给他展示了真善美，提振了精气神。

第二章 莽原悲歌

为雪山雪恨

没有非法的买卖，就没有血腥的杀戮。

海拔4000米以上高寒缺氧的恶劣气候，催生了藏羚羊温暖细腻的绒毛。4只藏羚羊的绒毛可制作成一条极其奢华的沙图什披肩。轻便保暖的沙图什披肩被人称为“软黄金”，不法分子将在可可西里捕猎的藏羚羊的绒毛经黑色通道运至印度制作成披肩，继而以5000至20000美元的单价远销欧美。每一条围在金发碧眼女郎玉颈上的温润柔软的沙图什披肩，都染着4只藏羚羊的淋漓鲜血！

利欲熏心的盗猎者先是偷偷摸摸地捕杀，继而发展到有组织的团伙式武装猎杀。无辜的藏羚羊成群地倒在罪恶的枪口下。

20世纪90年代至21世纪初，尖利的枪声不时地打破高原的宁静，无人区里上演着惨无人道的丑剧，荒原中不见了成百上千藏羚羊无忧无虑结队迁徙的壮观阵容，只有间或可见被剥掉皮毛的藏羚羊尸骨。高原生物链被全面破坏，藏羚羊由20万只锐减至不足2万只，可可西里在流血，青藏高原在流泪，杰桑·索南达杰的眼睛在喷火，血液在燃烧！

生于1954年4月，毕业于青海民族学院的索南达杰，原本分配在西宁工作。然而，像雄鹰留恋雪山，骏马依恋草原，索南达杰告别西宁的都市生活，毅然回到故乡，成为一名为牧民子弟传授知识的教师。后因工作需要，他曾任索加乡党委书记、治多县县委副书记。可可西里撒欢奔跑的藏羚羊、野驴，高原上姹紫嫣红的鲜花，伴随着他圣洁的童年记忆。看着高原生态由于过度放牧、过量垦殖遭到破坏，他心急如焚。看到藏羚羊被人疯狂猎杀，他咬碎钢牙！一脸倔强的络腮胡子似乎根根都在抖个不停。

1991 年，索南达杰用翔实的数据、炽烈的情怀，凝结成滚烫的文字——《关于管理和开发可可西里的报告》，引起治多县政府的高度重视。翌年 7 月，治多县成立了中国第一支反盗猎队伍即“治多县西部工委”，人称“野牦牛队”，工委书记由索南达杰兼任。这支队伍用野牦牛一般的坚强、坚毅、坚韧和坚决，去捍卫长江源头的圣洁。他曾 12 次率队深入可可西里无人区，无人区并非无人，无视国法和天理人伦的盗猎团伙，终于遇上了他们的克星。

索南达杰 12 次率领“野牦牛队”挺进可可西里。在人迹罕至的高原深处，他们顶着风雪进行生态调查，并身体力行地对生态环境施以保护、修复。其间，他们 8 次与盗猎藏羚羊的武装团伙短兵相接，生死搏击。他觉得这是一场捍卫中华水塔的持久战，他与妹夫扎巴多杰约定：“如果我在战斗中‘光荣’了，你一定要接过我的枪继续战斗！”

不幸的事果然发生了。1994 年 1 月 9 日，索南达杰的妻子多沙才仁收到一份深夜 11 点 45 分送达的电报：“1 月 9 日离格赴可索。”

多沙才仁心头一紧：“又是这么行色匆匆！”每一次进入海拔 5000 米以上的荒原，在她心中都是一次生离死别。她双手合十，朝着可可西里的方向，默默念叨：“扎西德勒！扎西德勒！”

一月的康藏高原，滴水成冰。酷寒时节，正是武装盗猎案件高发时期。索南达杰的战车顶着凌厉的寒风朝那个藏语称为“美丽的少女”的地方挺进，车内是他率领的西部工委三人组，同行还有一名向导，三名司机。驾铁马踏冰河日夜兼程，闯激流滑冰川险象环生。然而最危险的还是与盗猎团伙的殊死搏斗。

顶严寒、战恶风，7 天过去了，战车已深入可可西里腹地，沿途都能看到被盗猎歹徒遗弃的藏羚羊白骨。虽然自西部工委成立以来，盗猎现象已大为减少，但并未绝迹。索南达杰如一名深入敌后的侦察员，敏锐地感觉到这一带曾是盗猎者的屠场，嘱咐大家警觉起来，准备战斗。

果然，一伙由20人组成的武装盗猎团伙，在1992年1月16日的风雪中被“野牦牛队”发现。

20比7，敌众我寡。然而得道多助，失道寡助。索南达杰正义在手，真理在胸，正气凛然，浑身是胆，一马当先扑向敌阵，创造了7人制服20名武装盗猎者的传奇，缴获7辆盗猎用车和1800多张藏羚羊皮。

押送这批盗猎者可不是一件轻松事！高原上风大雪猛，汽车轮胎频频打滑，常常是这台刚修好，那台又抛锚。夜幕降临，茫茫荒野，北风怒吼，大雪飞扬，寸步难行的车队气喘如牛地爬上大雪峰，索南达杰下令就地宿营。

深夜，索南达杰和他的战友机警地守护着高原的宁静。连续劳累带来的肠胃炎折磨着他，但是他深知此刻不能有丝毫麻痹和懈怠。他细心地招呼坐在卡车车厢里的盗猎者坐进驾驶室取暖，还安排一名患有枪伤和一名肺水肿发作的盗猎者坐在越野车，由他的秘书和司机护送赶赴格尔木治疗，临行时将自己的79式快枪换下不太好使的54式手枪。为了秘书和司机的安全，他把自己的安全置之度外。

人性的温暖并没有感化冷血的盗猎者，巨大的金钱诱惑使滞留在风雪中车队里的18名歹徒彻底泯灭人性，沦为残暴的野兽。他们曾密谋将索南达杰乘坐的北京吉普车的机油帽拧开，导致机油漏完吉普车抛锚，他们乘机带上1800多张藏羚羊皮溜之大吉。不料当天晚上索南达杰手持冲锋枪亲自通宵警戒，歹徒们无从下手。

第二天，这个酝酿着危险的车队继续东进。心怀鬼胎的歹徒们终于等来了反扑的机会：索南达杰乘坐的卡车爆胎掉队了。穷凶极恶的歹徒们将西部工委干部、“野牦牛队”队员韩伟林、靳炎祖一顿毒打致其昏厥，然后五花大绑并用擦车的抹布堵住其嘴。接着，歹徒们将所有的步枪都装满子弹，将车队排成半圆阵的包围圈，虎视眈眈地盯着白茫茫黑森森的荒原。居心叵测的歹徒们在等待他们最憎恨的对手，欲置之死地而后快。纤毫未染的雪域高原，竟然酝酿着阴谋和罪恶，沉沉夜幕、茫茫荒野稀里糊涂地沦为歹徒的帮凶。

历史不会忘记 1994 年 1 月 18 日这个冷酷无情而又热血灼人的高原之夜。

车灯，射出从荒原深处渐隐渐显的昏黄。近了，黑暗中的歹徒不约而同地举起了枪，一齐对准打开车门走下车来的那个魁伟而略显疲惫的身躯。

一步、两步，索南达杰似乎早有预感，右手紧握那支早已将子弹上膛的 54 式手枪，大步走向令他极不放心的车队。早已被歹徒所控制的车队一齐关闭了车灯，一排黑洞洞的枪口齐刷刷瞄准了越走越近的索南达杰。当孤身一人的索南达杰走入危机四伏的包围圈，从暗处突然窜出一条黑影，野狼般扑过来抱住索南达杰。索南达杰早有戒备，沉着地将歹徒制服在地，旋即鸣枪示警。瞬间所有汽车一齐亮灯，强烈的光柱交织着映在英雄俊朗挺拔的躯体上，歹徒们咆哮着缩小包围圈。索南达杰手起枪响，一连准确无误地击灭数盏车灯，这时歹徒已陆续开始朝他射击，他镇静自若地予以还击。他表面平静，心中却燃起冲天怒火。四面的雪山似乎也睁着大眼看着这悲壮的一幕，茫茫荒原仿佛也竖起耳朵倾听这里沉重的枪声。罪恶的子弹洞穿了英雄的血肉之躯，而正义的子弹从手枪中破膛而出，是为圣洁的雪山雪根，为无数被残酷猎杀的高原精灵藏羚羊复仇！

当战友们赶到激战现场，索南达杰依然是以持枪搏杀的战斗姿态屹立在冰雪之中，成为一尊与可可西里的根脉和灵魂融为一体的巍峨冰雕。

中国共产党的优秀党员、藏族人民的好儿子、可可西里的忠诚卫士索南达杰，用一腔热血护佑长江之源的庄严与圣洁，用39岁的不朽生命昭告天下：可可西里不容践踏！中华水塔不容毁损！

美好与脆弱

三江源的生态有着令人震撼和心疼的原始美、野性美、自然美。辫状水系如编在高原上的织锦，展示着大自然造物主的鬼斧神工。草原上的格桑花，在阳光下恣意怒放。有人说："草原上的格桑花"是指美好的时光，格桑花并非某一种花的名称，而是高原上许多花的总称。因此，格桑花的美是集体的美，是繁花似锦花团锦簇的大美，是姹紫嫣红万紫千红的壮美。那一簇簇明亮的金黄，是云生毛茛、金露梅在阳光下绽放金色的梦想，而那些用蓝色的圣洁和紫色的高贵来吸引人们眼球的，是高原四大花卉之一的龙胆，它们以温柔美丽的方式，用紫色回报高原强烈的紫外线。

高原的自然生态有多么美好，就有多么脆弱。如果把万里长江的悠长流程划分成一个自然人的不同年龄段，那么源头就是长江的幼儿阶段，而稚嫩的幼儿更须精心呵护，否则，稍遇风寒就会导致伤风感冒，稍有发烧就可能发展成肺炎。而人类长此以往的过度采矿、超载放牧，更有甚者猎杀藏羚羊、野驴、野牦牛和各类候鸟，造成生物链的严重破坏。20世纪90年代，三江源就已呈现荒漠化趋势，山川萎缩，江河断流，三江源的生态状况引起全球瞩目，索南达杰的手枪发出的，是拯救中华民族母亲河的惊天警报！

横断山脉所包括的玉龙雪山、哈巴雪山、邛崃山、岗日嘎布山、高黎贡山等众多大山原有的原始森林古木森森遮天蔽日、苍松古柏拔地参天的景象，大多已成为林区人遥远的记忆。巨大而丰厚的利润诱使盗伐者大开“杀”戒，用现代文明创造发明的电锯，去锯断祖先遗留下来的绿色血脉。

曾几何时，人们在城市天际线上总是看到高耸的烟囱，烟囱中时不时冒出浓烟，不少人司空见惯，那滚滚浓烟污染了城乡的天空，粗放型工业祸害了土壤和水源。一度出现的“化工围城”“化工围江”，致使长江沿岸山水、林田、湖草、土壤大面积污染。那些缠绕城市乡村的黑臭水体，不仅困扰着当地居民，还逼着无辜的长江“同流合污”，昔日的黄金水道一度成为饮恨呜咽的黑水河。

金沙江畔的攀枝花市，拥有一段光荣的历史，也拥有一个唯一以花名命名的地级市的荣幸。在那个激情燃烧的时代，“备战备荒为人民，好人好马上三线”，由于此地蕴藏储量惊人的铁矿，由于当时国际形势风雷激荡，中国急需足够的钢铁支撑国防，数十万外来的创业大军，高举红旗来到这里安营扎寨，筚路蓝缕以启山林，硬是凭一把镐头一双手，短短五年，就在荒山野岭建起了一座红红火火的现代化钢厂，继而又发展成一座闻名遐迩的钢城。由于当时人们对炼出好钢的超高热情和对环境保护工作的忽视，极度亢奋地采矿炼钢，心中最美的图画是火红的钢花钢水，却忽略了青山不再青葱，攀枝花不再吐艳。植被的破坏导致水土流失，风沙漫天，气温升高，烈日难当。人类向大自然索取了令人眼热心跳的财富，也付出了挨酷热的代价。

有一支由热血青年组成的长江漂流队，20 世纪八九十年代数次踏着“漂流长江第一人”尧茂书的足迹，继续着英雄的壮举。他们为祖国高原的磅礴气势和壮丽景色所震撼、所陶醉，然而随着岁月的流逝，这种震撼渐渐变为震惊，陶醉渐渐变为忧虑乃至愤慨。

在四川甘孜藏族自治州的德格县、白玉县、巴塘县，他们被沿途叮叮当当的伐木声所震惊，伐木现场的惨状令他们触目惊心。雅砻江水系原本森林密布，一个叫木里的地方本是全省最大的林区，这个“最大”

的美誉被伐木者一斧一斧、一锯一锯地砍掉了。不少森林中的树木属于不可再生的树种，数百年甚至上千年积蓄下来的绿色银行，就是这样随着伐木工的劳动号子应声而倒。一株株参天大树仅留下一个个圆桌面般的贴着地面的木桩，像一只只欲哭无泪的眼睛仰望苍天。这群由长江漂流者演变为长江环保者的年轻人望着 8 年才长一米多高的杉苗百感交集。

他们曾听到一位县林业局长痛苦不堪地说："我是靠森林吃饭的人，但我还是要说，这森林是不能再砍了！"一位林场的炊事员愤慨地说："砍砍砍！都这样了还砍，再砍，这人都得饿死！"

乱砍滥伐堪称人祸，由于全球气候变化导致冰川萎缩，湖泊干涸，三江源部分区域出现沙漠化、石漠化趋势，可谓天灾。

还是这支热血青年组成的漂流和环保团队成员回忆，1986 年漂通天河，800 多公里几乎没有涉水拖船的经历，7 年后的 1993 年，他们与其说是漂过通天河，不如说是拖着船涉过通天河的。由于河道沙丘突起，水流分岔，曾有一次三条船分道扬镳，一度失联。

这群年轻人对高原动物一见钟情，1986 年，他们 3 次目睹数百上千只藏羚羊集体迁徙，那整体的恢宏气势和个体的强壮体魄，令这群来自低海拔地区的探险者目瞪口呆。1993 年再上高原，总算看到了一群藏羚羊，说是一群，也就五六只。1994 年到 1997 年连续四年，这些老朋友仙踪难觅，他们只能从旅行包里掏出 1986 年摄下的藏羚羊大迁徙的照片重温旧梦，将一串叹息丢在荒漠衰草之上，让萧瑟的长风撕成碎片。

大自然是神圣的、威严的、不可亵渎的，更是不可侵犯的。人类祖先首先发明的劳动工具中就有石斧，先民用石斧一路砍来，披荆斩棘，砍走了鸿蒙洪荒，砍出了文明曙光。但是，人类是从森林中走出来的，森林是人类的避难所，是先民们最难忘怀的故乡。如果我们的祖先在九泉下看到他们的后代举着斧头砍杀他们曾赖以栖身的森林，并因此而残害自己及其子孙，他们还会承认自己是伐木者的祖先吗？

20 世纪 50 年代中期，长江上游森林覆盖率为 22%，到 20 世纪末已有 80% 的森林被砍伐殆尽，有些县的森林覆盖率降至 3%。长江流域 180 万平方公里土地中，有 20% 发生水土流失，每年消失耕作层表土 24 亿吨，淤积的土砂抬高河床，使长江成为又一条地上悬河。旷日持久的乱砍滥伐，美其名曰的平林开荒，目光短浅的杀鸡取卵，利欲熏心的竭泽而渔，还有长江中下游一些地区由来已久的围湖造田、与水争利，早已不同程度地触怒“天神”，激起人怨！地火在地下运行、奔突。最先发出警告的，是长江上游此起彼伏的山体滑坡。

洞庭之痛

1996 年 7 月，是长江中下游的一段浑浊的日子，厄尔尼诺现象选择了中国长江进行破坏性试验，让洞庭湖、鄱阳湖等地区饱尝苦果。

洞庭湖是长江滔滔向东挽起的第一个大湖。北宋政治家、文学家范仲淹的千古雄文《岳阳楼记》，用洗练的文笔描写了万里长江和八百里洞庭相拥的磅礴与澎湃：“衔远山，吞长江，浩浩汤汤，横无际涯，朝晖夕阴，气象万千……”

洞庭湖和鄱阳湖有“长江双肾”之谓，是长江洪水重要的调蓄避难所，洞庭湖北纳长江的松滋、太平、藕地、调弦四口来水，南面和西面接湘、资、沅、澧四水及汨罗江、新墙河等小支流来水，在与燕子矶、采石矶并列为长江三大名矶的城陵矶注入长江。

20 世纪 70 年代初，作为华容县南山公社建华大队插队知青，我曾随冬修大军步行百里赶赴长江调弦口的焦山河，用铁锹和扁担作武器参与调弦口和洞庭湖之间的疏通战役。长江南岸湘鄂两省数千劳动力突击会战，江洲上红旗猎猎，大堤上铁流滚滚，煞是壮观！据当地老人说，西晋名将杜预平定江南后，奉旨在此开凿一条运河连接洞庭湖，从此河道呈“日有桅杆千帆，夜有明灯万盏”之盛况。清朝中叶，调弦口至焦山河段被挖开，每到长江汛起，这里便引洪入洞庭，以缓解长江主干流压力。

作为中国第二大淡水湖，洞庭湖以强大的调蓄能力吞吐自如地为母亲河分忧，无数次使裹挟着滚滚洪峰的长江化险为夷。有了洞庭湖的无私担当和深情守望，高洪时期地势低洼危机四伏的武汉三镇得以逢凶化吉，有惊无险地平安度汛。

然而，当各种外部环境条件恶性组合，一齐向洞庭湖袭来时，“普渡众生”的观音也成为泥菩萨自身难保。

1996 年 7 月 19 日，是洞庭湖腹地的华容县团洲乡干部群众刻在心尖上的日子，这是一页惨烈而悲壮、沉重而忧伤的痛史！中午 12 时零 5 分，这个被洞庭湖一湖浊水包围了一个多月的一线垸子，在防洪大堤团结村十组地段，堤脚百米处水塘突然发现汩汩而出的管涌，抗洪队伍闻“汛”而起，时任岳阳市委常委、华容县委书记高克勤站在最险处指挥抢险，抢运砂卵石的车队风驰电掣地奔忙，抗洪军民将一袋袋砂卵石扛着奔向水塘边，将砂卵石袋抛向管涌，力图用这湖区人民公认的抢险神器转危为安。

然而，管涌没有理会这人海战役的阵势，它如一条桀骜不驯的黄龙，首先是试探性地汩汩冒出水花，继而是挑衅式地哗哗吐出浪花，旋即干脆如喷泉一般冲天而起，蓦地腾起一股浊浪。大堤外的洪水卷起不怀好意的漩涡，在令人毛骨悚然的旋转声中，浊水一齐朝这边挤来，然后气焰嚣张地顺着血盆大口般的漩涡往下涌，以泰山压顶之势往下坐。终于，早已被暴雨冲刷和湖水浸泡到全身发软的大堤被“里应外合”的洪水淘空基底，“轰隆”一记沉闷的巨响，大堤顿时拦腰垮塌，早已虎视眈眈盘旋在堤外躁动不安的一湖浊浪，突然发现了宣泄的突破口，前呼后拥争先恐后地扭打着、撕扯着，幸灾乐祸地欢呼着，呼朋唤友地狂啸着扑进大垸，扑向稻香棉白、六畜兴旺的田园村庄，扑向两万多猝不及防的善良无辜的团洲人。

在湖南省和岳阳市、华容县党政军的直接领导下，抗洪军民浴血奋战，确保了受灾群众全部获救，但是38949亩耕地上的水稻棉花全部付诸东流。

团洲溃决后两小时，当时在岳阳电视台和市广电局工作的我与岳阳妇孺皆熟的名记者何亮赶到溃口，目睹了大堤上惊魂未定的灾民的无奈和惊慌。

福无双至，祸不单行。两天后，准确地说是1996年7月21日清晨，地处长江支流藕地河下游、洞庭湖边的华容县幸福大垸幸福村堤段出现管涌，随即在抗洪大军努力抢险过程中，大堤毫不客气地坍塌溃决，这个与团洲垸隔河相望的以粮棉生产著称的幸福之乡，满垸粮棉惨遭灭顶之灾。

又过了两天，即1996年7月23日凌晨1时，位于华容县南山乡的三合垸一截看起来并不单薄的大堤，被蓄谋已久的洪水残暴地撕破，幸亏基层干部枕戈待旦，及时发出警报，救出受灾群众。南山乡，是老一辈无产阶级革命家何长工的故乡。1924年，何长工根据党的安排，从法国和比利时勤工俭学归来，在家乡华容县一带的洞庭湖西区建立党组织，兴办教育，开展农民运动，这一带处处都留下了何长工为革命奔波征战的足迹。南山乡的土地上，还埋有包括何长工的妻子孟淑亚，儿子何光星、何光球在内的惨遭国民党反动派疯狂屠杀的30多位亲人的忠骨。

距离三合垸溃决4天后的7月27日，与已溃决的团洲垸一堤之隔的国营钱粮湖农场白泥滩大堤，终于没经受住长江和洞庭湖洪水旷日持久的折腾，在抗洪军民奋战9天9夜后，由于海底浸发展成管涌，几千袋砂卵石被破洞而入的激流冲得七零八落。

“立即沉船！”现场指挥抢险的岳阳市人大常委会副主任赵纯烈当机立断下令。农场党委书记李开龙冲在断堤上指挥沉船堵口。

一条60吨位的驳船被引入激流，残暴的洪水将庞然大物轻而易举地吸进洞穴，但溃洞转眼又如玩魔术般扩大了一倍，被堤身溃洞吞进的驳船，竟然又被洪水吐了出来，只是换了个方向，吐向了堤内。

人力无法抗拒的灾难终于发生了，下午4点30分，已被洪水掏空的堤面如一座架在激流之上摇摇欲坠的土桥终于轰然下塌，12万亩良田顿成泽国。

面对这片被浊浪吞噬的田园村庄，患有心脏病和高血压的赵纯烈不禁泪如泉涌，失声痛哭。他曾是这个农场的党委书记，他在这方水土挥洒过青春汗水和激情，他深爱这里的一草一木。洪水咆哮着涌进堤垸，像在扑打和撕咬着他的胸膛。他实在无法接受眼前的一切，眼睛一黑，倒在了大堤上，经急救方苏醒过来后，他的第一句话是：“乡亲们都没事吧？”

我是在钱粮湖大提溃决一个多小时后赶到溃口的，同我一道赶来的是青年记者陈三红。但见溃口如黄果树瀑布一般，瀑布之上是一湖飞流直下的洪水，溃口之下是已成汪洋的田园村庄。排山倒海的洪水如钱塘江大潮掀起惊涛骇浪，追赶着惊慌失措的灾民，人们只能爬上大树、电杆或登上自家房顶等待救援。

50吨吨位的木船上，一群由农场干部和抢险农民组成的敢死队员不约而同地用手机向家属打完也许是最后一次电话，有的甚至还向妻子说出了私房钱的藏匿处，然后表情肃穆地脱下鞋袜，赤着脚稳稳地站立在甲板上，迎接那生死决战。

敢死队也接纳了我和陈三红，还有一位曾在这个农场任过党委书记的，时任市水利局副局长的华克敏，他对这方水土有太深的情感，大堤溃决，无力回天，现在能做的也只有立即冲入垸内，解救那些房顶上、树枝上、电杆上待救的灾民。

我们乘坐的是第二艘战船，船主将妻儿送到岸边后，平静地驾起船向溃口驶去，岸上，他的妻子还在频频招手，湖风把她的呼喊撕成了碎片，但招手的动作还在持续，像一尊灵动的望夫石。

战船冲向溃口，还没让我看清这飞流直下的险况，只觉全身失重，幸亏陈三红将我紧紧抱住，才不至于被卷入惊涛。船主不愧为闯荡江湖的高手，他稳稳地驾着船只冲下落差七八米高的垸内，有如壶口瀑布的巨浪一齐劈头盖脸地朝船只扑来，眼看船上的敢死队员将全部随船葬身洪水的山丘之下，船主眼疾手快地将船身一摆，让船头惊险地接上那一排呼啸而至的浪尖，就是这一摆一接，如杂技般惊心动魄，战船如舞蹈般闪展腾挪，敢死队员们绝处逢生，士气大振，一口气从房顶、树上救出数百名灾民。

“屋漏偏逢连夜雨，船破又遇顶头风”。一场倾盆大雨无情袭来，我们冒雨施救，将一批批从危房、树杈上救下的灾民转移上岸。当晚的溃口附近，水流湍急，险象环生。当陈三红登上抗洪部队的冲锋舟抓拍抗洪最前线抢险新闻，突然夜色中一架尚未散架的房顶，如醉汉般摇摇晃晃直冲过来，只听见“呼”的一声向陈三红所在的冲锋舟撞了过去，瞬间就不见冲锋舟身影。我目瞪口呆地望着这个闯了大祸的庞然大物随着激流卷着我的同事飞快地向下游逃遁，心急如焚而束手无策。

3 个小时后，经抢险指挥部多方联络，得知陈三红和同舟 3 名抗洪部队官兵被友军救起，我喜出望外，神智方渐渐恢复。

翌日上午，我上了抗洪部队少校梁永宽的抢险冲锋舟，我的同事舒涛将身上的救生衣脱下硬逼我穿上，我们的冲锋舟迎风破浪四处搜寻被困灾民。在离溃口不远的良心堡镇上，一名妇女落在激流中拼死挣扎求生，我和梁永宽同心协力将其从水中救起，正欲将其转移到冲锋舟上时，这位灾民翻过一道防盗铁门惊恐地跳下，为了防止她再次被卷入激流，我只顾伸出左手去拉，我的右臂深深扎入防盗门的铁尖上，梁远宽和另一位战士用力 3 次，才将我负伤的手臂拉出，一团鲜肉挂在生了锈的铁钩上，鲜血染红了船舱。

梁远宽为我简单包扎后，立即送我上岸。血还在流，但大堤上灾民挤作一片，无法通行，送我的军车司机下车向大家敬礼，告诉大家车上是一名记者，因抢救灾民负伤要送医院止血，请让路通行。一位中年灾民立即动员大家让路，说："这个记者为救我们的乡亲负了伤，我们就要让路救这名记者。"于是，一条生命通道艰难而迅速地开启。

正在流血的我泪如泉涌，感谢子弟兵！感谢父老乡亲！是你们给了我第二次生命！

1996 年洞庭湖的抗洪战役是一部波澜壮阔的英雄史诗。百万抗洪军民拼死血战，确保了基本无人员伤亡，但是损失之巨大毋庸置疑。洪水在岳阳市吞噬了 4 个垸子，邻近的益阳市的沅江市也成为南洞庭湖的重灾区。

团洲垸溃决当天傍晚，我和同事何亮、曲咸华完成现场采访后已是傍晚，目睹大提上灾民的惊恐和无奈，满耳是呼儿唤女的声音，放眼垸内，昔日的田园村舍已一片汪洋，只剩一个个房顶如大海中的礁岛在水中摇摆战栗。当我们的车行至两门闸前，只见一个身材颀长的老人面对已成泽国的大垸凝望静思。近了，透过车窗我看见老人在抹泪。这是一位德高望重的老同志，团洲垸，就是他在华容任县委书记时，在"向湖洲要良田"的热潮中，作为"农业学大寨"的创业成果而问世的。他为政清廉，思维活跃，观念前卫，正是在华容县委书记任上，他率先推行家庭联产承包责任制。我第一次见他，是为了采写他指挥 1979 年夏华容奋战特大雹灾的报告文学《冰炭赋》，我是在万庾乡月形村的水田里见到这位正在插秧的县委书记的，我硬是陪他插完一丘田才开始采访。

他的双腿上有蚂蟥吸血，但他全然不顾，任它鲜血直流。在岳阳地委副书记任上，他一身正气，两袖清风，敢抓敢管，能说能写，在干部群众中威望甚高。今天，他专程从百里之外的岳阳市区赶到这里，看着自己洒下过心血汗水的田园沃土和垸外洞庭湖洪水连成一片，他百感交集，老泪纵横。

夕阳西下，老人投射在洪波之上的长长身影在微微颤抖。

两年后的1998年夏天，长江、嫩江、松花江暴发特大洪水，长江首当其冲！长江流域发生了仅次于1954年的全流域特大洪水。这一年全国发生大洪水和特大洪水的江河之多、水量之大、洪峰之高、持续时间之长，发生时间之早，势头之猛，均为历史罕见。湖南华容县洪山头长江边一位谭姓百岁老人一口咬定："今年洪水百年不遇"，老人成为诸多媒体热访对象，一如当今之网红。

据统计，当年全国共29个省（区、市）遭受不同程度的洪涝灾害，受灾面积3.18亿亩，成灾面积1.96亿亩，受灾人口2.23亿人，死亡4150人，倒塌房屋685万间，直接经济损失1660亿元。

据报道，由于淤积、围垦等原因，长江中下游湖泊面积减少，众多通江湖泊不再通江，原本行洪的滩地、通道不能引洪，洪水出路变小，宣泄不畅，行进缓慢。长江3口即松滋口、太平口、藕池口向洞庭湖分流的比例衰减20%，洞庭湖、鄱阳湖作为长江之肾，均因淤积围垦减少容积180亿立方米以上而导致"肾功能"衰竭，长江干流防洪压力自然是有增无减了。

上游的伐木，中游的围垦，这是人祸。厄尔尼诺的强大暖湿空气带来持续不断的强降水，催生了长江上游8次洪峰倾泻而下。无独有偶，祸不单行，紧步厄尔尼诺后尘的拉尼娜现象，又使本应按期北移的副热带高压突然反戈一击，使一度稍微缓解的汛情雪上加霜。长江洪水之猛和地球变暖之速使科学家忧心忡忡，如果大气中的二氧化碳浓度增加一倍，地球上的降水量将增加 3% ~15%，暴雨和洪水的增加与气候变暖状态是紧密相关的。

大自然冲天一怒，人间即江河四溢。1998 年的长江洪水，以超强的声音拉响警报：“长江流域的生态环境已危机四伏，它随时可以给人们带来新的巨大灾难！”

“伐木者，醒来！”诗人徐刚在 1997 年发出的呼喊，穿越世纪交替的时空，至今依然令人发聋振聩！

倾斜的集成垸

让我们还是将镜头推向 1998 年的华容县，那个夹在洞庭湖和长江之间的水乡泽国。

赖在长江和洞庭湖不走的洪峰，向这个像蛋壳一样在四周浊水中飘浮的“抗洪主战场”凶猛扑来。两年前连溃 3 垸的重灾区知“耻”而后勇，硬是凭科学防护和血气之勇，确保了不溃一堤一垸。时任县委书记的郭健康出身于同样属洞庭湖腹地的湘阴县，用当地老百姓的话说，洞庭湖的麻雀是见过几个风浪的，但是当他在 7 月 4 日凌晨 1 点接到小集成垸已经漫溃的报警电话时，仍然惊呆了。

毕竟是身经百战的抗洪宿将，郭健康旋即在抗洪会商会上当机立断作了妥善部署，三下五除二结束会议，便一头钻进越野车，风驰电掣奔赴百里之外的集成乡。

当这位被连续一个多月的阳光炙烤得皮肤油黑发亮，站在民工中无法辨认出的县委书记赶到现场，这个漂浮于长江江心的小岛，昔日的田园风光已荡然无存，郭健康赶到大港村堤段漫溃溃口时，他感觉满江的洪水都在向垸中倾泻，溃口已达数十米之宽，那是一道在他心上流血的创口，那也是在每一位集成乡村民胸脯上猛切一刀的伤痕。郭健康清醒地意识到，此时此刻堵口已然无望，时间就是生命，确保每一位村民安全，是他和所有党员干部的职责。

抗洪部队的冲锋舟迎着惊涛骇浪冲上去了，岳阳市、华容县在场所有党员干部迎着房梁倒塌的声音冲上去了。正所谓“屋漏偏逢连夜雨，船破又遇顶头风。”正当抗洪军民奋力抢救灾民的紧要关头，一场暴雨倾盆而至，老天像刻意在这方水土上空撕开了个口子，让盛夏并不多见的暴风骤雨夹着幸灾乐祸的雷声，一齐向小集成垸袭来，向勇往直前的抗洪军民和惊恐万状的灾民头上压来，6300 多栋房屋应声而倒。

一夜激战，村民全部平安救出，但满垸金黄待割的早稻，银白待摘的棉花，还有一口口精养鱼池中的鱼鳖，一群群一栏栏的牛羊猪，一笼笼一圈圈的鸡鸭鹅，还有那凝结着几代集成人心血汗水的房舍及房舍中一切财产，还有集成人对近期的谋划、对未来的憧憬，全部遭遇灭顶之灾。

原来，20 世纪 60 年代初长江改道后，集成垸成了长江江心的一个孤岛、一片绿洲。它本来是洪水的地盘，丰水季节，它的职能是行洪，退水则为荒洲。这里的“长江儿女”不惜冒天下之大不韪，向母亲河公然夺地，在集成岛四周筑起堤坝，改洲为垸。

钱粮湖农场和团洲乡原本就是洞庭湖的一部分，是与湖争利围湖造田的产物，1996 年两垸皆溃，这是大自然对破坏生态平衡的行为的必然惩罚。集成垸更为离谱，“万里长江险在荆江”，人们竟敢在如此险要地段蛮横作梗，螳臂当车式以垸挡流。1775 年，就有人在此修建合成垸，这是人类的第一次入侵。《华容县志・堤垸》指出：“邑民贪近利而忘远图，稍阜则堤之，几无出水之路；有隙则垦之，不留樵牧之所。”尽管近年侥幸逃过洪峰之劫，但大自然对入侵者决不存丝毫仁慈之念。1954 年长江超大洪水，曾给集成一次严重警告，当年 7 月 6 日凌晨 2 时，长江洪水漫过集成垸堤，该行洪之处无不被反侵略的洪水夺回本应属于它们的阵地。历史总惊人地相似，1954 年和 1998 年集成垸两次漫溃均为 7 月上旬，前后仅相差 2 天，而且都是凌晨一二时漫溃大堤。不知二者的相似是否存在科学联系，但有一点是肯定的：欠债必还！

在 1998 年 7 月的那个黑色的凌晨，有一艘警用快艇从岳阳出三江口顶着长江洪峰疾行，从岳阳市防汛指挥部出发的市委书记和防汛抢险工程技术人员冒着瓢泼大雨舍舟登岛，随快艇一道赶到集成垸的一名记者望着茫茫大雨和滔滔洪水，听着灾民的惊叹和呼喊，说了一句类似绕口令的沉痛的话："小集成，大集成，集天灾人祸之大成哪！"

洪峰过去，水落滩出，小集城垸满目疮痍。痛定思痛，长痛不如短痛，干脆将前辈所欠大自然的孽债一笔还清。在党和政府的坚强领导下，集成垸 21000 多村民由地方政府妥善安置在全县各乡镇落户，兄弟乡镇像迎接久别的兄弟姊妹一样，接纳了这些刚刚逃过惊天劫难又含泪告别养育过他们的热土的特殊群体。

父债子还，祖债孙还！不管是祖是孙，都是长江这条大中华母亲河的子孙！长江安澜，是长江子孙最大心愿。平垸引洪，就是替天行道，就是为民造福！

1998 年 8 月 1 日，空军某高炮团连指导员高建成在湖北嘉鱼簰洲湾抗洪时，洪峰涌来，千钧一发，为抢救战友和灾民，将可用来逃生的树木倾尽全力推给他人，而自己被恶浪卷走。高建成是湖南湘阴人，洞庭湖的优秀儿子。高建成的几位兄长按当地风俗，专程到簰洲湾找到弟弟英勇捐躯的地方，深情呼唤"建成，回来哟！回来哟！"这种风俗谓之"喊魂"，意为将逝者英魂唤回故土。巫风楚韵正能量，莫作迷信等闲看。

一度被破坏的长江生态呀，回来哟！回来哟！

太湖的 72 小时

太湖美呀太湖美，
美就美在太湖水，
水上有白帆，
水下有红菱，
水边芦苇青，
湖水织出灌溉网，
稻香果香绕湖飞……

听完一曲《太湖美》，我的感觉比歌名还要少一个字——太美！

首先是歌词美，词出大手笔、中国歌词名家任红举，他与人合作的《中国，中国，鲜红的太阳永不落》大气磅礴，荡气回肠！作为一名解放战争时期入伍的军旅作家，他佳作迭出，硕果累累，在影视、歌剧等领域均有不凡建树。这首《太湖美》以雅俗共赏的语言，优美洗练的意象，描述了位于长江下游著名湖泊太湖的景美、物美、人文美。

其次是曲美，作曲家龙飞是一位有过戎马生涯的作曲家，他用或雄壮恢宏、或悠扬婉转、或活泼奔放的旋律激情放歌，他以长江之子独有的对水之美的感悟，为老战友任红举的歌词《太湖美》插上音乐的翅膀，让人们畅享江苏民歌和吴侬软语的悦耳甜蜜，还能若有若无地领略越剧神韵。这首堪比天籁的佳作借歌手龚玥的透明得纤尘不染的金嗓子飞遍神州大地，飞出国界洲际。难怪无锡市授予龙飞“荣誉市民”称号，因为这位“荣誉市民”用心灵和智慧为无锡市争得了无价的荣誉。

然而，美是需要精心呵护的。

2007 年 6 月 8 日，新华社播发通讯《一切为了民生——无锡市化解蓝藻引发的水危机纪实》，客观真实地报道了太湖边这场由生态污染引发的风波及有效化解的情况。

通讯称："5 月 29 日上午，在高温的条件下，太湖无锡流域突然发生了大面积的蓝藻暴发。全市市民饮水源也迅速被蓝藻污染。现场虽然进行了打捞，无奈蓝藻暴发太严重而无法控制。遭到蓝藻污染的水进入了自来水厂，然后通过管道流进了千家万户。"

记者的报道十分客观冷静，我们透过这十分理性沉稳的文字，也能强烈地感受到这场蓝藻暴发的严重程度。

记者还以高度的职业敏感，捕捉到了当地政府依靠群众处理危机的能力，也抓拍到了超市发生的市民让水的暖心一幕。从暴发到治理成功，水危机时间仅 72 小时，这是不幸中的万幸，这说明当地政府和人民处理和化解公共危机的强大能量。

但是，市民更愿意看到的不是危机出现后如何化解危机的能力，而是从源头上、从根本上制止这种危机的发生，正如同人们并不愿意看到警察天天能抓成群结队的小偷，而是更愿意看到天下无贼。

蓝藻是一类进化历史悠久，革兰氏染色阴性、无鞭毛、含叶绿素但不含叶绿体，能进行产氧性光合作用的大型单细胞原核生物。水温 25 ~ 35℃时，蓝藻易于暴发，其暴发的成因为富营养化，而过量的养分主要来自化肥流失、生活污水、畜禽养殖产生粪便、工业污染、燃烧矿物燃料等，由于蓝藻导致水体缺氧，使动物死亡继而产生恶性循环。蓝藻引起水质恶化、鱼类死亡，还可能对人畜产生毒害。

《太湖美》的歌声中，太湖暴发出令人掩鼻的蓝藻污染，这是大自然发出的保护人间美好事物的忠告。守护好一江碧水，守护好大美太湖，我们必须用大干守护大美。让鼋头永远翘首以待天下宾朋，而不再被蓝藻覆盖得羞于抬头，无锡的奋斗者除了枕戈待旦，更要釜底抽薪。

蓝藻暴发并非一城一池的厄运，也非一江一湖的倒霉，而可能成为世界性环保问题。

2008 年 4 月 4 日，美国《科学》杂志指出，蓝藻暴发与全球变暖造成的极端天气有关，美国北卡罗来纳大学教授汉斯·派尔称蓝藻为“湖泊里的蟑螂”，如果气候条件适宜，这“湖泊里的蟑螂”可达 90 厘米厚。

试想想，当水面浮起 90 厘米的蓝藻，而且是密密匝匝，把水面覆盖得严严实实，那么这些湖泊岂不成了露天垃圾场？

有人认为蓝藻暴发的恐慌是发展中国家的专属，如非洲的维多利亚湖，但幸灾乐祸的一些发达国家也常常为此而闹得鸡犬不宁。美国佛罗里达州的奥基乔比湖就发现大量幽灵般游荡出没的蓝藻，而且时不时来一场“紧急集合”，德国北部也有生长蓝藻极盛的湖泊，欧洲南部也时有蓝藻“群体性闹事”，就连自认为环境优良的加拿大也有蓝藻不时向当局发出警报。

如果没有坚实的生态屏障，美丽和丑陋有时候仅一步之遥。

无锡铁腕治藻，72 小时就让太湖涅槃重生，噩梦醒来是早晨。

太湖，早上好！

第三章 巴渝古歌

岷江有幸

岷江，长江上游的重要支流。在徐霞客徒步溯源发现金沙江比岷江流程更长之前，岷江一直被认为是长江正源，《尚书·禹贡》的权威性不言而喻，而岷江在明崇祯十四年，也就是景山那棵歪脖子树发挥其特殊功能前三年，它之前的地位之尊崇可想而知。徐霞客的艰苦求索得出金沙为长江正源的结论又被后人所推翻，这一次次的追本溯源并不意味着金沙江与岷江的失落，反而使这两条具有高贵血统的名江大川更令人心驰神往。

岷江，一般认为发源于四川省阿坝藏族羌族自治州松潘县岷山南麓，也有专家认为其西支大渡河从河源学上来说应认定为正源，此说已于2013年得到中科院的确认。大渡河发源于青海省玉树藏族自治州境内阿尔尼玛卿山脉的果洛山南麓，上源为久治县境足木足河，经阿坝县于马尔康县境接纳梭磨河、绰斯甲河后称大金川，向南流经金川县、丹巴县接纳小金川后始称大渡河，再经泸定县，石棉县掉头向东流向汉源县、峨边县，一路跋涉奔流，终于在被称为“山是一尊佛，佛是一座山”的乐山大佛前，在慈祥而端庄的大佛微笑着注视下注入岷江，同时加盟的还有澎湃而来的青衣江。

大渡河的壮阔波澜所体现的，是伟大的长征精神。石棉县的安顺场渡跨大渡河的铁索桥上22勇士的弥天大勇，每日每时都在激励着当代共产党人继承先烈志，迈步新长征。

岷江自古以来桀骜不驯，从岷山一路狂奔而下。奔腾咆哮的岷江进入灌县地带，这里虽然地势平缓，但时有岗丘突起，地形复杂，加之长此以往的泥沙淤积，每当高洪到来即受阻滞，西边常遭洪水施暴，而东边却常常赤地千里，旱涝夹击，百姓苦不堪言。

一个叫李冰的人出现在岷江边，残暴而疯狂的洪水变得理性而温柔。

公元前256年，李冰任蜀郡太守。到任伊始，李太守沿着岷江现场办公，目睹洪灾频发民不聊生之惨烈，李冰深感治蜀必先治水。他遵循和发展了大禹治水以疏通为要的科学方法，采取以工代赈等多种行之有效的措施，征发农工在辽阔而苦难的岷江流域兴办了一系列规模浩大的水利工程，而都江堰水利工程则是整个系统工程中的龙头工程。

都江堰水利工程的核心在于都江鱼嘴又名分水鱼嘴。这是一条人工筑成的纵向大堰，其头部酷似鱼头，故称鱼嘴，这只庞然大鱼顺江而下，用稍尖的嘴巴将上游倾泻而下的江水分为内外两股，左边即西面水流为外江，此为岷江主流；堤右东面的为内江，分水流量偏小，是灌溉东面农田的总渠。

这是李冰独创的一项发明。施工伊始，采取向江心抛掷石块的原始办法，由于水流湍急，石块悉数被巨浪冲走，回应理想的是激流撞出的一堆带有嘲讽意味的泡沫，怎么办？李冰望着激流和青山发呆，突然他的思维被一片直指蓝天的竹笋牵引，于是，用竹篾编成长10米，宽6米的特大竹笼在都江堰惊艳亮相。这是一条条降伏洪水的青龙，龙身填满笨重的块石和细碎的卵石，然后在民工们统一步调的号子声中沉入江底，排排摆齐，层层迭紧，众志成城，坚不可摧，堪称水下长城。

“青龙”潜水，百草沾恩。分水鱼嘴使岷江科学分流，干流洪水得以分泄，有效地削矮洪峰，水害化为水利，祸水变为甘露。东面的内江有了充足的水源灌溉灌县久旱的田地，使灌县之名名副其实。这个大致为四六或三七分成的比例成为化险为夷的幸运密码。

都江堰的另一重点工程为飞沙堰。顾名思义，“飞沙”是一种神奇的功能，就是沿用特大竹笼填石筑堤以保证内江水位达到一定高度后漫过飞沙堰排入外江，但不至于将堰推垮。由于它与岷江咽喉宝瓶口的默契配合，能让洪水中的泥沙以飞跃之姿予以排出，故称“飞沙堰”。

李冰给后人留下大量的水利学、流体力学、建筑学等领域的学术课题。有专家对竹笼填石法予以十六字评价：重而不陷、击而不反、硬而不刚、散而不乱。

宝瓶口，岷江河道上一狭窄而险要的隘口。临江而立的玉垒山蛮横挡道，而都江堰工程必须赶走这只拦路虎，李冰为此煞费苦心。用人工凿石，无异于与虎谋皮，多次凿石毫无进展，致使李冰火冒三丈。也许正是因为这三丈恼火，点燃了李冰的智慧之火，李冰突发奇想，改用火攻。

一说是有民工提出此合理化的建议，立即被李冰采纳，火烧顽石，熔岩爆裂，无数把火硬是将冥顽不灵的玉垒山烧开 20 米宽窄的口子，形成一个为成都平原纳福添瑞的宝瓶，倒行逆施、暴戾无度的江水在分水鱼嘴削峰后温顺地转入飞沙堰，继而驯服地泄入宝瓶口这个漏斗口般的水上雄关，再顽劣的浪涛经过宝瓶口的“批评教育”后，以痛改前非的姿态，重新做“人”的心态，判若两“人”的状态流向天府之国，完成滋养成都平原的光荣使命。

在都江堰玉女房下白沙邮地段，李冰用形象思维创意雕刻了三个石人，用一目了然的方式提醒人们观察水性以便未雨绸缪，如果岷江水位浅到石人的足部，即预示灌溉水量不足，如水位升至石人肩部甚至灭顶，则预示洪灾将至。

“深淘滩，低作堰”“遇湾截角，逢正抽心”，这都是李冰父子治水之要诀，也是他俩为后人留下的非物质文化遗产。十年九涝的成都平原，被两千多年前的太守和劳动人民改变为天府粮仓，这也是万里长江奉献给它的儿女巨大的精神和物质财富。

君问归期

成都，因周太王以“一年成聚，两年成邑，三年成都”而得名。周太王者，轩辕黄帝第17世孙也，他上承后稷、公刘之伟业，下启文王、武王之盛世，堪称一代贤王，故“国人皆戴之”。

由于周太王，成都与黄帝扯上了关系。然而成都并没有辜负这份无与伦比的荣耀，它以博大精深的巴蜀文化，俊彩星驰的绝妙山水，独树一帜的地域风情，恢宏壮阔的城市规模，雄踞在中国版图西南，它以历史文化名城的高贵典雅和大西南主要中心城市、国家重要高新技术产业基地的前卫和时尚，吸引着亚非拉、欧美，影响着东西南北中。

岷江的滋润，涵养了成都的气质。岷江的支流锦江用万种风情依偎着这座城市的街道巷，用千般怜爱浇灌着锦官城的花草树，用百结柔肠热捧着这座快节奏与慢生活并行不悖的风情城市的麻辣烫。

女人是水做的，当岷江的水流入这片被花椒和辣椒烫染得火辣辣暖烘烘的土地之后，这里的美女便有了花椒的麻利和辣椒的热情。

薛涛，随父亲薛郧由京入川的才女，自幼冰雪聪明，出口成章。那一年，薛郧望着院中梧桐，也许是想起自己遭贬出京的背时遭遇，自觉怀才不遇，于是感叹两句：“庭除一古桐，耸干入云中。”第三句卡在喉咙里，只听见一个稚嫩的童声秒接下句：“枝迎南北鸟，叶送往来风。”这不正是他苦苦寻求的下句吗？自比梧桐这超然而立之奇木，虽然枝干入云，但怎奈无人赏识，也只能成天随风摇枝，供俗鸟栖息。这是谁？不仅对我日之所思夜之所愤了然于胸，而且将诗句的意象、格律、平仄都收拾得如此安逸！抬头一看，原来是自己的宝贝女儿薛涛。

薛涛，唐代四大女诗人之一，父亲薛郧远使南诏不幸被瘴疠所染死于非命。陡然失怙，衣食无着，而成都米珠薪桂，母亲还须赡养。万般无奈，薛涛在16岁时，带着满腹才华和一腔怨愤，悄悄走进了当时的娱乐场所去当了一名乐伎。

从业伊始，鹤立鸡群。不少风流雅士慕名来访，络绎不绝。薛涛不仅能歌善舞，更擅于吟诗作赋，不仅对客人出题应对如流，连珠妙语脱口而出，还常常弄得前来寻花问柳且才疏学浅之辈洋相百出，无地自容。

然而光顾娱乐场所的并非全是庸才。也间或有气宇轩昂才华横溢的实力派作家诗人前来吟风弄月，或是一吐胸间郁闷。他们点名要找薛涛，其中不乏诗坛翘楚、人中龙凤，如白居易、王建、张籍、刘禹锡、杜牧等。薛涛正是和这些风流雅士酣畅自如地吟哦唱和，薛涛的诗艺更为精进，见识更为高远。

唐贞元元年，中书令韦皋出任剑南西川节度使，慕薛涛芳名，在酒宴上请其当场赋诗。薛涛不假思索，提笔一挥而就，一首《谒巫山庙》瞬间写就："乱猿啼处访高唐，路入烟霞草木香。山色未能忘宋玉，水声犹是哭襄王。朝朝夜夜阳台下，为雨为云楚国亡。惆怅庙前多少柳，春来空斗画眉长。"

韦皋读罢，惊诧不已。即使是照抄一遍他人诗稿，也难达如此神速，况且诗篇意境高远，文采飞扬，想象奇特，尤其是字里行间弥漫着的忧愤惆怅，既有士大夫的家国情怀，又有自我幽怨的无声宣泄。韦皋岂是等闲之辈，当然深谙诗中雅趣。对薛涛即席之作用典之妙赞赏不已，将《高唐赋》作者宋玉自然引入，当时现场既无典籍也无百度可查，运用之妙存乎一心，韦皋感慨系之，于是拟奏请唐德宗授薛涛以秘书省校书郎官衔，此举堪称大胆破格之力荐，虽然因不符当朝取仕套路而未果，但世人还是将"女校书"之雅号奉送薛涛，虽无红头文件，但不胫而走广而告之，百姓一致同意，至今仍未卸任。

喝岷江水吃麻辣烫长大的才女，终于等来了一场火辣辣的恋情。唐元和四年三月，监察御史元稹出使巴蜀，特别约见才貌双全的薛涛。

三月的天府之国，正是莺飞草长、花团锦簇之时，已在诗坛上声名鹊起，在仕途也算春风得意的年方而立的元稹一见这梦中情人，顿觉简直比梦中还强百倍，薛涛一见这位声名如雷贯耳且比她小 11 岁的青年才俊，不仅英俊儒雅潇洒飘逸，更有满腹丘壑旷世才情，不禁心旌摇曳，不可抑止。于是，一把轰轰烈烈的爱火在第一时间不点自燃，熊熊燃烧，省略了多少刻意矜持，删除了多少温文尔雅，免除了多少平平仄仄，拒绝了多少羞羞答答！说爱就爱，一步到位。就在她如飞蛾般扑向爱之焰的翌日，她乘兴挥毫，一首《池上双凫》惊艳问世："双栖绿池上，朝去暮飞还。更忆将雏日，同心莲叶间。"短短 20 字，诉不尽女诗人的万种柔情。春宵一刻值千金，3 个月转眼到期，元稹奉旨回朝。"君问归期未有期，巴山夜雨涨秋池。"李商隐这首《夜雨寄北》倒是十分契合这对诗坛情侣的苦恋心境。

好在鸿雁可传书，纸短而情长。为了这日复一日聊寄相思的情诗书写方便，薛涛发明了将纸裁成约相当于今 32 开的书笺并染成寓意深长的桃红色，被后人世代沿用，称之为薛涛笺。

关山迢递，鸿雁渐稀。一道巍峨险峻的秦岭，就这样无情地隔断了情丝，刻骨铭心的爱使色艺俱佳的女诗人幽怨丛生，挥之不去。于是，一首催人肝胆如怨如诉的《春望》如血泪喷涌，书写在岷江之滨：

花开不同赏，花落不同悲。
欲问相思处，花开花落时。
揽草结同心，将以遗知音。
春愁正断绝，春鸟复哀吟。

风花日将老，佳期犹渺渺。
不结同心人，空结同心草。
那堪花满枝，翻作两相思。
玉箸垂朝镜，春风知不知。

洋洋洒洒，期期艾艾。哀哀怨怨，心心念念。泼泼辣辣，缠缠绵绵！

薛涛一生与诗为伴，凭诗寄情，一生著有诗集《锦江集》五卷共约500首，《全唐诗》录入88首。失恋后的薛涛没有选择一哭二闹三上吊，而选择了脱下红裙着道袍。这多情而无情的元稹大诗人若干年后却写出了纪念亡妻的千古绝唱："曾经沧海难为水，除却巫山不是云。"薛涛在这位大诗人眼中连一片云都不算。大和六年，薛涛这颗耀眼的诗星悄然陨落，享年64岁，时任西川节度使段文昌以当代所推崇的"尊重知识、尊重人才"的理念和气度，亲手为薛涛题写了墓志铭，墓碑上书"四川女校书薛涛洪度之墓"。

当然，与成都渊源最深的诗人首推李白和杜甫，词人呢，当然是生于斯长于斯的苏东坡了。现代作家也是群星璀璨光耀神州，有戴有东方文豪桂冠生于若水和沫水之滨的郭沫若，有文坛泰斗巴金、李劼人、流沙河、马识途等，以擅写当代京味小说而著称文坛的刘心武竟然是成都人，而众所周知的巴山鬼才魏明伦虽出生自贡，然常驻成都，致力于川剧与川菜的友好竞赛，还肩扛"魏碑"满天下之颜值担当，功莫大焉！

如果司马相如与卓文君九泉有知成都文运之昌，该合作一纸《岷江赋》或《蜀水赋》，以感恩母亲河对历代文人的滋养哺育。

其实此事不必惊动司马相如和卓文君，成都籍诗人杨慎咏母亲河的名诗，早已随电视连续剧《三国演义》的播出而妇孺皆晓，当然该诗另有题旨，但也应算巴蜀儿郎献给母亲河的一瓣心香：

滚滚长江东逝水，
浪花淘尽英雄。
是非成败转头空。
青山依旧在，
几度夕阳红。

白发渔樵江渚上，
惯看秋月春风。
一壶浊酒喜相逢。
古今多少事，
都付笑谈中。

西南半壁古戎州

浩浩金沙江一路征战，始终不改奔向东海的耿耿初心，无论是从雪域高原一落千丈，还是扬起波涛的斧钺浴血奋战，面壁万仞，被横断山脉硬生生威逼挟持向南时仍念念不忘东进目标，憋憋屈屈忍辱负重南行至丽江石鼓镇时，终于瞅准机会回马一枪，用浩荡的清波围着这个茶马古道上重要节点，把180°的优雅、圆润和潇洒，酣畅淋漓地挥洒在天地之间。

经过长途跋涉和征战的金沙江懂得东进的不易，一如战国时期诸侯的合纵连横，要完成奔向东海拥抱太平洋的蔚蓝之梦，它除了一路吸纳众多河流加盟外，还得与强壮健硕的大江大河携手同行。冥冥之中，它感受到了这位盟友的存在，至少它知道其大致方位，那就是偏北方向的崇山峻岭之中，有一条野性和自己不相上下的河流，正在日夜兼程地南下、南下。

这条南下的狂野之河，就是岷江。

岷江告别岷山滔滔南下，其声势并不亚于从通天河末端改名的威震横断山脉的金沙江。即使没有长江源头的头衔也无所谓，能在成都平原上纵情驰骋，在李冰父子的精心帮助下，倾情灌溉和滋润天府之国的生灵万物，岂非功德无量？老子说上善若水，还有什么比善利万物而不争更高尚呢？

然而，岷江是涵养丰富、目标远大的一条青龙，岷山赐予它丰沛的水源和原始冲动，大渡河和青衣江在乐山的会师，也给岷江注入了令它亢奋不已的兴奋剂。只要是龙，都有倒海翻江的梦想！

于是，一条雄心勃勃的青龙与一条野心勃勃的黄龙风云际会，分别带着岷山和唐古拉山的高贵基因和强大能量，终于在宜宾激情会师，然后强强联手，同心协力，以长江的煌煌大名，义无反顾，目不斜视地挥师东进，奔向东海。

于是，万里长江第一城的桂冠就非君莫属地戴在坐落于云贵川结合部的宜宾头上了。

“石城门峻谁开辟，更鼓悟闻风落石。界天自岭胜金汤，镇压西南天半壁。”隋朝儒将史万岁这首《石城山》，本是为宜宾市主城区 50 多公里外横江镇境内石城山而作，不经意之间，将宜宾古城的雄奇险峻的磅礴气势、威震西南的浩然雄风表述得淋漓酣畅，力透纸背。本来是石城山的“山歌”或横江镇的“镇歌”，却被后人升级为宜宾市的“市歌”，而且百唱不厌，千古不衰。

这样的范例无独有偶，君不见张继所作《枫桥夜泊》，本是枫桥的“桥歌”捎带寒山寺的“寺歌”，不是也被千古传唱为姑苏城的“城歌”了吗？

这里三江交汇，碧水环绕，滚滚涛声中弥漫着四千年的酒香，缠绕着三千年的茶歌，回荡着两千多年铁马驰骋的矻蹬和金戈搏杀的铿锵。

相传哪吒的风火轮在这里启动，其父李靖镇守此地时，哪吒降生宜宾。僰人的部落曾在这里安营扎寨，他们用当代科技也极难达到的绝技，将一口口悬棺置于大江岸边峭壁之上，供无数过客千年一叹。

宜宾还是革命先驱李硕勋、抗日女英雄赵一曼的故乡。万里长江第一城的辉煌殊荣，还包括万里长江第一古镇的盖世荣光。一纸一字千钧的十六字电文，使这个长江上游的历史文化名镇有幸成为抗战时期大后方的文化中心之一。七七事变后，日寇发动了企图灭亡全中国的侵略战争，雄浑壮阔的中国抗日民族解放战争拉开战幕。炮火硝烟中安放不稳一张书桌，同济大学经历了颠沛流离的千里流亡，仍然面临无处安身的危机。仅 3000 人口的李庄立即发出电报："同大迁川，李庄欢迎，一切需要，地方供应。"16 个字也并非豪气冲天，但字字如古镇的泥土一般朴实，如石牛山的岩石一般硬朗，如长江水一般深沉。

于是，蜚声中外的同济大学千里迢迢喜迁李庄。随即，金陵大学、中央研究院、中央博物院、中国营造学社等教学、科研和文化机构接踵而来，一时李庄名校名人云集，群星璀璨，著名学者李济、傅斯年、陶孟和、吴定良、梁思成、林徽因、童第周、梁思永、劳干等在古镇或执教或著述，呼吸着负离子充分的空气，吃着李庄人烹制的河鲜，享受了 6 年世外桃源般的安逸与巴适。梁思成的扛鼎之作《中国建筑史》就是在李庄的青砖黛瓦封火墙画栋雕梁之宅"思"而成。

李庄不仅让一批国内顶尖级知识分子和进步学生在这里免遭炮火之难，更为难能可贵的是，李庄为涵养民族精神、赓续传统文化，发挥了特殊的作用。换句话说，抗战时的作为一个时代杠杆的支点，李庄撬起了民族精神和传统文化的未来。

朝天门，门朝天

重庆，一座背靠大山，因水而兴，两江四岸，向水而生的山城、江城。一座雾失楼台、月迷津渡、阳光明媚、火锅滚烫的雾都、食都。

长江和嘉陵江的风云际会，需要有足够宽敞的看台供人驻足观赏，于是，就有了雄峙江边的超级看台朝天门。就在朝天门的石阶上，看两江合流，看百舸争流，明净的江水如一条硕大的电影胶卷，录下的是山和水的依恋，水和城的缠绵，山和城的拥抱，还有蓝天和大地的天长地久，意惹情牵。

朝天门不仅是超级大看台，也是千年大舞台。且不说距今200万年前旧石器时代早期，中国最早的人类巫山人是否在这长江和嘉陵江交汇处留下过足迹，也不说距今2万年至3万年的旧石器时代晚期，铜梁的先民是否在狩猎时追着麂鹿经过这里，只说战国时期在此歇歇脚的滚滚狼烟中，巴国子民从汉水流域一路颠沛流离历尽千难万险先后在枳、江洲、垫江建都，弱小的巴国与强大的楚国一路激战，且战且逃，战船上的烈火浓烟熏黑了巴国的绘有白虎的战旗，直至秦灭巴国，巴人逃至涪陵武隆一带，散兵游勇在朝天门探路踩点，有的干脆抬起滑竿当起“棒棒”自食其力。

作为大西南门户的大门，湿漉漉的石板阶梯上，不仅飘洒春秋战国的腥风血雨，而且还托举过盛唐繁宋的骚风雅韵，上演过多少威武雄壮的历史活剧，书写过多少波澜壮阔的英雄史诗。

于是，大看台又成了大舞台！

当茫茫雾都的浓雾被朝阳的巨手拉开大幕，第一个出场的是东周末期的巴国将军巴蔓子，背景是公元前5世纪巴国内乱之时，部分巴人揭竿而起，国势风雨飘摇，生灵涂炭。为拯救国运，为君分忧，巴蔓子遂向楚国借兵，承诺若能出兵为巴国平叛，则以三城为代价予以酬谢。

事成后楚国向巴蔓子索要三城，巴蔓子认为国土不可分割，让城则为不忠，但违约则是无信。怎么办？楚使相逼甚急，巴蔓子对楚使说："将吾头往谢之，城不可得也！"话一落音，即举刀自刎，将军以一头留三城，使忠信得两全。楚使将巴蔓子首级带回向楚王复命，楚王不仅不气恼，反而唏嘘不已，感慨系之，三城没讨到，反讨来一场葬礼，足见楚王对忠勇之士的追慕与敬重。

中国戏曲自古有生旦净末丑等角色行当。如果说巴蔓子属粗犷浑厚的净行，那么第二个出场的则是端庄典雅的旦行青衣了。她是巴寡妇清，是战国时代大工商业主。丈夫早逝，她以巾帼不让须眉的胆略和智慧操持家业，以雄厚资产支撑实业报国。据说秦始皇陵里大量水银就由巴寡妇清提供赞助。太史公司马迁也对巴寡妇清赞誉有加，《史记·货殖列传》这部中国最早的经济史列举的秦汉知名企业家仅范蠡、子贡、白圭等区区 7 人，而巴寡妇清是 7 人中唯一女性。她从事的行业是采炼丹砂，她的家族垄断了长江重庆段丹砂开采业，且研发出带有核心竞争力的独特冶炼技术，加之经营有术，于是富可敌国，解决百姓劳动就业人数众多，仅僮仆和保镖就达三千余人，即使是享有万乘之尊的秦始皇对其也是以礼相待，于是有了"礼抗万乘"这个成语。

在朝天门这个千年大舞台上登台表演的女性，还有激励新中国几代年轻人"一片丹心向阳开"的著名革命烈士江姐。在白色恐怖的日子里，江姐从朝天门登上轮船前往华蓥山革命根据地。正是这一次带着重要使命奔赴川东，经历了目睹丈夫彭咏梧的头颅被敌人悬挂于城门的巨大悲恸；正是这一次赴川东，江姐和双枪老太婆率华蓥山游击队奇袭敌顽，捷报频传；正是这一次赴川东，江姐遭遇叛徒甫志高出卖不幸被捕。在歌乐山下渣滓洞"中美合作所"的魔窟里，江姐和狱中姐妹迎着黎明前的曙光，用红色被单绣红旗庆解放。朝天门的台阶上，有江姐和战友们洒下的鲜血和热泪。长江和嘉陵江的胶片里上，摄下过江姐坚贞不屈百折不挠的英姿。

“朝天门”这三个字，我从小就听父母常常说起。1949 年 12 月，我父亲随军起义。起义前夜，他作为先头部队的率队者之一，冒着国民党特务阻挠、盯梢和暗杀的危险，义无反顾地赶赴成都郊外的新繁县，弃暗投明，接受中国人民解放军的整编。两年后，父亲转业回湘工作，就是从朝天门登船的。当时父亲看到的朝天门码头虽然依然陈旧破败，但充满新社会的蓬勃朝气。那一级一级从江水中铺向山城的麻石台阶，如一张巨大的横格稿纸，书写着大西南与大长江的大连接、大通达、大吞吐、大循环。

1988 年，我终于来到这里追寻父亲的足迹，也在朝天门码头登船顺江而下，感受千里江陵一日还的潇洒和风雅。

2020 年我重访重庆，放眼两江四岸，高楼摩天，大桥如虹。朝天门依然气势磅礴，一头托起大山城的巍峨雄伟，一头挽着大长江的澎湃壮阔。我站在最下一级台阶看着这浩然山城和浩荡江水，还有这千年石阶上的人影欢声，不禁突发奇想：要是张艺谋哪一天也站到这里放眼朝天门全景，他肯定会发现，这不是大型实景剧《山城印象》最理想的大舞台吗？

铁血钓鱼城

“任凭风浪起，稳坐钓鱼船。”这句话描述的是一种敌军围困万千重，我自岿然不动的凛然气度、毅然风度。

重庆自古就有这种气度和风度。

这里是重庆市合川区的钓鱼城，嘉陵江、涪江、渠江三面环绕这座森严壁垒之兵家雄关。相传远古时洪水泛滥，灾民聚集于此食不果腹，满目哀鸿。雾岚之间，突然一身材魁伟之老者赫然现身江边巨石之上，巍然而立，手持一悠长钓竿，气定神闲地垂钓江中，钓起无数鲜鱼供灾民度过饥荒。钓者一般都端坐水边，姜太公渭水边垂下直钩时应是端坐着的，柳宗元笔下的孤舟蓑笠翁想必也是坐在船头独钓寒江雪的，然而合川钓鱼台上的男神却是雄姿勃发顶天立地站着的，俨如一尊镇河之塔。

这座英雄城也是以站立的姿态雄峙历史的。

让我们站在这块屹立千年名垂万古的钓鱼台上，透过历史风烟，回望这一段由守城将士鲜血书写的悲壮与忠勇。

被毛泽东称之为“只识弯弓射大雕”的一代天骄成吉思汗，灭西辽，克西夏，南征北战，纵横驰骋。成吉思汗的铁蹄还曾踏平欧亚大陆，饮马地中海，建立了庞大的帝国体系。公元1235年，这个骁勇的马背民族剑指临安，进攻南宋。马蹄声和江水的怒吼汇成一处，甚嚣尘上。兵临城下，南宋四川制置使和地方将帅在钓鱼山上筑城扩城，用磐石之坚抵御来犯之敌。

这是一座临江而立雄踞天险且同仇敌忾众志成城的石头城，40里城墙固若金汤，八座城门八面威风。城内护国寺、军营、运输马道、军工厂设施成龙配套，石照县衙照常办公，守城军民从容镇静，一如临江而立宠辱皆忘垂钓于江的魁伟男神。

公元1243年，王玠率军民筑钓鱼城，迎战数倍于己的来犯之敌，这一打就打了36年。即使元王朝已经建立，唯钓鱼城如大海孤岛拒不降之，城头仍然高扬南宋旌旗。这旷日持久的36年中，这座英雄城中已分不清谁是守军将士，谁是黎民百姓，真可谓全民皆兵，众志成城。前仆后继，浴血奋战，大小战斗200多起，军民们硬是凭一腔血气之勇力挫虎狼之师。1259年，蒙古大汗蒙哥率精锐之师攻城，他高举祖父成吉思汗传下的“上帝之鞭”，其车也辚辚，马也萧萧，势也汹汹，气也咄咄！

蒙哥可汗的“上帝之鞭”可不是戏台上以鞭代马的道具，也不是皇室卤簿用于仪仗的拂尘，而是削铁如泥无坚不摧的屠刀。可汗攻城是富于仪式感的，鼙鼓和号角震撼三江水，翻飞的战旗卷起龙卷风。如雨的箭矢射向城堞，高竖的云梯顽强地伸向城墙。

然而，守城军民愈战愈勇，英雄城里杀声震天。恼羞成怒的蒙哥冲到前线，发起孤注一掷式的疯狂进攻。城中守将一看，正中下怀，命狙击手拈弓搭箭，加之滚石檑木一齐击发，狂热指挥高烧不退的可汗突然被乱石击中，轰然倒在阵前，弥留之际他圆睁豹眼，咬牙切齿留下遗嘱：“不讳之后，若克此城，当赫城剖赤，而尽诛之。”作为大元帝王宪宗的蒙哥死不瞑目，饮恨巴渝。

旷日持久的钓鱼城之战，是南宋王朝与蒙古之间的生死血战，是中外古今战争史上罕见的以少胜多、以弱胜强的著名战例，它雄辩地证明了巴渝军民保家卫国的大智大勇，群胆群威。铁血钓鱼城因之被中外军事家誉为“上帝折鞭处”。

1279 年正月，春寒料峭，余雪未消。合州安抚使王立以不可屠杀全城百姓为条件放弃抵抗，忍辱降元。当城门一开，敌军涌入，守城主将拔剑自刎，其身后 30 多位守将同时毫不犹豫仿效主将，饮恨自尽，一群身经百战屡建奇功的爱国将领，以集体殉国的方式，慷慨悲壮地倒在血泊中，同时倒下的还有那面在城头飞扬了 36 年的杏黄旗……

站在钓鱼台上倾听江风呼啸，我倾听着七百多年前冷的兵器与热的血液的激情对话，目睹嘉陵江举起满江的豪迈，与涪江的倔强和渠江的刚毅汇成神采飞扬的澎湃磅礴，奔向惊涛拍岸一泻千里的滚滚长江。

巴蜀有情起歌声

岷江从雪山之巅奔泻而下，行至都江堰宝瓶口，本来冰凉刺骨的江水突然表现出高度亢奋，以十二万分的热情扑向成都平原，滋润了这里的芳菲大野，造就了遐迩闻名的天府之国。

都江堰，都江堰！孩提时代，我无数次听父母讲你的故事。父母一段刻骨铭心的亲情，而且这段情有如岷江碧水，长流不息，一直延续到下一代，下一代。

藕池河，1852 年长江洪水在洞庭平原胸脯上撕裂的创痕。这条长江支流哺育了河东的段心友和河西的孟碧荣。那时候，我父亲段心友和我母亲孟碧荣都捧着即使在赤日炎炎的三伏天也冰凉刺骨的河水，遥感雪山的圣洁与神秘，却不知道他俩竟然有机会从长江中游溯流而上，在那个烽火连天的年代历尽艰辛奔向巴山蜀水，与岷江结缘，向嘉陵江倾诉衷肠。

母亲出生于一个贫苦的知识分子家庭。我外公孟庆朋靠亲友资助，毕业于上海中国公学。母亲虽然家境贫寒，缺衣少食，但不缺良好的家庭教育和艺术熏陶，有道是“饱拉饿唱”，母亲从小酷爱唱歌。抗战期间，作为南县湖西中学的学生，母亲曾参加演出街头剧《放下你的鞭子》，还在农民夜校教唱抗日救亡歌曲。“工农兵学商，一齐来救亡!”“一刀斩汉奸，一枪打东洋，不怕年纪小，只怕不抵抗”等歌声，点燃了农民心中的熊熊烈火。一次在参加抗日宣传活动时，遭敌机轰炸，母亲在寻找隐蔽物时从高坡跌下，导致右胳膊骨折脱臼，等到空袭结束耽误了治疗，造成终身伤痛，至今每逢阴雨将至隐痛不误，她自嘲为随身携带的气象台。伤痛是国恨家仇的记忆，痛得咬牙，自然对法西斯恨得咬牙!

歌声，是母亲刺向鬼子的利刃；创伤，是母亲铿锵发声的能量！

山河破碎心肝碎，人民受难怒火燃！兵荒马乱、颠沛流离中，母亲随毕业于黄埔军校桂林分校的我父亲段心友远赴四川。父亲驻地在秦岭雄关剑阁，母亲则在成都医专求学。母亲把抗战歌声带到了天府的学府，节假日远足，母亲在乐山和峨眉山上和一群同学放声高歌："我们在太行山上，我们在太行山上，山高林又密，兵强马又壮！"歌声响处，和者无数，山鸣谷应，声浪如潮。雄浑激越的抗战歌曲，是沟通所有陌生人心灵的桥梁。

在开国大典28响礼炮响起时，我的父母正在剑阁遥望共和国的第一缕曙光。母亲坚定地支持父亲随部起义，他们乘坐的军车星夜兼程地从难于上青天的蜀道上，风驰电掣驶向临近成都的德阳。这一路上母亲是否唱歌不得而知，但父母心中响起的肯定是节奏明快的进行曲。百步九折的畏途巉岩见证了军人弃暗投明的坚毅，九曲回肠的嘉陵惊涛目睹了母亲迎接解放的欢欣。

东抵德阳，母亲目送父亲率一支先头部队穿过疑云笼罩危机四伏的地带奔向成都，奔向那轮喷薄欲出的旭日。母亲的目光坦然凛然，父亲的脚步毅然决然。

经过惊心动魄的武装突围，起义终获成功，父亲的军帽上换上一颗耀眼的红星。随即，父亲进入西南军政大学学习，母亲作为随军家属，一次在部队驻地新繁县城正开怀高唱"解放区的天是明朗的天，解放区的人民好喜欢"时，被部队首长偶然听到，于是，母亲被安排进部队文工团工作。当时部队组织了一次类似忆苦思甜为主题的文艺会演，有的团队排演《白毛女》《王贵与李香香》等名剧，而母亲所在的团队却选择了原创歌剧《清水湾》，原创编剧是我父亲段心友和他的战友黄光泽，剧中女一号贫苦农家姑娘金凤由我母亲孟碧荣扮演。这是献给新中国的一份厚礼，这是致敬新生活的一束鲜花，母亲调动了近年来流离湘蜀行走刀尖挣扎于生死线上的生活积累，联想起耳闻目睹巴山蜀水在反动政府统治下哀鸿遍野民不聊生的残酷现实，深入角色内心，揣摩人物的痛楚、忧伤、向往和追求。终于在会演时超常发挥，竟然引起轰动效应。也许正是因为母亲并未受过戏剧院校科班训练，所以凭原生态的本色表演，让观众看到一个质朴清纯的贫苦村姑的本色表现，沉浸式地跟随着剧情，痛苦着她的痛苦，忧虑着她的忧虑，欢欣着她的欢欣。当剧中恶势力在金凤背后阴险凶残地将她推跌崖下，毫无戒备的金凤那一声石破天惊的惨叫，洞穿了全场观众的心。大难不死后的血泪控诉，更是长歌当哭，催人泪下："清水湾里水不清，巍巍巴山起乌云。金凤苦命也是命，世上穷人也是人……"

自从《清水湾》演出成功，母亲成了部队指战员和驻地居民尤其是年轻人的"青春偶像"，上街便有人围上来喊"金凤"，进营房就有战士敬礼，部队集会时首长常安排我母亲给战士们教唱一段"天上飞彩霞呀，地上开红花呀……"或是"团结就是力量……"

人们只听见母亲的歌声，却没听到她的哭声。那一段新繁镇天花流行，部队医院还拉上学过医护的母亲背起药箱突击为患者注射，母亲尽职尽责和军医一道救死扶伤，用当时十分稀缺的盘尼西林拯救不少病儿的生命，却万万没想到当她辛劳一天后疲惫地回到家里，自己两岁的女儿美城因突染天花，无人照顾病卧在床，母亲一摸女儿额头烧得烫手，打开药箱，方知盘尼西林已全部用光，等赶到医院，伶俐乖巧的小美城已停止呼吸。母亲痛彻肺腑，许久都走不出失女之痛，乃至很多年后听说"天花"二字就肝肠寸断，看见盘尼西林药瓶就泪如泉涌，遇到与美城年龄相似的女孩就百感交集，欲抱又罢，欲走又停。

母亲之所以没有成为逢人就说"我不知道冬天还有狼"的祥林嫂，是因为她与祥林嫂处于不同的社会。火热的生活、繁忙的工作激发了她和她的战友们澎湃的激情和井喷式的能量，伴随母亲人生的嘹亮歌声，盖过了她心底的沙哑哭声。

父亲转业参加家乡社会主义建设，部队文工团挽留我母亲留下，团政委还赶到火车车厢内苦苦相劝，说是受师首长委托动员她调师文工团工作。父亲回湖南、母亲留四川，这是令我父亲实在难以接受的选择。列车快要开动了，团政委失望地与我父母挥手作别，我母亲久久地透过车窗玻璃，向这片回荡着她的歌声，也回荡着女儿美城银铃般笑声的巴山蜀水告别。

回到故乡，父母都投身教育事业，颇有建树。母亲教语文、教数学，还教音乐。每当唱到“太阳出来喜洋洋”时，总是神采飞扬，声情并茂，仿佛回到了岷江之畔，座位上的中学生仿佛也幻化为西南军政大学的学员。“挑起扁担啷啷扯，况扯”的极富巴蜀地域风味的衬词，被她唱出十二分原生态川味，那里面透露出金沙江的清澈透明，岷江的奔放豪迈，还有嘉陵江的深沉浑厚，也有青衣江的昂扬高亢。

2008 年 5 月 12 日，我正在长沙出席一个创作会议，午睡时突感不适，同伴称也许由招待所装修施工引起。几分钟后，央视报道汶川地震，我顿觉五内皆堵。为何反应如此强烈？莫非心灵感应也能遗传？我深知比我更为痛彻肺腑的，是当时已 81 岁高龄的老母亲。我立即从长沙赶回岳阳，果然看见母亲正在电视机前默然啜泣。

是的，从德阳到成都的弯弯山路，是我的父母从黑暗奔向光明的希望之路。母亲的多少同学、父亲的多少战友，分布在汶川的崇山峻岭之中。

“汶川，汶川，这映秀镇遭孽哟！那教学楼塌成那样，孩子们都救出来了没有？”

自言自语，自问自答，一会儿不忍卒看地关上电视机，不到五分钟，又牵肠挂肚地打开电视，当她看到一队队军人雄姿英发挺进灾区，母亲的眼泪中闪烁出希望的光，十分动人。

是的！母亲的眼光里，透射出岷江的不屈、巴山的倔强。母子连心，母亲的所思所念所祈祷所期盼，只一次目光相碰便可领会。于是，我走进母亲不安的灵魂，追寻巍巍巴山悠悠蜀水的精神风骨，写下了急就章歌词《山挺脊梁岭抬头》：

谁不夸莽莽巴山天下秀？
谁不说绿绿青城天下幽？
谁不知悠悠宝瓶天下口？
谁不爱青青卧龙天下竹？
危乎高哉天裂口，
都江堰里血泪流。
琅琅书声砖砸碎，
处处钢筋把心揪！
平了，大镇小镇，
倒了，矮楼高楼。
汶川北川青川川连川，
万箭穿心头，
万箭穿心头。

谁不夸巴蜀汉子雄赳赳？
谁不爱天府女子刚又柔？
谁不知汉藏羌彝亲骨肉？
谁不见东西南北手拉手？
云里伞兵天作路，
双脚跨跃泥石流。
风擦眼泪云牵手，
山挺脊梁岭抬头。

雄起，理县茂县！

挺出，蓥华映秀！

党心军心民心心连心，

曙光在前头！

曙光在前头！

“好！写得不错！写出了我心里的话！支持汶川，光捐款还不行，还要掏出肺腑，献出肝胆，捧出真情！”母亲此时的语言，像奔放的诗，像汹涌的岷江，像她当年在新繁镇给解放军战士们演唱的歌。

知道我要去四川采访，已逾九秩的母亲哼唱着《红梅赞》为我收拾行装。“去乐山吗？我最要好的同学杨辉云就是乐山五通桥人……去映秀镇吗？替我好好看看映秀中学……”我带着耄耋老人的青春记忆，穿行在巴山蜀水。昔日的新繁已经由过去的成都郊县变为成都市新都区的一部分了。虽是大都市的区，但它谦逊地将繁华与喧闹让给了宽窄巷子杜甫草堂青羊宫。无边无际的似锦繁花，在这片留着我父母足迹的沃土上绽放，空气中的负离子滋润着我的肺叶，天府之国的生态之美把我带入“君王台榭枕巴山，万丈丹梯尚可攀”的思古幽情之中。古镇上麻石铺地，仿佛从古蜀国一路铺展过来的竹简，还泛着斑驳的灵光。一条小河优雅地穿行在接力延展的飞檐翘角之下，河水泛着的光波，是李白的汪洋恣肆与杜甫的沉郁悲怆的相加除以二。那座跨越了百年沧桑的石拱桥不知是否还记得，60 多年前，一名背着药箱的编外女军医从它脊背上匆匆走过，她来不及多看一眼这河上荡漾着的诗意，因为她要用药箱中的特效药驱赶附在穷人家病儿身上的死神，她在与青面獠牙的死神赛跑。她用最后一粒子弹——盘尼西林护住了那些不幸而又万幸的孩子，却眼睁睁地看着自己的女儿因缺少一支盘尼西林而不幸夭亡。

石桥无言，河水有声。斑斑苔藓默然为古桥增添生命意蕴，雄峙在似水年华中的桥墩仿佛在告诉我，为了肩上的使命担当，它别无选择，唯一能选的，是坚强！

翌日，我来到映秀镇。我看到了残暴死神从这里将大地无情撕开的一条千尺创口，更看到了泰山压顶不弯腰的巴蜀儿女重建家园的万丈雄心。

第四章 文明长歌

江河与文明

一部伟大的人类文明史，就是一部大江大河的流淌史，也就是一部人类识水、用水、治水、护水的奋斗史。

古巴比伦、古埃及、古印度和中国都是吮吸着大江大河的乳汁而发育成长为文明古国的。

文明是人类发展史上十分特殊的一个阶段，是站立起来后的人类告别动物界后，进一步脱离穴居野处、茹毛饮血的原始野蛮状态的阶段，所以人们常将“文明”这个词与“野蛮”相对立。我清楚地记得前些年有一则电视广告，一名当代穿着的小伙子在大街上爬上交通隔栏，当他纵身一跃时，落地竟变成了一只猿猴。这是典型的“返祖现象”，这则广告告诉观众：遵守交通规则是文明行为，跨越交通隔栏就是野蛮行径。让我们的祖先走出野蛮长夜，迎接文明曙光的就是最富母性柔情的大江大河。

古巴比伦位于当今的伊拉克一带，发源于土耳其中部山间的幼发拉底河、底格里斯河穿境而过，流经叙利亚北部和伊拉克注入波斯湾，其下游有美索不达米亚，在两河滋润下成为古巴比伦文明得天独厚的摇篮。

古埃及位于非洲北部，全世界第一长河——尼罗河是哺育古埃及文明的源头，波涛汹涌的尼罗河一路汪洋恣肆，穿越戈壁，在它的最下游部分却如孔雀开屏般分成众多岔河奔流在 2.4 万平方公里富饶美丽的三角洲平原上，正是这自由水网织成的文化摇篮，成就了古埃及文明的一度辉煌，在这片谜一般的土地上，在生产力水平十分低下的时期，到底是用什么技术建成如此宏大魁伟的金字塔和狮身人面像，一直没有权威的解释。

古印度位于亚洲南部，地域包括如今的印度和巴基斯坦等国，古印度的发源地是印度河与恒河流域。古印度是人类文明的发源地之一，在文学、哲学和自然科学等方面对人类文明贡献独特而巨大，在宗教方面多有建树。公元前 6 世纪，佛教在古印度产生。伟大的印度河孕育了光辉的古印度文明。史诗《摩诃婆罗多》和《罗摩衍那》博大精深。16 世纪至今，世界通用的计算法是古印度文明成果，阿拉伯数字也起源于古印度，然后经阿拉伯人传播到西方。

中国文化的发源地是黄河和长江流域。中国以华夏文明为源，华夏部落是黄河流域最早的居民。黄河和长江这两条波澜壮阔、奔流不息的江河，是中华民族的伟大摇篮，是哺育中华文明的伟大母亲。长江文明始于公元前 5000 年，距今已有 7000 多年，黄河和长江以丰沛的乳汁哺育了流域内各民族儿女，这些儿女共同创造了大中华的光辉灿烂多姿多彩的伟大文明。中华民族精神是各族人民共同培育、继承、发展起来的海纳百川式的交汇交融、共育共长的见证和结晶，已经深深融入了各族文明的血脉和灵魂。

我们有理由骄傲，四大文明古国唯有中华文明生生不息，经历数千年历史风云而不被中断，而且更具澎湃活力和蓬勃生机，一如浩浩荡荡滚滚滔滔的万里长江，任凭风云变幻、岁月流转，她总是浩然东去，“乱石穿空，惊涛拍岸，卷起千堆雪”！

河姆渡的“四层楼”

长江下游，临海地带的大地之下，深藏着一个震惊世界的秘密——一个枕着东海波涛长眠了数千年的超大城郭。

1973 年 5 月，浙江余姚罗江公社的一个排涝电站工地正在紧张施工。每年夏天，非洪即涝的江南水乡压倒一切的工作是防汛排涝。汛者，大江河自上而下的洪水也。天上倾盆而下的雨水一时排不出而使庄稼被淹，则为涝也。三点水与劳字结合，大概仓颉是想告诉人们，遇到水灾，一年的辛劳就泡汤了。事关全年农业保产甚至丰收，已进入夏季了，这个排涝站的建设刻不容缓。建排涝站就等于与自然灾害赛跑。

铁锹深创，银锄翻飞。“叮当”一声，一把锄头碰到了类似石头或半截断砖或半片碎瓦之类的东西，没引起人们的注意，“叮当！叮当！叮叮当当！”一连串的“叮当”终于引起人们的警觉。

“有东西！”联想到 20 年前，这里就挖出过半截陶罐什么的传说，稍年长的农民起了心思：“停一下，是什么东西发出的响声？”

于是，一片片黑色的陶片被民工的手捡起、擦亮。一件件原始的古陶残片，一块块动物骨骼，还有零零星星的打磨钝刀的石器，从泥土中翻身而出。阳光下，这些器物发出星星点点的光点，有如一双双如梦初醒的惺忪之眼，兴奋地打量着这个熟悉而又陌生的世界。

闻讯赶来的罗江公社革命委员会副主任罗春华伸手捡起这些物件，想起前不久公社礼堂放电影时，加映的新闻简报上曾有一期“考古大发现”，那画面不正是这模样吗？“立即停工，说不定这是国家的文物。”他又风风火火赶到大队，用手摇电话机向县文化馆报告。

“陶片、骨器和石器？在哪里？快领我去！”正在余姚县搞文物调查的浙江省文物管理委员会的王世伦兴奋不已，第一时间赶到罗江公社，至于是骑自行车还是乘长途汽车抑或步行，如今已无人能准确记起了。

初夏的雨说来就来，钱塘江和富春江的汛期也将接踵而至，排涝站的建设迫在眉睫。怎么办？省文物管理委员会和省博物馆负责人多方协调，立即组建了由汪济英、劳伯敏、傅传仁、魏丰四等人牵头的考古队，牟永抗、梅福根等文物干部随后加盟，考古队就在“情况不明决心大，心中无数点子多”的状态下，以“吃泥巴萝卜，吃一截揩一截”的模式，拉开了这场揭开长江文明最早形成的大戏的沉重帷幕。

5 月底、6 月初，江南水乡酷热难当，考古现场泥泞遍地，而考古工具则是近乎原始的洛阳铲之类，面对蒸发着腾腾热流的烂泥，背扛炎炎赤日，考古队员付出的是和农民劳作一样的体力，更要付出的是精心发现和呵护祖国宝藏的脑力，体脑并用，心力交瘁，不少队员中暑倒地，吞几粒人丹又挥起洛阳铲。手指磨出鲜血，染红了新出土的石器、陶片，让参观者直观地见证了中华文明古今血脉的赓续传承。

围观的人群不时发出啧啧赞叹声，埋头发掘的考古专家们仍在专注地工作。突然，一位围观者的声音钻入了专家的耳鼓：“不同质地和器型的陶器，在层面上肯定是有区别的，不能胡子眉毛一把抓哟！”

“您是哪个单位的？”弯腰工作的汪济英直起腰来，走近这位旁观者，礼貌地问。

“我是杭州大学历史系的教师。”

“杭州大学历史系？毛昭晰教授所在的系？”

“鄙人就是毛昭晰。”

王济英大喜过望：“您就是毛教授？久仰久仰！您是研究世界古代史的著名学者，欢迎欢迎！”说着竟忘情地将满是泥巴的双手伸向对方。

毛昭晰教授毫不犹豫地迎上前去，两双手紧紧相握。

正是毛教授这一次的“场外指导”，让考古团队茅塞顿开。果然，在 3 号探沟的试掘时，他们心细如发地分辨，准确地判断出上下文化层土物件的迥然不同。这个思维持续于河姆渡遗址发掘全过程，也因此获得连续不断的惊喜。

“胡子”和“眉毛”得以区分，在千万平方米的总面积下，考古人员发现了上下叠压着四个文化层，每一个文化层叠压的是500—1000年漫长时光。河姆渡的先民们用这种类似盖楼的方式，向今人诠释什么叫沧海桑田，什么叫千年一梦。

由上往下，最底层的文化层诉说的约7000—6500年前的故事；第三文化层讲述的是约6500—6000年前的精彩；第二层文化层展示的是约6000—5500年前的先民生产生活状态，第一文化层演出的是约5500—5000年前的厚重史诗。

第三、第四文化层覆盖的，有一幢干栏式木构建筑，这是一栋规模宏大的、有底层框架、带有前廊过道的长屋，约7000年前的先民，就具有了爱美观念和科学理念，他们懂得用吊脚楼的方式让人隔离潮湿和泥泞，还可防止毒蛇侵扰。而这一排排在中华大地上最先用人工打入地下的整齐木桩，以及这些木桩所承载起的梁、枋、柱、檩经天衣无缝的榫卯技艺构筑而成的宏大建筑群横空出世的那一刻，这个蓝色星球上所有人类都投来仰视的目光。

干栏式建筑是中国长江以南新石器时代的重要建筑形式，这种形式与北方地区同时期的半地穴房屋形成鲜明对比，它代表了中华文明发展的另一条主线，它同时向人们宣布，长江和黄河一样，都是孕育中华文明的母亲河。

令全人类羡慕嫉妒，还有河姆渡遗址出土的人工栽培水稻的旷世奇观。

河姆渡遗址中出土大量零星的陶片和斑驳的陶器，不少陶器上出现了线条简洁明快的稻穗图案。难怪新中国国徽的设计者和审批者如此重视稻穗，是稻穗和齿轮的图案构成了新中国的工农联盟为基础的伟大意象。河姆渡遗址出土的陶器上的稻穗图案是长江下游的先民们用泥土和火焰的朴实与炽烈的情怀，发出的“民以食为天”的无声呐喊。

1987 年的再次发掘，是对前一次出土带有稻穗纹陶器的深情呼应，在第四文化层之下，150 吨炭化稻壳隆重出土，一个穿越 7000 多年岁月风烟的巨大粮仓惊艳面世！其数量和保存质量均为全球罕见。炭化稻壳中夹杂不少炭化稻米粒，这表明当时的河姆渡地区水稻不仅供养了勤劳的先民，还因为种稻面积广阔有大量余粮囤积。如果这些稻谷是用来做种子，那么可见当时的水稻栽培技术已经高度发达，而且水稻生产已成规模化甚至集体化的趋势。

食有余粮带来的是贫富差别，是人的身份的差异，是社会矛盾的升级，人类的历史也随之推进。

以稻作农业为主的河姆渡文化的社会经济，呈现多元发展状态。遗址中除大量稻谷、稻壳、稻草等遗存外，还有不少桃子、酸枣、菱角、薏仁米和藻类植物遗存。先民的居住地已形成或大或小或简或繁的村落。伫立河姆渡遗址，透过历史烟云，人们仿佛看见这里炊烟袅袅，鸡鸣鸭叫，桑竹摇翠，稻浪泛金，好一派原始农业田园牧歌图景，这一切都雄辩地证明，长江和黄河一样，也是孕育中华文明的母亲河。

河姆渡也是民间音乐舞蹈的源乡。小巧玲珑的骨哨，吹响既可模拟动物的鸣叫以助智慧型狩猎，也是一种吹管乐器。当代流行于江浙民间的小竹管笛，明显地带有当地远古骨笛之遗风。陶埙造型圆润古雅，仅有一吹孔而无音孔，它用最少的孔之数无声地显摆其资格之老。

“中原逐鹿”这一成语似乎在宣称鹿出自中原，其实长江全流域都是鹿的故乡。

河姆渡先民视奔跑强悍的犴为图腾，常跳起奔放古拙的犴舞来表达对图腾的虔诚和崇拜。7000 年的沧桑巨变，没有消解余姚人古老而年轻的潇洒舞姿，余姚西部平原及西北马渚一带犴舞仍有流传，马渚西北的牟山和泗门一带的犴舞迎新年习俗，典雅古朴，热烈喜气，观之顿生思古之幽情。

河姆渡遗址，请原谅我的拙笔，写不出你的博大精深，说不完你的厚重辉煌。我只想告诉你，站在你面前，作为中国人，我不想骄傲都难！作为长江子孙，我想低调一些、谦虚一些，但是我无论如何都难以做到！

湖南人谷子里的骄傲

“喜看稻菽千重浪，遍地英雄下夕烟。”

这是毛泽东主席阔别故乡 32 年后回韶山触景生情写下的诗句，14 个字同样展现了三湘大地稻作文化的无限神韵、锦绣山川的遍地风流。

万里长江是中国水稻种植的发源地之一，浙江河姆渡 1973 年出土的碳化稻雄辩地证明了长江三角洲 7000 多年前的稻作文化史，20 年后将中国稻作文化历史往前推进了近 5000 年的是湖南永州道县玉蟾岩出土的为数甚多的碳化稻粒。在舜帝长眠的苍梧之野，一颗颗碳化稻一旦重见天日，就如同一朵朵黑色的火苗，照亮了 12000 年前的茫茫长夜，温暖着潇湘原野上的芸芸众生，慰藉着人们的辘辘饥肠。这是迄今为止人类发现的最早人工栽培水稻，要是在此独钓寒江雪的柳宗元当时有此发现，肯定会作《永州九记》了。

水稻是世界三大谷物之一。说起水稻，作为湖南人，我总是无法抑制骨子里和谷子里的骄傲。湘资沅澧，洞庭湖畔，迭印着两代神农的辛勤足迹。

株洲市神农广场上，有一尊巍峨挺拔的炎帝雕像。炎帝头顶刚柔相济的牛角，托起浩瀚苍天；与基座浑然一体的健硕身躯，融入苍茫大地。站在高达 19.97 米的雕像前，我顿觉历史风烟滚滚而来，北去湘江涛声不歇。但更令我振聋发聩的是，雕塑基座背面这一组气吞山河的文字：

> 华夏远祖，野生莽沙，幸有王者，首教耕稼。此王者谁？炎帝神农也。长夜浸浸，如海无涯。幸有王者，尝草作药，此王者谁？炎帝神农也。泥昧岁月，邪疫如麻，幸有王者，尝草治煞。此王者谁？炎帝神农也。天下初成，随处杀伐，幸有王者，安民以罚。此王者谁？炎帝神农也。
>
> 伟哉至尊炎帝，山岳难比其大。首举文明之炬，始植文明之花。千古开拓之斧，凿定创建之法。并肩轩辕黄帝，共奠东方巨厦。历尽万劫未灭，永远蓄势待发。后世亿兆子孙，无论海角天涯，只须语涉炎黄，皆可视若一家……

碑文为《炎帝颂》，作者余秋雨，书者谁？还是余秋雨。秋雨先生《炎帝颂》字里行间熔铸的精气神，以及他对中华农耕文化情怀之深，情感之烈，已跃然“石”上，力透“石”背了。

湖南郴州嘉禾县父老乡亲都会讲述这个故事：炎帝遍访五岭，日夜冥思苦想，寻求一种给苍生百姓填充辘辘饥肠的谷物，竟然梦中与飞鸟争夺禾苗，奋起抢夺而跌落悬崖深潭，噩梦醒来，果然一株嘉禾在手，于是，神农在此地发明耒耜，“始教天下耕种五谷而食之”。郴州市内有大型雕像“炎帝创耒耜”巍然耸立，彰显着这里的稻作文化，已成为这座城市生生不息、迅猛发展的原始动力。

万里长江以丰腴的乳汁哺育三湘大地，中华民族母亲河，在湖南段的主要支流湘江、资水、沅江、澧水通过烟波浩渺的洞庭湖织成密如蛛网的宏大水系，滋润着万顷良田。湖广熟，天下足。作为南方稻作文化发源地之一，三湘人民世代使用着神农氏在耒阳发明的耒耜，沾着炎帝陵带给湖湘大地的祥云瑞气，日出而作，日落而息，种嘉禾、食五谷。

水稻哺养了三湘儿女，湖南的稻作文化支撑了华夏文明的演进。

长沙南托新石器遗址出土的陶器上，不少图案为一只口含禾苗的鸟，线条简洁，却造型独特，速写笔法的鸟呼之欲出，衔在嘴里的稻穗或禾苗写意传神，活脱脱一幅农家小院生活小品。这些陶器上还有镶有“草绳纹”“农田纹”等稻作文化符号，让人看上一眼，顿觉稻花香气扑鼻。湖南人将风味独特的稻作文化经过神圣的火祭，凝固在陶器上，让海陆丝绸之路充溢湘米的芬芳。

在澧阳平原的城头山、八十垱和彭头山，考古专家发现了6500年前的世界最早成熟的大片水稻田，两万多粒史前稻谷和大米。八十垱文化层覆盖了几千年的木耒、木铲、骨铲，印证着《易·系辞》中“神农氏作，斫木为耜、揉木为耒”的精准记载。

当代有神农，名叫袁隆平。这位祖籍江西九江的长江赤子，享誉海内外的农业科学家、中国工程院院士、共和国勋章获得者、杂交水稻之父，自1953年8月大学毕业分配至雪峰山下的安江农校起，直至他生命的最后一刻，68个春秋寒暑都奋斗在湖南的广袤田畴，打着赤脚奔走在三湘四水，大量时间以面朝土地背朝天的姿势，书写着心中大爱，追逐着一株水稻改变世界的伟大梦想。

1960年7月的安江农校试验田是幸运的，试验田中那一株鹤立鸡群的异样禾苗更为幸运，因为他遇上了学识丰厚、敢于探索的青年教师袁隆平。“路漫漫其修远兮，吾将上下而求索。”袁隆平没有辜负在汨罗江上悲壮一跃的爱国诗人的熏陶，他以昂首问天的气势和颠覆经典挑战权威的勇气，开始了研发中国杂交水稻的逐梦之旅。

这一页日历在袁隆平眼中永远流光溢彩，1964年7月5日，这一天，袁隆平以大海捞针的几率找到一株天然雄性不育株，他百般呵护，精心为之人工授粉，终于获得数百粒第一代雄性不育株稻种。两年内，他和他的科研团队找到6株天然雄性不育植株。他将凝结着自己心血汗水的论文《水稻的雄性不孕性》发表在中国科学院主编的1966年第17卷第四期《科学通报》，从某种意义上说，这是一篇公开向传统经典叫板的挑战书，锋芒直指米丘林、李森科的“无性杂交”学说，同时提出“水稻具有杂交优势”的科学论断。袁隆平提出，通过培育雄性不育系、雄性不育保持系和雄性不育恢复系的三系法途径，一定能培育出优势强大产量翻番的杂交水稻。“三系”学说，前无古人，语调不高，石破天惊！

1968年4月30日，安江农校中古盘七号田里，清瘦干练的袁隆平在小心翼翼地插秧。这700多株不育材料秧苗是他呕心沥血培育出的嘉禾芳草。18天后的月黑风高之夜，700多株承载数年梦想和希望的秧苗全部被拔出毁坏，谁干的？为什么要干？只有当事者和天知道。站在一片狼藉的稻田里，心如刀绞的袁隆平咬了咬牙，以愈挫愈奋、越战越勇的姿态，一步一个脚印朝长长的田埂走去。

4天后，心细如发的袁隆平在校区的一口废井里找到了5根残存于世的秧苗。正如在茫茫人海中一眼认出自己的儿子，袁隆平抚摸着这5株劫后余生的希望之苗，在科学探索的崎岖小道上继续艰难跋涉。

袁隆平带领科研小组李必湖、尹华奇来到海南岛崖县南江农场时，高音喇叭里正在播出人民日报社论《迎接伟大的七十年代》。这一群农业科学追梦人，无心倾听那一串串豪迈的排比句，也无心欣赏椰风海韵，争分夺秒地利用这里良好的种植气候进行研究试验，并进行野生稻分布情况的田野调查。

1971年春，袁隆平调湖南省农科院杂交稻研究协作组工作，于是，杂交水稻研究攻坚的主战场也随袁隆平的工作调动转至长沙。

两年后，袁隆平团队历经千辛万苦找到了恢复系，至此“三系”成功配套。1973年10月，袁隆平在苏州召开的水稻科研会上发表论文《利用“野稗”选育三系的进展》，在科技界激起强大的冲击波。

历经劫波，反“稗”为胜，袁隆平弯腰曲背，夜以继日地泡在田里，感恩大地，进军未知。

1975年，中国杂交水稻研制成功，这是农业科学界多少人为之梦寐以求的歌德巴赫猜想之突破。随着杂交水稻逐步推广，水稻育种新竖起的里程碑上，刻下了1976年这个光耀神州的年号。1980年，袁隆平团队攻克杂交水稻制种关，三湘大地和天涯海角，培育出的杂交水稻种撒遍大江南北，中国乃至世界的水稻种植产量产生革命性跨越性的飞跃。随后，这位乐观豁达、目光远大的老科学家不断完成自我超越，一路斩关夺隘、高歌猛进。1997年，他开展超级杂交稻研究，于2000年、2004年、2012年分别实现中国超级稻百亩示范片亩产700公斤、800公斤、900公斤的三期目标。累计示范推广面积2000多万亩，增长20多亿公斤，为水稻稳产增产，为中国的粮食安全作出了巨大贡献。不管有关机构评定院士怎么规定，袁隆平总是用那并不怎么健硕的手臂，将一篇又一篇的精彩论文和鸿篇巨制写在芳菲大野里，写在老百姓的心田里。

湖湘文化中的忧乐情怀，在当代神农身上体现得淋漓酣畅。2019年9月，袁隆平面对记者痛诉衷肠：“全世界有1.6亿公顷稻田，如果其中一半种上杂交稻，每公顷增产两吨，每年增产的粮食可以多养活五亿人口。”他希望“让我们的杂交稻走出国门”，让全人类远离饥饿。

他这一段如他腿上和脚下的泥土般朴实的语言令多少慷慨激昂的演讲和口若悬河的答辩黯然失色！

袁隆平就是这样一辈子干好一件事，一辈子追逐一个梦想。不计个人得失，情系百姓苍生，脚踩淤泥，心忧天下，俯首躬身，殚精竭虑，为中国、为世界播种绿色的希望，带来金色的收获。

对于袁隆平来说，杂交水稻是他的灵魂，硕大的稻穗是他终身仰视的图腾。即使在91岁高龄，他还奔走在天涯海角的农田里。即使在弥留之际，他还在病床上终日询问天气、播种、制种诸方面的情况。他的科研成果使得数亿人远离了饥饿，但病魔却残酷地阻止他正常进食，这简直是人间最大的不公平！

2021 年 5 月 22 日 13 时 7 分，这是一个令天下稻穗深深鞠躬的时刻，也是一个令天地戚戚动容的时刻。当代神农、杰出的科学家、共和国勋章的获得者袁隆平在湘雅医院与世长辞。人们被这突如其来的噩耗惊呆了。大家清楚地记得，2019 年 9 月 29 日，习近平主席亲手为袁隆平颁发共和国勋章，袁隆平容光焕发，步履稳健，尤其是双眼透出的深邃和期冀，仿佛在向全国电视观众无声地倾诉一个雄心勃勃的“90 后”的宏大梦想。

您在海南田埂上那惊天一摔，摔伤了千顷田畴，摔痛了万里河山！

湘雅医院门口早已被自发赶来的市民围得水泄不通，“袁院士一路走好！”“袁爷爷，我们永远爱您！”的白底黑字横幅，被哭出声来的人们拉着、抬着。还有人用金黄的稻穗制作成了硕大的花篮，它承载着三湘儿女对当代神农的万般爱戴、一片虔诚。

当运送袁隆平遗体的灵车，顶着倾盆大雨缓缓驶出医院，长沙市区最繁华也最繁忙的芙蓉大道所有行驶中的车辆全部自发停下，向这位敬爱的科学家鸣笛致敬。市民们不约而同扑向风雨涌上街头，抽泣着呼唤：“袁院士，您一路走好！”苍天垂泪，湘江呜咽！打着伞的、没打伞的人们全部被大雨浇得浑身湿透，十里长街冷雨凄凄，热泪潸潸。

距长沙 160 公里外的我是在微信上看到这组撼人心魄痛彻肺腑的视频的。窗外风狂雨猛，空中电闪雷鸣，我当即写下一首小诗，现录于后：

也许正是您安详入睡的那一秒，
湘天楚地骤然起雷暴！

雷，是上天向病魔发出的咆哮！
电，是百姓把唁电写上九霄！
您用一株天涯海角的稻秆，
潇洒地将全球的饥饿横扫。
您的指尖还在五洲田畴的琴弦上欢跳，
灵动的琴弓拉出神农的祈祷、中华的骄傲！

我在知青时代曾任公社农业技术员，我的恩师唐传道毕业于湖南农学院，后来成为袁隆平的得力助手。2008 年，袁隆平作为“三湘第一棒”的北京奥运火炬手奔跑在岳阳楼下时，我曾斗胆当面拜过“师祖”。从河姆渡稻田到引领人类社会水稻研究和生产最前沿的袁隆平杂交水稻研究中心，7000 多年漫漫洪荒，赓续着一个悠长而伟大的梦想，那就是让人类远离饥饿，给世界输入足够的卡路里。中华民族悠久的农耕文化和强大的稻作文化支撑着人类胃壁的充盈、肌体的强健、生命的延续、活力的永恒。

玉树临风

杜甫的《饮中八仙歌》一反平时的沉郁顿挫诗风，诗笔也和他所赞扬的饮中八仙一样潇洒飘逸。“饮中八仙”的排序有人说按八位饮者的官阶排列，诗史没有按当今公文常用手法，标个括号注明“排名不分先后”，而是以年长者贺知章领衔，“天子呼来不上船，自称臣是酒中仙”的李白屈居第六，排在第四位的是侍御史崔宗之，其父崔日用曾任吏部尚书，主管干部人事工作，而崔宗之作为官宦后代为人处世有些另类，行为洒脱无羁，身段也挺拔英俊，也许是因为与李白交情深厚，沾了诗仙的恣意浪漫。杜甫对他的速写是三句：“宗之潇洒美少年，举觞白眼望青天，皎如玉树临风前。”三句诗不算多，但一不留神就吟出了一个成语——玉树临风。

如风中玉树一般俊朗飘逸，风度翩翩，这是对男子外貌和气质的由衷赞美。玉树到底是怎么一回事呢？长江流域的三星堆可以告诉你，说得更具体更精准一点，恐怕只有三星堆博物馆文物修复师郭汉中说得最清楚，他曾以连续八年日复一日地工作，将杂乱无章的残破青铜碎片精心修复成一棵笑傲古今的“中华第一青铜神树”。

这又是怎么一回事呢？

1986 年 7 月 18 日，地处成都平原东北部龙泉山脉西麓的广汉的一家砖厂在掘土时，深埋地下的十几件残缺不全的玉器，以“宁为玉碎，不为瓦全”的崇高气节，用自己的躯体与锋利的锄头发生顶撞，以期发出金玉之声，去唤醒人类的考古意识。

果然，金声玉振催人醒，一个震惊世界的考古发现横空出世。

闻讯赶来的考古人员在两个巨大的祭祀坑内，出土了上千件铸造精致、冶炼成熟、造型怪异、风格独特的青铜器文物，令众多见多识广、身经百战的考古学家啧啧称奇，叹为观止。

57 件青铜人头像形成一个具有浓郁地域特色的“人设”系统。这 57 尊铜像有共同的造型特色，双眼炯炯如炬，眼珠微微凸出。我记得有的资料上称该地区先民营养欠佳，双目突出是缺碘所致，说是西南地区离大海太远，人们吃不到海带而导致缺碘，有的眼珠还干脆夸张地形成纵目，延伸一截，然而他们又有各自特点，无一雷同。这也许是一个神秘部族的立体谱系，或是这个部落的各阶层代表形成的“套装”，那镶有金黄色面饰的典雅高贵，显然是部落首领或高管层人物图像。这些人物面容或凝神深思，或端庄威严，或凶悍怪诞，或沉静平和，他们以不同表情集合在三星堆博物馆的展厅内，无声胜有声地演示着这个地下军团跨越时空的威武雄壮、喜怒哀乐。

这个军团肢体最为健全和硕大的，当属那尊青铜立人像，高 2.62 米。这位高个子双臂向前伸去，左小臂上抬，右小臂朝下，不知是在向人比画演示什么，还是在邀请舞伴翩然入池。面容端庄，身段挺拔，衣冠楚楚，风度翩翩。

那尊青铜纵目面具形态威武，头饰精致，那一双从眼眶中平行伸出的眼珠，被设计者匪夷所思地设计成了一双圆圆的铜棍之横断面，使这尊宽达 1.38 米的硕大头颅凛然生威，令人望而生畏！

在三星堆出土的青铜神树共有八株，其中木秀于林、鹤立鸡群的至尊至高者，就是那棵令天下考古学家和亿万观众注目仰视、肃然起敬的 1 号神树。它是同时期全世界器型最大的青铜制品。高达 3.96 米，由基座和树身两部分组成，树顶因找不到相应残件而只能显示空缺，这反而可调动每个瞻仰者的审美意识去做合理或不合理的想象，使我们的集体审美空间更多姿多彩、绚烂璀璨！基座有如三山相连，诠释着古蜀国先民对大山的崇敬与依赖。神树主干分为三层，呈节节攀升、步步登高之意，树枝亦为三层，每层三枝，用优美的弧线如美人的玉臂在无声地摇动，枝上分桠，桠条一条优雅地向上逸出，托起一只只硕果；一条自然下垂，尽显洒脱。全树高大巍峨而又不失俊俏潇洒，端庄威严而又不失雍容华贵，硕大刚劲而又不失摇曳多姿，古朴典雅而又不失晶莹剔透。九只灵雀含情脉脉地栖息在树枝之上，使神树更具生命活力。这不是青铜，也不是金枝玉叶，树干内分明流淌着长江的血液，律动着华夏的脉搏！1 号青铜神树，你是神与树的统一，是力与美的交响，你是远方与诗的融会，你是沟通人间与天上的使节，你是站立在长江上游的一座日夜放射中华文明之光的耀眼灯塔！

商青铜神树的造型是一种仿生的设计。西蜀自古多佳木，神树既有银杏的笔挺和高贵，又有梧桐的清高和优雅，还有金丝楠的沉稳和雍容，更有鸽子树和桫椤的灵秀与俏丽……集名贵乔木形态和品质之大成，汲大中华森森万木之精华。

商青铜神树的“枯木逢春”是中华智慧孕育的人间奇迹。无数的残破碎片，是曾经亭亭玉立的神树浑身五千年的痛，每一块铜片都是破碎了的生命的一部分，每一部分生命都梦想浴火重生，它们渴望有一双慧眼发现这些被撕裂的生命，继而用特级护理的医疗措施，小心翼翼地将它们连成一个有血有肉能自由呼吸血液畅通的肌体，因为它们懂得自己应担当的一份神圣使命，那就是骄傲地复活，豪迈地立起，立体地展示中华文明的光辉灿烂。

青铜1号神树也许曾经听过人类的这句话：“从哪里跌倒，就从哪里爬起来！”也许岷江的涛声向它们讲述过自己历尽劫波勇往直前的故事，它们从一句话里、一串故事里汲取生命的能量，静静地等待一双手把它们一一扶起，默默地与文物修复师完成心灵感应，直到同频共振，心心相印。

这一组青铜神树还是一群浴火重生的涅槃凤凰。它们以身残志不残的意气熬过漫漫长夜，等待着一个伟大而光明的时代到来。郭汉中团队在八年的漫长岁月里，一头钻入深不见底的时光隧道，用大国工匠的雄心与匠心，用古蜀国先民遗传了五千年的坚韧与坚定，将杂乱无章地散布在泥土里、毫无头绪地摊在地板上的残肢碎片，用为国宝铸魂的精神和智慧，让光耀人间的临风玉树从一堆残片中昂然立起，从自己的废墟中慨然涅槃。是中华民族的母亲河长江用丰美的乳汁滋养了这片圣地上的神树，而这群临风而立的挺拔玉树张扬的正是生生不息、百折不回的长江精神！

三星堆的青铜器既有泱泱中华礼器的富丽堂皇，也嵌入了西南少数民族地区文化的瑰丽浪漫，正如万里长江一路挽起无数支流，百川同流奔向浩瀚东海。在三星堆出土的器物中，人们还惊异地发现，先民们在青铜器型中竟然融入了中亚、西亚和古印度的文化元素，三星堆出土的象牙可能来自印度和缅甸，还有大量的白色齿贝是先民与印度贸易交往的见证。这不得不引导人们作如此遐思：在遥远的青铜器时代，在偏远的古蜀国地区，伟大的先人们就以海纳百川、兼收并蓄的胸襟去拥抱世界，强大自我，涵养和推进中华文明。

静默的恢宏

2019 年 7 月，位于外高加索东南部的石油王国阿塞拜疆的首都巴库，第 43 届世界遗产大会在这里召开。

7 月 6 日，大会进入激动人心的高潮阶段，本届大会主席加拉耶夫庄严宣布，中国黄（渤）海候鸟栖息地（第一期）和中国良渚古城遗址通过审议双双被列入世界遗产名录。

加拉耶夫右手优雅地扬起那把精致的木槌朝桌面果断地一敲，清脆的槌击声穿越高山大海，激起黄（渤）海和钱塘江惊天的涛声。

清脆的槌击声，穿越世纪风云，回应着 83 年前中国考古先驱施昕更手中的锄头发出的第一记响声。

1935 年 5 月，西湖博物馆发掘杭州古荡遗址，作为博物馆工作人员，施昕更饶有兴致地参与发掘，这位曾在常书鸿教鞭下“野蛮”生长的年轻人，看到一件有孔石斧时眼前一亮，联想起家乡良渚也曾出现过类似的物件。在那个兵荒马乱、民不聊生的年月，一些地方盗挖文物现象司空见惯，既然这件石斧具有如此之高的文物价值，那良渚的地层之下这类国宝肯定不少。

施昕更的猜度很快被自己主持的试探性发掘所证实。在西湖博物馆馆长董聿茂的批准和支持下，施昕更在一年零四个月的时间内三次发掘良渚田野，获得大量石器、陶器和残破陶片，他仿佛看见了一个属于远古文化遗存的城邦或者村落在良渚大地之下静静地喧闹着，默默地恢宏着!

又花了半年时间，题为《良渚——杭县第二区黑陶文化遗址初步报告》，以一本书的形态呈上了有关人员的书案。一个年仅25岁的非科班出身的博物馆从业人员，就这样凭着朴素的爱国情怀和执着的求索精神，误打误撞地闯入神秘庄严的历史圣地和精神圣殿，成为良渚遗址的第一个发现者和探索良渚文明的先驱。

施昕更的《良渚——杭县第二区黑陶文化遗址初步报告》引起了决策层和学术界的重视与关注，南京中央研究院语言历史研究所董作宾、梁思永还在施昕更陪同下到遗址实地考察。正当施昕更雄心勃勃决心挽起袖子扯旗放炮大干一场时，侵略者朝华北放炮了，1937年7月7日，宛平城外枪响，卢沟晓月蒙羞，良渚遗址发掘计划被迫搁浅。施昕更放下洛阳铲和锄头，聊以自慰地日夜兼程"纸上谈兵"著成《良渚》一书，尚不等排字工拣完最后一章的字模，该书就被迫下架。施昕更怒火中烧，牙根咬断。他收回原稿，随西湖博物馆向浙南转移。既然江南江北都安放不下一张书桌，那就索性将笔也放下！施昕更拿起枪杆，成为瑞安县抗日自卫会的一名抗战勇士。1938年秋，在董聿茂呼吁运作下，《良渚》一书历尽劫波终于在炮火硝烟中艰难出版，随即激起国内外学术界一股强劲冲击波。

1939年，战火裹着的猩红热病毒向施昕更羸弱的躯体疯狂袭来，一代良渚文化研究先驱出师未捷，英年早逝，壮志未酬，恨海难填!

1959年底，新中国考古工作的主要指导者和组织者，中国现代考古学奠基人之一夏鼐，经过周密综合分析和对故乡的田野调查，庄严地为这一新石器文化命名为"良渚文化"。

夏鼐先生1959年的一锤定音，被60年后的第43届世界遗产大会主席加拉耶夫一槌印证。

良渚文化是一支分布在长江下游的古文化，透过时光隧道，人们真切地看到了这片神秘大野徐徐发出的中华文明的曙光。

良渚文化发展分为石器、玉器、陶器三个时期。出土的石器磨制考究，正如毛泽东《贺新郎·读史》吟道："人猿相揖别，只几个石头磨过。"正是这几个石头，促进了人类的手足分工，从漫漫洪荒中坚挺地立起。正是这几个石头，促进了人类智力的进化。良渚出土的大量石器为人类最早的农耕文化符号，三角形的石犁锋利尖锐，斜柄刀美观适用，还有用来粉碎土坯的"耘田器"，无声地诠释着良渚先民种植栽培水稻已达到精耕细作的技术水平，石镰更是收割水稻的专用工具，稻作文化的最初 LOGO。如果谁想选择一个由耜耕农业发展过渡到犁耕农业的实证地，非良渚莫属。正是因为远古农业的发展促进了生产力的全面提升，才会有手工业的繁盛。于是，第一产业从业者中一部分被"招工"从事第二产业，即琢玉、制陶、纺织等手工业，直至漆器制作、象牙雕刻、丝绸纺织等各类精致手工业，展示长江流域先民所创造和蕴含的真善美、精气神。

良渚的玉器是这首宏大交响乐中的高潮，而通高 8.9 厘米的"琮王"则是高潮音乐中的最强音，其工艺水平达到上古玉文化的顶峰。

琮是上古时代用来祭祀地神的礼器。《周礼》称"以苍壁礼天，黄琮礼地。"良渚文化的玉琮之王体形硕大，造型精美，内圆外方，上大下小。原始先民们素有天圆地方的宇宙观，可见琮王是贯穿天地、沟通人神的国之重器。

8.9 厘米的身高，17.1～17.6 厘米的上射径，16.5～17.5 厘米的下射径，5 厘米的孔外径，构成了浑圆端庄、硕大无朋的玉体。它系玉中至臻的黄色软玉精雕细刻而成，表面细密而雅致的阴纹线条巧夺天工。其主要图案为威严而精美的神徽。如果在当今，镂刻此等坚硬玉石当用钻石，然而当时既无青铜又无钢铁，更谈不上金刚钻，良渚先民用的何种雕刻工具确为千古之谜，至今还令一些考古学家百思不得其解。

良渚玉琮的用途并非礼器说一种，学术界众说纷纭争论不休，有的认为是生殖崇拜的载体，如“男性祖先说”和“地母女阴说”“图腾柱说”，还有人认为与财富权力有关，其形制大小、工艺优劣与持有者的身份密切相关。有考古学家推测：“这位拥有玉琮王的主人可能掌握了良渚的核心财富，或是掌握了亲自刻画神人兽面像的绝技，可能是王，可能是巫师。”持此说者大概是说，要么“琮王”是专为孝敬王者的，要么就是能工巧匠精雕细琢后用来孝敬自己的。

良渚文化也有第三产业兴起的内涵，许多由良渚生产的陶器、玉器、木器、竹器，均具有商品的属性，在黄河流域的山西陶寺，在珠江流域的广东石峡的氏族墓地中，都出土过良渚的陶器、玉器，而属于良渚文化的上海马桥、嘉兴雀幕桥一带遗址出土过山东龙山文化的陶鬶，这些都雄辩地证明了良渚文化催生了商业贸易，商业贸易业为良渚文明的传播插上了翅膀。

同样为良渚文化插上翅膀的，是日新月异的现代科学技术。

当在良渚遗址考古工作站工作的王宁远，遇上2009年北京大学和哈佛大学在成都联合举办地理信息系统的培训班，良渚遗址注定会带来新一轮的惊天大发现。

正是这次培训期间，王宁远尝试在电脑上做良渚古城数字高程模型，平时司空见惯的地图，突然出现了令人血压飙升的奇观，地图上原本浑然一体的良渚外郭中，赫然显现一个近乎长方形的方框。

良渚外郭面积达6.8平方公里，在中华大地上同时期的文化遗址中面积最大，而这个凸显的长方形占地3平方公里。在6.8平方公里内，考古工作用洛阳铲几乎探测了每一寸土地，均未发现一粒稻谷，然而在6.8平方公里之外，却发现了为数不等、多则数十万斤的碳化稻谷。事实证明，6.8平方公里是城邦，而其外则为外郭或郊区农村。

据同位素测定，良渚古城内囤积的碳化稻谷，居然并非一律由本地生产。良渚地处长江三角洲，本身就是水稻主产区，为什么还会有如此庞大的粮仓来储存本地和外地生产的粮食呢？

答案只能是：良渚在当时已成为一个地区的政治经济文化中心，也就是说，这里已出现了中国最早的由氏族部落形成的王朝，而来自不同地域的稻谷，可能是这个王朝所辖地带有贡税性质的上缴谷物。如果此说成立，那么纳贡手段已形成国家机器运转中的一个环节。那么，良渚古城实际上已是这个王朝的都城。

12 号墓葬是良渚遗址最早发现和发掘的墓葬，形制宏大，陈列奢华，价值连城的“琮王”，就是从 12 号墓葬出土的。墓葬中随葬的玉器之品质与墓主人身份成正比，也在无声地昭告天下：良渚在当时已出现贫富贵贱之别，社会各阶层已经显现，私有制已经产生。玉琮的器型大小、质地优劣、工艺精粗，实际上形象地体现玉礼器代表的礼制体系。

礼制，是中华文明起源的标志之一，夏商周三代视礼制为天律，谁能说不是对良渚文化的继承呢？

“中华第一城”的美称不是大风刮来的，加拉耶夫手中的木槌也不是平白无故敲响的。良渚实际上已形成区域王权的早期国家。良渚古城的规模宏大，设计前卫，功能分区合理适用，先民们管理城市的智慧和能力，令今天的城市管理者称奇叫绝。先民们所创造的哲学理念、科学技术、文化艺术，完全可以和古希腊文明成果争奇斗艳、并驾齐驱，某些方面还有所领先，例如当时良渚所拥有的带有国防性质的武装力量，骁勇善战，天下无敌，这也是东西方学者公认的历史事实。

神女无恙

“更立西江石壁，截断巫山云雨，高峡出平湖。神女应无恙，当惊世界殊。”

长江九歌

毛泽东的《水调歌头·游泳》，恣肆汪洋，豪放浪漫。1956 年，新中国百端待举，毛泽东以“不管风吹浪打，胜似闲庭信步”的超然姿态与心态，举重若轻，思接千载，畅游于长江武汉段的激流之中，与两千年前的孔子交流，与千里之外的神女峰对话，并以平平仄仄的韵律，勾画出三峡水利工程的效果图，实际上为后来建设大三峡锚定了倒计时的日程表。

逝者如斯，往事如烟，江山如画。

我所乘坐的客轮到达神女峰下，甲板上早已挤得水泄不通。1988 年国庆前夕，三峡正是万缕秋风穿峡过，满山红叶似火燃之时。放眼四顾，只见江北群峰耸峙，确如一群绝色佳人傲立江面，刘禹锡的诗句顿时涌入脑际：“巫山十二郁苍苍，片石亭亭号女郎。晓雾乍开疑卷幔，山花欲谢似残妆……”诗未吟毕，山岚涌起，薄如蝉翼的雾为她们披上柔软透明的轻纱，偶尔透出云层的阳光为她们打上追光，不到三秒就无情切光。随着游船的行驶，这被称为十二佳丽、有生命有体温、能绽放笑容能释放情怀的青峰婷婷袅袅、步履翩翩地向我们走来，那乳白色的薄雾的裙袂仿佛已经飘过游船的栏杆，似乎只要一伸手即可抓住一角。

被挤在栏杆边的我没有伸手去抓，不是不敢，而是不忍，不忍自己并不怎么清洁的五指去玷污十二神女圣洁的裙角，不忍因为自己的奢念导致圣物质本洁来还污去。

“神女峰！神女峰！”随着一阵欣喜若狂的尖叫，有序观景的人群突然乱了秩序，人们争先恐后地东奔西突，似乎只有选择最佳视角瞻仰神女，才不会愧对这稍纵即逝的惊鸿一瞥，才会让这凡夫俗子与西王母之女瑶姬的惊艳邂逅不留终身遗憾。这是人们尤其是男性公民身上常见的审美恐惧症，其实审美客体无论从哪个视角去欣赏都有美的发现，美的愉悦。作为西王母的女儿，瑶姬下凡是为履行协助大禹治水拯救大地苍生的使命，疏浚九州后她居然擅自作主长留三峡，化为长江之上一座志坚如石柔情似水的青峰，仰望朝晖夕阴，护佑舟船平安。

游船的速度慢到近乎停滞，善解人意的船长想必也是巫山神女的“粉丝”。我顺着神女窈窕而笔挺的身姿，酣畅地审美，但见直插雾霭之中的神女峰尖扑朔迷离，呈现一种朦胧诗一般的曼妙意境。过三峡的机会不是常有的，难道就这样雾里看花若隐若现吗？

其实，这种视觉上的模糊并非坏事，巫山多云尽人皆知，正是天空中的水蒸气在青山绿水间游移飘荡，耕云播雨，成就了“巫山云雨”这个令人回味无穷的佳句妙词。难怪明代方孝孺有诗“神女峰前路欲迷，瞿塘滟滪闻猿啼。”随着这艘搜尽奇峰阅尽人间春色的游轮，直接闯入这巫山神女的闺阁之地，在她的裙裾下浏览她那冰清玉洁的躯体，即使是雾锁巫山千嶂暗，也能零距离感受她的亭亭玉立、翩翩欲飞，十二群峰的豪华阵容如众星捧月、葵花向阳，使得这仪态万方的神女峰非茕茕孑立，而是昂昂鹤立。曾吟出“一壶浊酒喜相逢，古今多少事都付笑谈中”的杨慎舟至神女峰前，也触景生情地将一首竹枝词播向巫山云雨：“神女峰前江水深，襄王此地几沉吟。暖花温玉朝朝态，翠壁丹枫夜夜心。”杨慎真不愧明代三大才子之一，也没辜负独占鳌头的高学历高学位殊荣，神女峰前借千年前楚顷襄王之典发表自己的审美评判，意味深长，实在是高！

“看！快看！太阳出来了！”随着观众的欢呼，果然刚才还云雾深锁的山水在秋日的阳光下豁然开朗，碧水中神女峰和她的姊妹峰的倒影更是妖娆妩媚，晶莹剔透。我瞅准时机去饱览阳光下神女峰，这下可谓审读了神女峰在云蒸霞蔚时的绝美风姿。但见即将与我们依依惜别的神女，此时已披上斑斓的五彩霞帔，柔和的阳光也在用另一种障眼法使我无法一睹神女的月貌花容，说白了就是无法看清高颜值的五官，但是我的心灵之眼明确告诉我，这是一张令古今中外所有绝色佳人都黯然失色的脸，中国四大古代美女的颜值之和也比她不上，资历最老的貂蝉虽有闭月羞花之貌但失之妖冶，令沉鱼落雁的西施失之一览无余美得过于透明直白，温泉水滑洗凝脂的杨玉环的失误就在“凝脂”超过健康指标，而娘家离神女峰最近的王昭君倒是美得无可挑剔，但也同西施一样过于尽善尽美，而美是需要有所遮掩的，审美客体的美是需要审美主体的审美创造来最终呈现的。为什么维纳斯断了玉臂反而被人奉为残缺美的美神？一览无余的美顶多只能算漂亮，而既有观赏时的审美愉悦，更有令人倾慕急于探求的未知之美、朦胧之美、神秘之美，其未知领域越大，这种美的附加值越高。民间很多朴实的谚语为这种复杂而微妙的心理现象作了提示，如“美名胜过美貌”“花美在外边，人美在里边”等。这些谚语还告诉我们，美的内涵既包括外貌所呈现的自然美，经过修饰捯饬过的美也可以算作艺术美，也可以加分，但最值得加分的是道德美，这种不凭视觉而是凭大脑分析判断得出“颜值”的美，属于社会美。神女峰以西王母之女的尊贵出身却心系凡间百姓安危冷暖，放弃仙界优越安逸而以扶贫工作队员身份，跟随三过家门而不入的大禹，历尽艰辛，决战惊涛，救万民于水火，圆满完成扶贫攻坚防洪救灾任务后，原本可以返回仙界优哉游哉，却义无反顾地自作主张留在这苦难人间化身巨石青峰，用圣洁的躯体为往来船只指路，用端庄雍容的大美为中华大地上的浩浩长江增色，神女峰啊神女峰，你是人间一块最多情的巨石，你是大江之上用心灵腾跃的舞者，你是用生命为古今船舶导航的GPS，你是傲立于天地之间碧波之上和人们心海之中的东方维纳斯！

游船顺着峡谷河道拐了个弯，巫山神女峰瞬间从视野中消失，人群中发出不约而同的叹息声。随着河道的迂回蜿蜒，一如陆地上峰回路转，回头遥望，巫山神女峰又以侧姿重回人们眼帘。

就这样时隐时现，若即若离，直至曲终人不见，江山数峰青。有情有意的遐思，无拘无束的联想，使巫山神女化为一种至臻至善的大美，渐行渐远并不影响神女峰的巍峨与灵秀，反而觉得其外形与风骨愈发冰清玉洁，楚楚动人。

离王昭君的故乡越来越近了，近到几乎嗅到香河的芬芳了，回到属于我的舱位，还在回味巫山神女之美，继而联想起王昭君千里迢迢和亲匈奴，用无价青春换取天下和平的壮举。在呼和浩特近郊的昭君墓前，我曾为这位当之无愧的四大美人之一献上一瓣心香，但是在马嵬坡前，我却丝毫没有献花的冲动。我不知是谁主持评选的中国古代四大美女，按说这种跨越时空的选美活动先要确立好审美标准，而这个审美标准应该符合中华民族优秀传统文化约定俗成的价值观。四大美女中有三位为国家和民族利益而牺牲小我成就大我，唯有杨玉环仅凭天生丽质难自弃，一朝选在君王侧，在宫中曾有“妬悍不逊”言行记入档案，杨家一人得道鸡犬升天，乃至禁军上下皆言安史之乱起于红颜祸水，逼迫唐玄宗丢车保帅，一条白绫飘过，贵妃香消玉殒。

泱泱中华，英雄辈出，历朝历代，美女如云，花木兰忠孝两全，樊梨花威震大西北，穆桂英大破天门阵，梁红玉擂鼓战金山，中国古代四大巾帼英雄的评选公平公正，这四大美女所呈现的爱国主义精神，岂一个“美”字了得？

光阴荏苒，岁月无情，距与巫山神女初见转瞬已 34 年，东方巨人的高峡平湖构想早已成现实，他老人家所牵挂的神女的确无恙且更为容光焕发，风姿绰约，气宇不凡。

1992 年 4 月 3 日，第七届全国人民代表大会第五次会议审议通过了关于兴建长江三峡工程的决议。作为当今世界上最大的水利工程，它是中国治水史上的伟大创举。随着库区水位抬升的，是中国的国际地位，是华夏儿女的自立和自信，是与日俱增的综合国力。库区百万移民大军为了国家和民族的富强，含泪叩别故土，他乡再造故乡，这百万移民（准确地说是 131 万）中，有一半是与巫山神女一样美丽的女性，是她们深明大义，离乡背井，扶老携幼，重建家园。2001 年的一天凌晨，我在岳阳楼下客轮码头见证了来自重庆忠县石宝镇的145户606名移民舍舟登陆，我清楚地记得移民中一位女同胞背负行李，左手牵着年幼的孩子，右手拿着一株根部带土的树苗。作为记者我追上她询问，她用极平静的语气回答："栽下它，每天就可以看到三峡嘛！"

就在这一刹那，我想到了平静的巫山神女和巫山神女的平静。

第五章 涅槃战歌

可可西里接力战

雪白皑皑，荒野苍苍。

昆仑山垭口，索南达杰的雕像巍然耸立在蓝天下。这位用鲜血和生命捍卫高原圣洁的勇士，是治多县森林公安局干警心中不朽的男神，是万山之宗昆仑山上展翅高翔的雄鹰。

“呯！呯！呯！”一串清脆的枪声，打破了高原的苍凉和寂静。又一次向长江源头出征的仪式在这里举行。瞻仰英雄雕像，吸取前行力量，同时用枪声祭奠英灵，也是为了向蓝天碧野宣示高原人民保护长江源头的宏愿与雄心。

一位英雄倒在血泊里，无数后来者崛起在三江源。

在对天鸣枪的队伍中，那位像索南达杰一样魁梧挺拔的森林警察叫普措才仁。他的父亲是索南达杰的妹夫奇卡·扎巴多杰。普措才仁清楚地记得他与舅舅索南达杰永别的情形。那是高原一个滴水成冰的酷寒之夜，也是舅舅与父亲把盏畅谈的温馨之夜。两位藏族汉子将豪兴与浪漫挥洒在这个激情鼓荡的夜晚，“假如……我是说假如，”舅舅索南达杰以县委副书记的思维，强调着“假如”这个逻辑重音。方桌上是倾斜的酒碗，满屋弥漫着青稞酒的醇香。

“没有‘假如’！”当时身为玉树藏族自治州人大常委会法制工作委员会副主任的扎巴多杰同样思维清晰，逻辑严密。“别给我说什么‘假如’，歌里怎么唱的？‘好人一生平安’！”

“要奋斗就会有牺牲！”做兄长的搬出了他们这一辈尽人皆知的经典句子，“可可西里不能再有杀戮，那可是中华水塔呀！老弟！万一我去可可西里哪一天回不来了，两条，第一，你帮我将骨灰撒在可可西里，第二，你接过我的枪，继续战斗……”

15 岁的普措才仁万万没想到舅舅的话竟一语成谶，英气勃勃豪气冲天的舅舅果然将一腔热血洒在这个令人彻骨寒冷的可可西里，而他的父亲奇卡·扎巴多杰果然践诺，毅然作别了玉树州人大常委会法制工作委员会副主任的那把舒适温暖的沙发，经组织批准接过了那把永远带着姐夫体温的手枪，与那些利欲熏心的盗猎者短兵相接地殊死搏斗。

生于 1952 年的奇卡·扎巴多杰曾是一名军人，从部队复员后曾任治多县公安局局长、玉树州人大常委会法制工作委员会副主任。军人和警察的血性再次被姐夫的壮举所唤醒，所激发，所点燃，在索南达杰牺牲 16 个月后，终于获得批准，接任中共治多县委副书记，重建治多县西部工作委员会，并将下属的林业派出所命名为“西部牦牛队”。

野牦牛体形硕大，性情温顺，严酷的高原环境，更磨砺了牦牛的坚韧意志，如果一旦被激怒，一反常态的牦牛可以用头上的角和一身的倔强掀翻一辆履带式坦克！被誉为高原的保护神。以野牦牛队命名是一种血色的浪漫，更意味着严峻和悲壮！

1997 年，保护三江源，保护母亲河、保护中华水塔的呼声高涨，青海省可可西里国家自然保护区正式成立。扎巴多杰慷慨陈词：“可可西里的羚羊还在血泊中挣扎，保卫国家自然保护区，就要奋起反盗猎，反盗猎就要靠武装！枪杆子才能保卫高原的冰清玉洁！”

野牦牛队曾经沿着武装盗猎者的车辙跟踪追击，蹚过冰河，翻过陡坡，碾过雪原，穿过暮色，战车开进一片曾经是藏羚羊经常出没的草地，眼前的一幕使这群身经数战的环保卫士惊呆了。本应是绿草如茵的原野，却呈现一片刺眼的血红，一具具被活生生剥去了皮的藏羚羊的尸体，横七竖八地堆着。地上已经血流成河，惨不忍睹。突然，一只已被剥光了毛皮的幼年藏羚羊从血泊中艰难地站起，鲜血淋漓的瘦弱之躯迎着车灯一步一颤地走来，挂在眼眶边的眼珠也被鲜血染得通红，瞳孔里放射出令人痛彻肺腑的光波，不知是在喷发满腔愤怒，还是在表示求生的渴望。

早已停车下车的扎巴多杰快步迎上前去，一把抱起这只血肉模糊奄奄一息的幼年藏羚羊，像是抱着自己的孩子……

当他们跟踪追击生擒这群惨无人道的盗猎者，扎巴多杰伸出一双铁钳般的手狠狠攥住一名歹徒，想到那头被剥光了皮死在他怀中的小羚羊，不禁怒不可遏，要不是战友将他拉开，他真想将这家伙的心脏掏出来祭奠那头无辜羚羊，他冲那个家伙吼道："你看你们都干了些什么？你们还有脸活在世上吗？"

正是因为有了索南达杰、扎巴多杰这高原双杰的率领，西部野牦牛队的英雄团队爬冰卧雪，荷枪实弹，在最恶劣的气候条件下，与最凶残的不法分子死磕血战，保卫了三江源的圣洁，捍卫了雪山和冰川的尊严。

扎巴多杰的妻子白玛，是一位深明大义且无比坚强的英雄妻子和伟大母亲。正如《在太行山上》中所唱的"母亲叫儿打东洋，妻子送郎上战场"，亲兄长索南达杰为国捐躯，白玛遭受的失兄之痛可想而知。当丈夫提出接替兄长率队奔赴那条血火征途，白玛纵有万般不愿、不忍和不舍，还是奈何不了丈夫的义无反顾。她一次次为丈夫收拾行装，日日夜夜摇着经筒朝着可可西里的方向不停地祈祷。从玉树州搬到当时尚未摘下贫困县帽子的治多县，等于是从米箩跳到糠箩。丈夫一心忙他的环保，白玛以柔弱之肩扛起这个动荡不定的家的全部艰难。四年之内，搬了四次家，每次都是租借的住房，其中艰辛不言而喻。

没有抱怨，没有推卸。白玛含辛茹苦相夫教子，大儿子普措才仁继承舅舅遗志，踏着父亲足迹，参加西部牦牛队，成为一名骁勇善战的森林警察、环保卫士，成长为五道梁保护站站长。

在缺氧、缺吃、缺补给、缺医疗保障的恶劣环境下，唯一不缺的就是一脉相承的索南达杰的奉献精神、牺牲精神。

可可西里国家级自然保护区的成立，宣告中华水塔的保护已进入国家战略层面，也宣告白玛这个英雄的家庭两代人的心血和汗水没有白流。

作为第二代可可西里的守护者，普措才仁意气风发，豪气干云。穿着妈妈一针一线缝制的贴身皮袄，他率领战友们顶风冒雪、爬冰卧雪甚至饮冰嚼雪，以七个人两把枪的装备配置，勇敢应对武装到牙齿的盗猎团伙。

复杂多变的自然气候，充当了盗猎分子的帮凶。在可可西里深处，在白雪皑皑的高原，普措才仁和他的战友们常常遭遇弹尽粮绝，连水也不剩一滴，好在挖块地下冰也可以解渴，啃一把雪团也可聊以充饥。空气中的含氧量仅有海平面四成，高山昏厥、感冒造成肺水肿是家常便饭。普措才仁曾痛彻肝胆地送走两位以身殉职的战友。

每一次出征，都可能是一次与亲人的永别！

然而，坚强的母亲白玛却以泰山崩于前而色不变的淡定，送亲哥哥出征，送丈夫出征，送大儿子出征！普措才仁刚刚迎着逆风扑向雪野冰天，她又含着热泪送刚大学毕业的小儿子出征！小儿子秋培扎西长得和父兄一样英气勃勃。大学毕业，雄心也勃勃。广州一家知名媒体向他伸出橄榄枝，然而，他却义无反顾回到高原，穿上那身潇洒而又庄重的森林警察的警服。

作为一位母亲，即使其精神防线再强大，也难接受这一对她来说可谓残酷而又意外的现实。“孩子，我们家已经有人为保卫可可西里流血了，未必两代人都要……”

“妈妈，你懂的。我 13 岁就跟着爸爸巡山，我摸过他的枪。如今我长大了，我要用自己的枪保护藏羚羊，保护野驴，还有雪豹，还有格桑花，保护长江上游的干净空气和圣洁水源……”

此刻的白玛哽咽无语，她把慈爱的视线从儿子脸上移开，瞭望远处的雪山，她仿佛听到了索南达杰对盗猎者发出的怒吼，甚至那一串沉重而清脆的枪声；她仿佛听到了丈夫扎巴多杰在荒原上趴在稀泥上埋头去喝车辙里浑浊的泥水的啧啧声；她还听到了大儿子普措才仁和战友们用缆绳齐心协力拉陷入沼泽冰河的战车时发出的粗犷野性的号子声……

秋培扎西走了，沿着父兄的足迹，走向茫茫雪山，走向莽莽荒原。

白玛目送着又一个儿子慷慨赴任，白发母亲的百结柔肠，缠绕着冰峰雪原……

山平水阔大城浮

走进宜昌，就是走进了长江上游的豹尾，也是走进了长江中游的凤头。

如果有谁对人类创造的伟力缺乏感觉，我推荐你来宜昌看一看葛洲坝。水坝以 2606 米的长度和 70 米的坝顶高程横空出世，巍然屹立于苍天之下，大江之上。

宜昌，中国水电之都，湖北省省域副中心城市，国务院确定的中部地区区域性中心城市，上控巴蜀，下引荆襄。人称三峡门户，川鄂咽喉。

秭归县，源出《水经注》“屈原有贤姊，闻原放逐，亦来归”，因名曰姊归。“秭”原本是数字，指 10 的 24 次方即一万垓，与“归”组成美名，寄托了后人对伟大的爱国诗人、楚骚的奠基人和创造者屈原的爱戴和追慕，“秭归”二字告诉我们，故乡人对屈原的热爱是可以用数字来测算的。《风俗通》称“千生万，万生亿，亿生兆，兆生京，京生秭。”

宜昌和岳阳同为长江边地级市，也同为本省省域副中心城市，诸多方面堪称姊妹城。两千多年前，宜昌孕育了屈原伟岸而高洁的躯体，而汨罗江流淌的岳阳大地铸造了三闾大夫伟大而不朽的灵魂。

2010年端午，原国家文化部和湖北省人民政府在宜昌秭归联合举办屈原故里端午文化节，饮誉海峡两岸的著名诗人余光中，著名诗评家、作家李元洛，著名诗人流沙河应邀出席。在宜昌三峡大学，余光中朗诵他与《乡愁》齐名的诗作《民歌》：“如果黄河冻成了冰河，还有长江最最母性的鼻音，从高原到平原……”三峡大学一千多名师生齐声接诵：“鱼也听见，龙也听见！”声势浩大，荡气回肠。

7年后的2017年10月，宜昌市沿长江一公里范围内的化工区接二连三的惊天爆炸声，震耳欲聋。我想，这一下真该是“鱼也听见，龙也听见”了。

不过，就当时的长江来说，鱼恐怕是不多了。即使还有为数不多的“幸存者”，也被重金属污染摧残得上气不接下气，也没有兴趣去倾听什么爆炸声了。

这是一段不堪回首的记忆，从巴山蜀水到湘山楚水，再到吴山越水，长江沿岸化工围城、化工围江，各类码头随心所欲堆放、运送砂石，空中沙尘飞扬，堤岸遍体鳞伤，近600公里的岸边污染带满目疮痍，有些江段的水体发黑发臭令人掩鼻，因王昭君而美名远扬的香溪河水竭尽全力涌入长江，也是杯水车薪无济于事。

还沧浪之水之清澈，还香溪河水之高洁，宜昌市启动长江岸线生态复绿工程，以壮士断腕、刀刃向内的气魄，将紧贴长江1公里范围内的134家化工企业，无一例外地实施“清零”。化工，是宜昌的“吃饭产业”，随着轰隆隆的爆炸声和坍塌声倒下去的不仅仅是高耸的烟囱和厂房，还是撑起宜昌 GDP 的支柱呀！

但是，这种 GDP 是黑色的，甚至是血色的。化工围城、化工围江的这些年，宜昌的空气污染在全国十大污染城市榜上有名，化学污染诱发的酸雨，下得市民心头发酸，就连室外的金属门把手，不到一两年就锈迹斑斑。

这把手上的锈迹斑斑，难道不是源于那些杀鸡取卵、竭泽而渔的企业的劣迹斑斑？

正因为宜昌是举世瞩目的三峡工程库坝区的生态屏障，属于长江流域生态敏感区，长江宜昌段的生态质量，对于下游有着极大的影响。宜昌的化工规模之大，与当地磷矿的蕴藏之丰有关。加之便捷的航运优势，为含磷的化肥和其它化工产品降低运输成本，在抢滩发展的年代，不少厂家蜂拥而上，造成家家点火、户户冒烟的现象，这些火与烟确实熏起了宜昌第一个产业，也因此而解决了大量劳动力就业问题。对于一个中部三线城市来说，对化工围江说不，向吃饭的产业开刀，的确需要壮士断腕的非凡勇气。

然而这腕还得断！一江碧水，不能在这个上游和中游连接的城市继续污染。再说，本市的市民早就不堪酸雨袭扰，不愿看到宜昌不宜居、不宜游、不宜业、不宜深呼吸！既然这也不宜那也不宜，还有何“昌”可宜？宜昌的决策者选择了国之大者，宜昌的老百姓也选择了保护长江，上游城市争上游！134 家沿江化工企业的“清零”，是一场摆在宜昌人面前的世纪大考，这张考卷上没有两个以上答案供选择，只有一个答案。

宜昌人用四个字赢得了这场大考的高分，那就是“关改搬转”，坚决实现一年内将沿江 1 公里内 134 家化工企业全部“清零”。

关，就是关门大吉，立即停产，一脚踩死，釜底抽薪。田田化工是 20 世纪 70 年代中期创办的资深化工厂，对于地方财政税收和安置劳动就业功勋卓著，但是这个厂离长江干流仅仅百米之遥，年久衰老的厂房和纵横交错的管道倒映在江水中倚老卖老，企业产生的废气、废水、废渣毫不客气地直排长江。

关！立即关！田田化工有限责任公司用实际行动表明，这是一家无限负责任的有限责任公司，守护一江碧水，是时代的神圣使命，是企业的责任担当！汉乐府《江南》有名句："江南可采莲，莲叶何田田，鱼戏莲叶间……"东南西北的莲叶都被化工围江的污水祸害了，"田田"安在？

改，就是科学改进、合理改造，将落后的产能、导致污染的装置改掉、换掉，改出生态效益，换来绿色发展。位于姚家港化工园的三宁化工，毫不犹豫地关闭沿江生产设施，投资100亿元建设60万吨乙二醇项目，一改落后的传统化肥生产，用精细高端产品赢得了市场，改出了效益。

改，给兴发集团带来了涅槃重生。作为上市企业，兴发集团依靠兴山和神农架的磷矿资源优势和长江黄金水道运输优势，顺风顺水地发展，赢得了1996年在上海沪交所那响亮的一锣。在"关改搬转"的"清零"行动中，兴发集团拆除了32套总价值13.58亿元的陈旧落后设备装置，关闭了4个排污口，投资50多亿元购置先进设备，促进节能减排，山不转水转，石头不转磨盘转，兴发人采用循环经济模式，提高黄磷尾气回收率，磷泥烧酸工艺提炼出工业级磷酸盐，酸渣化身为高效磷肥，磷渣用来生产优质水泥，科学减排，变废为宝，点石成金，良性循环。

坐落在王昭君故里的兴发集团，没有令明妃蒙羞和失望，材料一类高端产品，带着神农架的神秘和长江的恢宏，走向国内外市场。他们用企业良知扛起时代使命，不向溪河和长江输出一滴污水，却输出了绿色发展的模式和美誉。2018年12月，兴发集团获第五届中国工业大奖表彰奖。2020 年 7 月 27 日，兴发集团位列 2020 年《财富》中国 500 强排行榜第 491 位。

搬，就是重新布局，合理集中。沿江 1 公里化工企业“清零”，既是告别落后的动作，更是浴火重生的机遇。宜都化工园、姚家港化工园以崭新的标准、优美的环境、科学的布局惊艳亮相，3 年内斥资 5 亿元，吸引符合环保、安全标准的化工企业搬入新园，再展宏图。搬，就是从落后搬向前卫，从愚昧搬向智慧，从衰亡搬向新生。

转，就是升级转型，华丽转身，从低端转向高端，从污染转向环保。聚龙环保科技有限公司，是一家集科研、生产、经营、服务于一体，主营水处理药剂生产销售，危险废物收集、处置、利用，污水项目营运及污水、污泥处理技术开发的公司。公司整合三家同行企业资金大胆转型，年产能由原来的 3 万吨扩大到 22 万吨。如今的聚龙已是名副其实地呈蛟龙聚集、跃海腾云之势，销售范围早已超越本市而依托长江覆盖全流域，成为湖北省水处理剂生产企业的龙头。从高管到一线员工，工作时龙腾虎跃，走路时龙行虎步，企业的华丽转身和科学转型，带来了人的精神面貌的逆转。

漫步沿江大道，西边是碧波潾潾的长江，东边是城市中的花园和花园中的城市。昔日管道如织、废渣遍地、烟囱高耸、污水横流的地段，如今是绿树成荫，繁花似锦，座座相连的江滨公园，体现了宜昌人对自然生态的热爱和敬畏。

在伟大的爱国诗人屈原的故乡行走，在如诗如画、如歌如梦的意境中神游，耳畔飘过穿越两千多年的《橘颂》，心海涌起那若有若无的啼不住的两岸猿声，眼前浮现那一幅山雄水阔的丹青长卷，此作其年代并不久远，但不仅未影响其高远的意境，而且更让人觉得其笔墨紧贴当今这个伟大的时代和身边这条伟大的母亲河，这就是郭沫若《过西陵峡（二首）》：

秭归胜迹溯源长，峡到西陵气混茫。
屈子衣冠犹有冢，明妃脂粉尚留香。
兵书宝剑存形似，马肺牛肝说寇狂。
三斗坪前今日过，他年水坝起高墙。

唐僧师弟立山头，灯影联翩猪与猴。
峡尽天开朝日出，山水平阔大城浮。
已归东土清凉界，应惩西天火焰游。
五十年来天地改，浑如一梦下荆州。

闻到花香是硚口

茫茫九派流中国，沉沉一线穿南北。

1927年春，毛泽东的诗笔是沉重的，这年4月12日，蒋介石在上海举起屠刀，无数共产党员和工人纠察队员倒在血泊中。毛泽东登黄鹤楼时似乎已有山雨欲来风满楼的预感，但心中追求真理的信念异常坚定："把酒酹滔滔，心潮逐浪高。"

从此，武汉就成为一代伟人常来常往之地。这年的8月7日，他在党中央在汉口召开的紧急会议上，慷慨激昂地提出"枪杆子里面出政权"的著名论断。新中国成立后，武汉和杭州成为他视察和小住次数最多的城市。1953年2月，毛泽东在"长江舰"上接见长江水利委员会主任、水利专家林一山，探讨长江水利问题。

1956年，毛泽东在武汉畅游长江，饱蘸长江水写下了《水调歌头·游泳》，首先一句"才饮长沙水，又食武昌鱼"，令武汉三镇的父老乡亲倍感亲切。在词的下阕，毛泽东以澎湃的激情，用诗的语言，再次为三峡水利工程描绘蓝图："更立西江石壁，截断巫山云雨，高峡出平湖。"

二三十年后的长江武汉段，尤其是与汉水交汇处，水质是不敢恭维的。当时坊间流传着这样一句话：“一边闻，一边走，闻到臭味是硚口。”

在九省通衢大武汉的中心地段，硚口区东偎长江，南抱汉江，与汉阳区隔江守望。在这片土地上，留下过张之洞的足迹和汗水。作为近现代民族工业的发源地，硚口承载了一个特殊时代民族工业起步的光荣和梦想。新中国成立后，随着社会主义建设高潮的蓬勃兴起，近 400 家企业挤到硚口的古田地区一带抢滩发展，而这一带原本就有由大片“滚地龙”组成的棚户区和城中村，不计其数的外地农民或行乞或做苦力聚居于此，时间一长自然就成了城中村的村民。沿汉江和长江的江滩、江堤上，杂乱无章地堆放着砂石、矿渣，江风一起，石走砂飞。江边常驻 100 多艘其貌不扬的趸船和乌篷船，每到傍晚这种随风漂泊的破船络绎不绝划向这里，组成十里水上长街，船上的所有生活污水一滴不漏地排入江中。船上人家不时将擦船板的洗把伸向水中冲洗，酷似一支支硕大的毛笔伸向盛满墨汁的砚堂，蘸上墨汁后以自家的船板为纸，书写岁月的污秽、人生的艰辛。

时光流转到 2008 年，实在看不下去了的辖区管理者对硚口区近百家化工企业进行有计划的搬迁，费了九牛二虎之力，终于用 8 年时间将“99 尊神”一一送出门去，4 万多产业工人得到妥善安置。区领导十分感谢这些深明大义、顾全大局的工人和居民，他们在这场挥泪作别落后产能的大变革中，用自己的付出和牺牲拯救了污水横流的汉水、长江，也拯救了自己的尊严和灵魂。

“神”送走了，“神龛”却成了问题。由于旷日持久的高强度污染，这片无辜的土地却染上沉疴，病入膏肓。重金属污染、有机污染严重超标。这些富含汞、镉、铝、铜、铬、镍、铁、锰等金属的土壤，无论是对人体还是对植物都有相当严重的负面影响。土壤中的重金属不能为土壤微生物所分解，使得其更易于积累，转化为毒性更大的甲基化合物，有的通过食物链传导至人体内，日积月累，浓度日高，严重威胁人体健康。

硚口土壤被重金属污染总方量达4万方，被污染最深达9.5米，超过三层楼之高。无辜厚土，也难载这金属之“重”！

扬汤止沸，不如釜底抽薪。污染不除，祸及子孙。硚口人一咬牙，一跺脚，将4万方被污染土壤经专业挖掘，如严防传染病交叉感染一般，不让一寸净土接触被污染土方，哪怕是一坨一块，一点一滴，将其用全封闭容器小心翼翼地运送到水泥厂送进窑炉，经1300摄氏度以上高温充分焚烧消毒。对于污染较轻的土壤也不能轻易放过，先将其送进氧化修复车间，加入预处理剂，让这些“不良分子”将不良元素挥发成气体后，谨慎检测，达标后排放，整个过程类似“惩前毖后，治病救人”。经过这些处理后的土壤已实实在在地“改邪归正”，才能重新获得“土籍”，回归大地。

近800亩土地“卷土重来”，付出的成本高达数亿。这是为历史还陈账，这是为子孙后代排地雷，这是为天蓝地洁、山绿水碧而夯实基础，增强后劲。

污染的戕害，铭心刻骨。硚口的蜕变，脱胎换骨！

一边闻，一边走，闻到花香是硚口。近15公里的绿带，脉脉含情地拥抱着这片曾经种满苦果的土地，沿长江和汉水阔绰而优雅的城市公园里，花团锦簇，草长莺飞。昔日深受化工污染困扰的中老年市民，置身蓝天下、碧水边惬意深呼吸。儿童不知这一切的来之不易，只是可劲地在绿地上奔跑，在花丛中嬉戏，边跑边念那修改后的顺口溜：“一边闻，一边走，闻到花香是硚口！”

青山依旧在

“我见青山多妩媚，料青山见我应如是。”

吟诵着辛弃疾的《贺新郎·甚矣吾衰矣》，穿行在武汉青山区的江滩公园，放眼北面的浩荡江水，欣赏着大江之畔萋萋芳草、灼灼繁花和青青杨柳，一种想与人对话的渴望爬上心头。

第一个想对话的是张之洞，张大人，您创办了中国近代最早的官办钢铁企业——汉阳铁厂。虽说厂址在汉阳，但后来的武汉钢铁厂传承的当然有汉阳铁厂的遗传基因。作为晚清中兴四大名臣之一，您于光绪十五年上奏朝廷建议修筑芦汉铁路，自卢沟桥至汉口以贯通神州大地之南北。您提出铁路之利以通土货厚民生为要。光绪准奏，并将您调任湖广总督，同时负责芦汉铁路南段修筑。历史选择了您，您让这段历史大放光彩！武汉大学前身自强学堂、华中农业大学前身农务学堂、武汉科技大学前身湖北工艺学堂等一批著名学府在九省通衢之地崛起，您还以破天荒的气魄大办民族制造业，您在大冶调研，您到萍乡考察，夙兴夜寐，殚精竭虑。您凭着振兴华夏民族制造业的勃勃雄心，汉阳铁厂横空出世。

我在大冶见过后人为您塑的雕像，我觉得雕像将您的坚毅意志和前卫眼光表现得较为精准，但对您的博学儒雅还展示不够。光凭您那幅现在挂在洞庭湖心君山岛上湘妃祠照壁上的《君山湘妃词联》，就可作高考满分作文在朋友圈广为转发，“九派会君山刚才向汉沔荡胸沧浪濯足直江滚滚奔腾到星沉龛赭潮射钱塘乱入海口间……”洋洋洒洒408字。意境高远，文采飞扬。

一阵凉爽的江风刮来，刮走了我的“话把”。一群游人迎面走来，一位富态的老大姐笑眯眯地递给我大红的华为手机：“先生，请帮我照张相。我已经调好了美颜，只对准我点一下就可以了。”

我接过手机，认真取景，横两张、竖两张地为大姐和他的老伴照相。我一边将这对老人幸福的笑容定格在手机上，一边搭讪着问：“你们是来旅游的？”

“什么旅游？我们天天来这里旅游，我们就是这里的。”大姐快人快语。

“退休了吧？”

“早退了，他原来在武钢搞技术员。喋，就在那边一点。”

她老伴不高兴了：“什么技术员？高级工程师。”

好！我的第二个渴望对话的人，就是熟悉这一片花园般土地上故事的知情人。

“看，这彩色的地砖，就是用我们武钢集团生产钢铁的残余物质做的。”

“什么钢铁生产的残余物质啰，人家听不懂，你就说钢渣，好撩撇！”大姐的表述确实比高工的通俗易懂。

高工告诉我，这些红色、褐色、灰色的铺路砖表面质感粗糙，踩上去不会滑倒，它最大的特点就是渗透性强，即使是陡降瓢泼大雨，它也能在转瞬之间将雨水渗透到地底。当然，砖底下还有透水混凝土层和碎石层。高工在说到青山区是国家第一批海绵城市建设试点城区时，语气里是满满的自豪。

原来，青山区经历了由荒原、荒滩到十里钢城再到满目萧然再到绿色转型的大起大落、大改大变。

这片北枕长江水、西望黄鹤楼的风水宝地，是第一个五年计划中由国家投资建设的新型工业基地，聚集了武汉钢铁集团、武汉石油化工厂、中国第一冶金建设公司等十几家大型企业，而武钢是这支宏大“国家队”的龙头，当时民间流传一句话：武钢打个喷嚏，青山区就要感冒。可见当时武钢对于青山区乃至于整个武汉三镇都是何等举足轻重。

这片水土见证了大武汉对新中国的巨大贡献。1958 年 9 月 13 日下午，毛泽东站在武钢的炉台上，亲自见证了武钢第一炉钢水出炉。

大企业、大项目带来了大建设、大发展，但由于历史的原因，给青山区也带来了环境的大污染，生态的大破坏。30 多座河砂堆起的山丘，横七竖八地摊在长江边、荒原上，毫无规划、随心所欲开出的运砂石、运重型机械的码头，在江堤上比比皆是。穿梭往返、昼夜不停的解放牌、黄河牌汽车，和小四轮农用车甚至手扶拖拉机的刺耳轰鸣组成的极不和谐的大合唱，使原本栖息在长江边、东湖上的白鹭、白鹤、沙鸥等远走他乡。曾经成群结队的白鳍豚也神秘失踪。江风骤起，沙尘漫天，废铁铺地，污水横流。崔颢先生笔下的“晴川历历汉阳树，芳草萋萋鹦鹉洲”已成无声的绝响，倒是“日暮乡关何处是”“惟见长江天际流”的惆怅与空寂，还在这一带环绕盘旋。

曾经挺起共和国制造业脊梁的光荣之区，“新中国钢铁长子”的诞生之地，在生态优先、绿色发展战略的实施中，青山区痛定思痛，弘扬“父债子还”的传统美德，以守护长江碧水为时代担当，高起点规划，高质量施工，将原有的码头一律拆除，原有的砂场—律铲平。一个绿草如茵、姹紫嫣红、水鸟翩翩、杨柳依依的江滩公园，依偎着碧波潾潾的长江，给长期受粉尘、噪声和污水、垃圾困扰的市民们以意料之外的惊喜和温柔、温暖的精神抚慰。青山江滩如一块巨大的七彩缤纷的海绵，调节着风雨气候，使僵硬的城市地面变得会呼吸、通人性。

众所周知，湖北有“千湖之省”的美誉，荆楚大地大小湖泊星罗棋布。20 世纪 60 年代以来，一曲《洪湖水浪打浪》唱响中华大地，歌声将鱼米之乡的人文风光之美张扬到了极致。而武汉则有“百湖之城”的美称，浩浩长江穿城东去，悠悠汉水蜿蜒西来，中国最大的两个城中之湖汤逊湖、东湖，还有梁子湖、南湖、张渡湖、后官湖、金银湖、墨水湖、沉湖等争奇斗艳各美其美。武汉既是中国中部举足轻重的现代化大都市，居然还以两江四岸百湖的绝妙胜景著称于世。因此，江城最大的市情是水情，最硬的战役是治水。

近年来，武汉在长江大保护战略中积极作为，敢于担当。

让我们继续放眼青山区的点滴变化。2018 年 8 月，令市民们翘首盼望的青山港及 2 号明渠整治、驳岸生态修复工程宣告竣工，一条人工运河明渠以清澈见底的水质，洗刷了围观者的双眼，也涤荡了人们的心灵。明渠具有连接长江和东湖、沙湖等一系列内湖的织成生态水网的使命，它是母亲河献给武汉人民的一条蓝色哈达，也是百湖之城献给母亲湖的一条绿色纱巾。有了明渠，江湖息息相通，遇上洪峰过境或大雨成涝，即可互为依托，吞吐自如，安全度汛，及时排涝。

青山江滩整治、水网整治、生态修复取得良好生态效益、经济效益和社会效益，经过 2020 年长江高洪过境和暴雨频发的考验，青山区乃至武汉市平安度汛，被世界认定为从源头到末端全程治理城市的成功案例。

2017 年 11 月，青山区戴家湖公园获“中国人居环境范例奖”。

2017 年 12 月，青山区江滩获 C40 世界城市奖城市未来奖，武汉市成为此次唯一获奖的中国城市。

如果本篇需要引用一句诗词作为结束句，那么还是借杨慎的佳句吧！

青山依旧在，几度夕阳红。

绿色的支点

这里离三江口很近，近得能听见八百里洞庭和万里长江激情会师的心跳声、喘息声、欢呼声。

这里离岳阳楼很近，近得能听见范仲淹的仰天长啸，感受得到古仁人之心。

这就是长江华龙码头。

这个紧贴长江黄金水道的地方原本没有码头，千百年来，这里芳草萋萋，苇林青青，鸥鹭翩翩，碧波潾潾。这里连同这一望无际的绿色江洲一道，忠诚而朴实地享受着原生态的苍茫野性，与世无争地迎爽气西来，看大江东去。

曾几何时，这里的绿洲突然被划成航运码头，推土机的马达以巨大的负能量，破坏了这一片湿地的宁静，硬生生地将这郁郁青青的植被“开发”出一道刺眼的创痕。从此，一艘艘吞吐河砂和岩石的船只，喘着粗气在这里凶悍停靠，野蛮装卸。非法码头的存在刺激了非法采砂的又一轮疯狂，绿色长廊上一度遍体鳞伤、疮痍满目。

正是一串震响于山城的春雷，将那些急功近利、不惜杀鸡取卵、竭泽而渔的魔怔患者从噩梦中惊醒，将那些贪图一己之利破坏长江生态的未泯良知猛然唤醒。伴随雷声的春风春雨，随即绿了江南江北，碧了上游下游。

正是在雾都春雷震响之后，岳阳全面启动对 163 公里长江岸线和洞庭湖沿岸的生态修复。包括华龙码头在内的所有砂石码头，所有以“暴力”抢滩为目的而“开发”的非法码头一律取缔。华龙码头这个强加在母亲河肌肤上的“牛皮癣”所在的君山区，以关公刮骨的气魄，取缔码头，医治创伤，清运所有砂石残渣，运来沃土覆盖“创面”，像治理大面积烧烫伤病人精心移植皮肤一样，修复生态，恢复植被。君山人深深懂得，长江大堤的每一寸堤身，都是这条东方巨龙伟大躯体上的一块鳞片，一个细胞。“我家就在岸上住”，自己与母亲河血肉相连，生死相依！

大江奔流，滚滚浪涛卷着三江源的辽阔苍茫，闪着金沙江的野性奔放，映着巫峡瞿塘和西陵的幽深清澈，带着扑向东海拥抱太平洋的憧憬渴望。

四年来，岳阳人以壮士断腕的胆魄，以破釜沉舟的决心，以攻坚拔寨的勇毅，全面修复域内长江洞庭湖生态，对“化工围江”说不，对挖砂滥运叫停，启动十年禁渔，妥善安置渔民上岸转业创业，163 公里长江岸线绿色长廊临水而歌，近 400 种候鸟铺天盖地飞向东洞庭湖湿地，微笑的江豚、飞奔的麋鹿成为岳阳独特的风景和绿色的名片。

阿基米德说：“给我一个支点，我将撬起整个地球。”

华龙码头，你是一个绿色的支点。你所撑起的，是一江碧水的澎湃磅礴，是构建人类生态共同体的热望和担当。

还我柳绿如烟

岁月长河的浪花，冲不走茅盾的《白杨礼赞》给我带来的审美愉悦。

茅盾笔下的白杨挺拔坚韧，它们是坚守在西北高原的革命者的化身。作者以物言志，借物写人，文章呈现的白杨英姿有一种跨越世纪的自然美、艺术美和社会美，这种美感，使我萌生一种仰视白杨、视高高白杨为临风玉树的潜意识。

然而，并非所有的杨树都有这种令人愉悦的美感。至少，被引入洞庭湖区的欧美黑杨就没有。

那是在 1987 年春天，我从岳阳市主城区调往岳阳市北区工作。一次会议上，主管农业的区领导布置，要在沿长江的滩涂上栽植意大利杨树，为汛期洪峰过境时防浪护堤。

这是我最早接触这种外来生物，这东西根系发达，生长迅速，树冠连成一片，在洪水中如同一道绿色屏障，可有效地缓解浪涛对大堤的噬咬和冲击。但是也正是因为这种树的树冠连接成一片的绿色屏障横蛮地阻滞，使洪水下泄的速度放慢，实际上加重了全流域抗洪的负担。

后来，我在收看央视节目中看到一则消息：入境我国的外来生物与日俱增，如紫茎泽兰、豚草、薇甘菊等。紫茎泽兰原产中美洲，20 世纪 30 年代从缅甸进入滇南，然后随风北上，沿途以占地为王、舍我其谁的霸道破坏草甸生态，已成为西南部分地区一大公害……

看着这条令人忧虑的消息，想到有媒体报道来自北美洲的对禾木科、菊科植物极有害的恶性杂草豚草，已经自北向南随风蔓延，其“先头部队”已抵鄂南某镇，离我所在城市仅 70 公里之遥了。

于是，我竟然想起了那早已在洞庭湖区野蛮生长、成带成林的意大利杨，也就是后来官方文件中认定的欧美黑杨。

再后来，欧美黑杨肆虐之地传来越来越多的抱怨之声，人们说，这东西在洞庭湖的沼泽、湿地上疯狂地吸收水分和肥料，三两年不到，湿地就变成了干地。有人甚至奉送它们一个外号叫“湿地抽水机”。外来生物没有天敌，不受任何生物的制衡，为所欲为，行为失控。

看来，这些五大三粗肆无忌惮的欧美黑杨，已经开始走向人民的反面了。

十年前一个春天，我回到当年插队落户的华容县南山乡，怎么回事？当年我曾洒下汗水种过水稻的舒家湾竟然成了林纸企业的林地，那一株株欧美黑杨，居然蛮不讲理地长在了稻田里，穿峡而过的山风，为这些悍然入侵稻田的家伙鼓荡起甚嚣尘上的气焰。

车轱山新石器时代遗址出土的数千年前的碳化谷雄辩地证明，华容县的稻作文化历史悠久，那些辛勤种植水稻的先民们如果九泉之下看到他们开垦的梯田被植上这陌生的土不土洋不洋的怪树，还能在洞庭湖畔安息吗？

是的，进入新世纪头几年，的确出现过阶段性的“谷贱伤农”的状况，粮食价格走低，而造纸业刺激下的木材价格的走高，再加上林纸业拓荒者的推波助澜，一度出现毁田植杨的局部风潮。在利益、收入的强势驱动下，有谁能想到对粮食安全的责任？有谁能意识到植杨破坏生态、板结土壤、汲尽肥力造成的恶果？植欧美黑杨风潮蚕食了稻田，我们拿什么去安放为我们开辟稻田的先民们的灵魂？

作为洞庭湖的子民，令我更为痛心的一幕，终于还是发生了。我的文学前辈于沙先生作词的歌曲《八百里洞庭美如画》，首句就唱道“千里金堤柳如烟哎”，柳是本土乔木，与湖水亲密相伴已千年万年，绿柳如烟，是长江和洞庭湖迷人的风景。然而前些年见到的千里金堤下却是欧美黑杨的“黑烟”。更有甚者，欧美黑杨如侵略者的铁蹄早已踏上湖洲，蹂躏湿地，占领了东、南、西洞庭自然保护区核心区。为了植杨获利，有的种植户竟然在湖泊湿地挖沟、抬垄、筑矮堤，然后在矮堤上种植黑杨。这些矮堤的出现，导致湿地中鱼类洄游通道堵塞，大量鱼虾失去生存基本环境条件而消亡，鱼虾等水生动物的消亡直接导致候鸟缺乏食物而作别洞庭湖，来此越冬的候鸟剧减。同时，洲滩湿地植欧美黑杨成林后，原有的生态系统全部惨遭破坏，包括水草、灌木、乔木在内的和谐共生的好日子到了尽头，湿地植被群落被欧美黑杨强盗般的根系无情地绞杀，它们把自己疯狂掠夺、野蛮生长的幸福建立在湿地原生植被群落的痛苦之上，导致一些湿地出现众生衰亡、唯我独兴的“绿色荒漠”现象。

利益的驱使、行政的引导，是欧美黑杨大举入侵洞庭湖的两大推手。东洞庭湖区君山区松湖社区居民何孝成作为大片欧美黑杨的承包户，指望这些肥得流油的洋树发点洋财，还没等到间伐赚钱，却等来了湖南省给相关地区和部门定下的“时间大限”，2017 年 12 月 31 日前，洞庭湖自然保护区的核心区内，欧美黑杨必须全部清理退出，任何人不能以任何理由阻挠和宕置欧美黑杨的清零。

洞庭湖一共4个自然保护区，东洞庭湖、西洞庭湖属于国家级自然保护区，南洞庭湖和横岭湖属于省级自然保护区。四个自然保护区种植欧美黑杨共28.75万亩，其中核心区7.99万亩，缓冲区11.46万亩。这些黑杨疯狂破坏湿地生态的状况，已激起众怒和群忧。2017年7月，中央环保督察组的同志们深入洞庭湖腹地实地调查，在督察反馈意见中用客观肯定的语言指出：欧美黑杨大面积种植，损害洞庭湖的自然生态。

何孝成承包种植的欧美黑杨林当时树干直径不到15厘米，还是树木的少年儿童阶段，如果推迟一年砍伐，个人收入将增加一倍以上。然而何孝成懂得，为了自家增收而推迟清零黑杨，坑的是国家、坑的是大家。当年栽树也是当地领导号召的，那是因为当时生态文明的意识不强，如今已经尝到湿地生态环境破坏的恶果了，湿地变干地，肥地变瘦地了，鱼虾不见了，鸟也不来了，守着几棵不干好事的洋树，个人赚几个钱又有什么意思？砍了！只要东洞庭湖能回到过去莺飞草长、鱼跃虾肥的状态，自己吃点小亏也值。如果不砍，那么国家就亏大了！

君山区地处岳阳城西，北枕长江，南抱洞庭。蜚声海内外的“东方伊甸园”君山岛，就在君山区境内。莫道前途无知己，天下谁人不识君？相传娥皇女英曾在这片风水宝地上采过桑叶，采桑时湖水摄下过她们的端庄和婀娜。君山岛上的斑竹林里，每当秋风飒然而至，人们还能隐约听见二妃的当哭长歌。是屈原饱蘸忧愤忧思作楚辞，放逐想象唱《湘君》《湘夫人》，使二妃的美丽与这方水土融为一体。书生柳毅千里传书，从这里下桔井探龙宫，为的是解救因父母包办草率闪婚而受虐待的洞庭龙女。无论是娥皇、女英还是柳毅见到的君山岛洞庭湖的郁郁青青，都是土生土长的岸芷汀兰、如烟如云的樟楠杨柳，何曾见过这排斥异己、野蛮疯长的欧美黑杨？要是屈原九泉之下看到欧美黑杨鸠占鹊巢为所欲为的行径，又该仰天长啸发出天问了！

当代岳阳人不会让屈原失望，也不会让范仲淹过忧。保护八百里洞庭的蓝天碧水，修复东洞庭湖湿地生态，岳阳人理当壮士断腕，破釜沉舟。作为清零欧美黑杨的主战场，君山区成立了高规格的一线指挥部，挂图作战，限时完成。8744 亩欧美黑杨林，由 4 个乡镇，10 多个区直机关和3500 人组成的伐木大军，在 300 多专业技术人员现场指导下，120 台油锯、电锯全速开动。在绿色发展生态优先的大背景下，甲乙双方重新坐到谈判桌前，以共同的历史使命、时代担当，友好协商解除 30 份湿地外租合同。当然，地方政府也竭尽全力适当组织资金，按照科学、合理、公平、公正、准确、客观原则对种植业主予以适当补偿。不少业主深明大义地说：“补偿不重要，重要的是，作为土生土长的君山人，我们有责任对我们亏欠过的母亲湖要有所补偿！母亲湖病了，我们也心痛呀!”

“清零，清零!”这些天，何孝成满脑子都是这两个字：“清零。”清零本是借用电脑操作的一句术语，但将野蛮生长在东洞庭湖湿地上的成片欧美黑杨清零，可没有点击几下鼠标那么清爽简单。

11 月的朔风呼啸着扑向洞庭湖，伐木队迎着寒风挺进湿地，何孝成觉得这一阵阵寒风来得带劲！它吹醒了沉醉在植黑杨发洋财梦境中的自己，他要让这凌厉的朔风将湿地的原始植物被绞杀、鱼虾绝迹、候鸟绕道的噩梦吹得无影无踪，吹出一个天清气朗、草青水碧、莺飞鹤舞的新天地。

“锯!”何孝成一声令下，伐木工人操起电锯，顿时，电锯发出欢快的歌声，盖过了风的呼啸。一棵棵曾经张牙舞爪的欧美黑杨应声而倒。另一批“打扫战场”的劳动力将锯倒的这片欧美黑杨锯断装上汽车，运出湖洲，滚滚车轮转走的是湖洲湿地上一段沉重的历史。

转眼进入 12 月，何孝成再次来到伐木现场。今天是他的这片欧美黑杨正式清零的日子，他特意让家人给他选了套得体的衣服穿上，人靠衣装马靠鞍嘛，镜子前的老何果然气宇轩昂，他终于可以向世人宣布，他老何可以提前20多天完成欧美黑杨清零的任务了，未来的东洞庭湖莺飞草长、鱼跃虾肥，也有他一份付出。他也许想到了自己名字中的那个“孝”字，百善孝为先，母亲湖的生态修复了，作为儿子，也算是捧出一份孝心了！

中午时分，湖洲上剩下的最后一棵欧美黑杨，在呼呼寒风中瑟瑟发抖。

“等一下！”何孝成龙行虎步走上前去，从伐木工手中拿过电锯：“我来！”说着，他如一名手持钢枪的勇士冲向敌阵。

随着何孝成熟练的操作，这片湿地上最后一棵欧美黑杨应声倒地。

电锯的轰鸣声停下，何孝成脸上发出欣慰的笑容，他下意识地用右手抹去电锯锯片上残留的木屑，像是擦去一段不堪的记忆。然后，他将这棵最后倒下的欧美黑杨踩在脚底，其矫健的身姿如一名经浴血奋战夺回阵地的战斗英雄。

谁能说这场生态保卫战不是一场夺回曾丢失的阵地的战斗？谁能说何孝成乃至数以千百计的“何孝成们”不是战斗英雄？随着最后一棵欧美黑杨的倒地，现场的伐木队和技术人员一齐发出欢呼。这欢呼声是儿女们向母亲湖八百里洞庭发出的深情祝福，也是他们向母亲河万里长江作出的“守护好一江碧水”的庄严承诺！

2022年9月，我来到昔日遍植欧美黑杨的东洞庭湖湿地，萧瑟秋风今又是，换了人间！欧美黑杨不仅被全部伐倒，而且盘根错节的欧美黑杨树根也全部挖出清零。没有了这“异族入侵”的湿地上，草肥水美，鱼跃虾游，百鸟亮翅，万物争荣。一个由原生植被群落组成的立体生态系统，在这片曾经被折腾得遍体鳞伤的水土上，经人们精心修复和潜心呵护，得以涅槃重生，为愈来愈多的候鸟和日益庞大的麋鹿群提供了惬意的栖息地。

春风又绿江南岸，从华容县的五马口到临湘市黄盖湖，岳阳市163公里长江堤段曾遍植江滩的欧美黑杨也全部清零。在大江大湖交汇之地，由电锯的轰鸣声与伐木者的劳动号子，为这些破坏湿地和江滩生态环境的外来生物奏响了挽歌。岳阳人捧出滚烫的爱心，为母亲河修复创伤，在欧美黑杨曾强占过、蹂躏过的土地上，遍栽适应本地水土的杨柳、水杉等乔木，形成既是忠诚护提的防浪林，又是赏心悦目的风景林。洲滩之上，遍植绿草，人们不让一寸泥土裸露在外，伴随一江碧水浩荡东去的，是郁郁青青的岸芷汀兰和如烟如云的杉林柳浪组成的绿色长廊。

千里金堤柳如烟，芦苇荡里落大雁，八百里洞庭美如画，我们生活在画里边！

登陆的水师

“渔家出门水是路，悠悠长长无尽头。撒网还在六门闸，收网到了舵杆洲。浪打荷叶风吹柳，日晒雨淋望天收……”

悠扬而忧伤的渔歌，像湖底的丝草，缠绕着我跳跃在采访本上的笔尖。

2013年春，我与一名品学兼优的大一女生交谈，她告诉我，她父母是洞庭湖上的渔民，她出生在船上，幼年和童年交给了洞庭湖。

“洞庭湖无风三尺浪……”

“有风浪滔天！”我的话还停留在逗号，她立即抢过话头说出下句。

我问：“小时候，你父母不怕你掉湖里吗？”

“怕什么，腰里系的麻绳拴在桨桩上，掉下去可以拉起来呀！我都被拉过多少次都记不清了。嘿嘿嘿嘿！”

我听得心脏都快报警了，这姑娘还笑得出来！真是洞庭湖的麻雀，见过几个风浪的。

浩渺洞庭，淡水鱼类的天堂，远古的先民就在这里捕鱼捉蟹，母亲湖敞开胸膛哺育了代代子孙。20 世纪 70 年代末出土于华容车轱山新石器遗址的石制网坠，被岁月和渔民的汗水磨得溜光，向世人无声而有情地证明洞庭湖渔业历史的邈远漫长和渔民生存的艰难与生活的艰辛。

由于长期以来的过度捕捞、无序捕捞甚至用电击、毒杀等恶劣手段非法捕捞，加上水陆工业和生活污染，母亲湖一度被不肖子孙侵蚀得遍体鳞伤、病入膏肓，渔业资源急剧减少，不仅作为长江洞庭水中生物链“旗舰物种”的江豚多年难觅仙踪，过去常见的一百多种淡水鱼不少也已销声匿迹，有渔民调侃：“鳑鲏子出来解不得小手。”口气似乎十分轻松，却难掩心情的沉重！

茫茫洞庭哪是岸？世代漂泊哪是家？来自湘鄂赣皖甚至更远省市的以船为家以网为饭碗的渔民，望着那一汪被污染的湖水，拎着那频频捕空的渔网，发出何去何从的“天问”。在这一段黯然失色的日子里，“渔歌互答”和“渔舟唱晚”已成这个庞大的“水军”群体褪色的记忆，或是梦境中的怀想。

我曾无数次与洞庭湖上漂泊一族的劳动者邂逅，我曾采访过一位老渔民，这位皮肤黝黑身板结实的渔民兄弟原籍为湖北荆州，家境贫寒，收留一位沿路乞讨的流浪女并结为夫妻，不料被人告发为重婚犯罪。原来这位苦命女人不满逼迫成亲的婚姻外逃。这重婚罪的罪名谁敢担当？唯一对策是弄一叶扁舟逃亡江湖。于是，洞庭湖上就多了一个“天吊户”。天吊户顾名思义，是悬吊在天上的家庭，是没有户籍的游民。

六门闸水上派出所的巡逻艇也间或驶来查户口，但芦苇场的权属与派出所所在县区不同，再加上天吊户大多数是安分守己的渔樵，使得这游离于法治社会边缘甚至之外的天吊户得以生生不息。作家罗石贤曾只身深入“虎穴龙潭”体验生活，“落草为寇”多日，历险记化为中篇小说《误入天吊国》，一时“岳阳纸贵”。

星移斗转，沧海桑田。改革开放的春风也吹到了洞庭湖的苇林深处。随着芦苇管理发生变化，天吊国的子民不再聚居一处，有的回了故乡，有的上了渔船。

上了渔船的天吊国子民是幸运的，因他们赶上了洞庭湖的生态环境大保护，赶上了长江20万渔民洗脚上岸转型发展的好时机。当他们结束了没有户籍被人称为“黑户”的时代，不少人手捧崭新的身份证热泪盈眶。从此，他们不再是社会的弃儿，这些本应是中国公民的劳动者，终于获得了有户籍有尊严的公民身份。

岳阳县对东洞庭湖生态治理推出组合拳，其中一记重拳就是率先开展禁捕退捕。根据2021年1月1日起长江中下游重点水域实施十年禁渔的决策部署，岳阳市2019年就强力启动这项事关国计民生的工作。岳阳乃水乡泽国，长江洞庭交汇，水域面积达2200平方公里。长江干流湖南段163公里，全在岳阳市境内。全市已建档立卡渔民4644户、6818人，7116艘大小渔船全部回收处理，任务艰巨，责任重大。退捕禁渔，岳阳是湖南的主战场。

主战场应有主力军的情怀与担当！黯淡了刀光剑影，远去了鼓角争鸣，然而东吴水师的艨艟和杨幺义师的海鳅，一直在洞庭湖的记忆中劈浪而行。占有八百里洞庭60%以上水域的东洞庭湖上的水战有何等激烈，鲁肃和周瑜知道，岳飞和杨公清楚，曾国藩与太平天国水师更是明白。

一场旷日持久的以竭泽而渔过度捕捞为主要内容的围困、挤压、绞杀、掠夺和戕害，把一个朝晖夕阴、气象万千、静影沉璧、一碧万顷的大美洞庭折腾得遍体鳞伤。

是共抓大保护、不搞大开发，生态优先、绿色发展的战略拯救了湖南人民的母亲湖。让长江和洞庭湖休养生息，保护渔业资源，守护长江

“物种基因库”刻不容缓。治湖先退捕，扬汤止沸不如釜底抽薪。于是，一场妥善安排渔民上岸转型的浩大民生工程，在洞庭湖畔强势启动。

如今的刘明和五年前的他判若两人，民谚说，“湖风吹老少年郎”。长年累月地湖上漂泊，摇船撒网，超量的紫外线无可商量地作用于他的皮肤。2019 年，他告别了那艘承载过青春、理想，也满载过失望和无奈的渔船，忐忑不安地洗脚上岸。过去虽然捕鱼捞虾越来越难，但总归是专业对口。离开湖面，放下桨把和渔网，手里抓什么合适呢？

岳阳县制订的《退捕渔民转产就业和生活保障工作实施方案》，提出了“五个一批”，即职业技能培训一批、就业推介服务一批、兜底保障援助一批、鼓励创业扶持一批、示范引领带动一批。刘明正值身强力壮，且办事精明强干，当然不属于“兜底保障援助一批”之列。经组织安排，他进入了位于县城荣家湾的湖南科维航建新型建材科技有限公司，荣家湾的建材老板的能量之巨大令人咋舌。地球最高建筑哈利法塔上，就有荣家湾建材老板提供的幕墙玻璃。刘明入职的科维航建是一家新成立的致力于建筑新材料开发、建筑模板研发制造设计安装及技术服务、建筑安全用金属制品、金属加工机械制造的高新技术产业，法人代表阎冬颇有社会责任感，也善于识才用才。“别着急，慢慢学着干，你打鱼不也是一网一网学会的吗？我看你行！”

还真是“说你行你就行，不行也行”，上岸转行的刘明以摇船迎浪、激流勇进的姿态入职科维，以奋力撑篙、辛勤捕捞的勤勉扎实工作，短短一年多时间，就从普通员工做到了班组长，一万多元的月薪，是他前些年半年也难赚到的。

“示范引领带动一批”也不是写在纸上的空话，岳阳县中洲乡渔民杨和平就是这个“一批”的典型。杨和平洗脚上岸后，又挽起裤腿下水，不过这回他不是下洞庭湖，而是下内湖。

40 万贷款对于一位上岸渔民来说，可以说是个玩命的数字，杨和平一咬牙一跺脚，干！牌子挂出来了，“和平水产服务部”，执照上业务范围栏标明有“专业捕捞、活鱼运输、鱼类销售”。

好一个精明的杨和平，作为资深渔民，捕鱼、运鱼、卖鱼不都是自己的强项吗？将军决战岂止在沙场？渔民的舞台岂止在洞庭湖？大江大湖禁渔，小湖水库没禁呀！以渔为业者，依然有用武之地呀！放大优势，整治资源，联合30多名过去一道闯荡江湖的渔民兄弟，为周边各大渔场捕捞养殖鲜鱼，用渔民专用技能为他人运送鲜鱼，和平水产服务部生意红火，门庭若市。

长年闯荡江湖的渔民，都懂得驾船航行须借势乘风。这一次，杨和平们借的是洞庭湖生态优先绿色发展的磅礴气势，乘的是渔民上岸转型发展的强劲东风。杨和平不仅为自己一家找到生财之道，还为30多个家庭找准了生存之路、小康之路。兄弟们骄傲地对外宣称：“我们跟着杨和平走的是和平与发展之路！”

六门闸，东洞庭湖腹地。这里有蜚声遐迩的候鸟天堂，有传说中的娥皇女英采桑养蚕的风水宝地采桑湖，1996年7月28日，我在溃决后的钱粮湖大垸因抢救遇险灾民而被锐器刺伤胳膊，血流不止，是这一带的乡亲们为我开辟一条生命通道，让我所乘的军车一路畅通。从此，我对这雄峙湖堤上的连接洞庭湖和华容河的铁闸心存无限敬畏和万分感激。

六门闸是渔民聚集之地，长江和洞庭湖十年禁渔之前，这里所属的君山区政府根据上级部署，建起了渔民新居，截至2019年，76户152名过去栖生于“千柱落脚”的芦苇棚中的“水陆两栖”型渔民上岸成建制地定居。人到中年的刘晓云就是最早洗脚上岸的一位渔家女。

一根竹篙挑日月，两只木桨划春秋。20多年的水上漂泊，练就了刘晓云坚韧不拔的精神气质。告别渔舟后，她一度陷入困顿迷茫。她习惯了在狭小的船舱弯腰曲背地煮饭，顶风冒雨地捕鱼，蜷缩一团睡觉，枕着白浪入眠。尽管年久失修的渔船上发黑的篷盖之下腰都伸不直，但习惯成自然。如今住上窗明几净的渔民新村砖瓦房，反倒觉得自己如壁上挂着的团鱼四脚无靠。尤其是洞庭湖十年禁渔正式启动，下一步怎么走，总不能天天坐在渔民新村玩手机看抖音吧？

然而，正是手机上的抖音视频，让这位心灵手巧的渔家女灵机一动，脑洞大开。六门闸大堤内鱼塘湖泊星罗棋布，生态鱼养殖早有传统，不少上岸渔民选择了承包鱼塘生态养殖，这里的鱼类腌制品品相良好，味道鲜美，尤其是渔民们凭借这里浩荡湖风制成的风干鱼远销岳阳、长沙、武汉甚至更远。

正是这个“更远”开启了刘晓云的思路。怎么让六门闸的风干鱼走得更远？给它插上翅膀让它飞呀？

“各位亲们，胖姐在东洞庭湖六门闸风干鱼晒制现场向您问好……”

远在天南地北的粉丝，兴致勃勃地盯住手机屏幕，观看这位集湘风湘韵于一身的胖姐那质朴而直观的直播，胖姐手中是一条条色泽微红、干湿适度、质感甚佳的风干鱼。顺着胖姐手指方向看去，挂满风干鱼的木架摆满长堤，竹制簸箕如一排圆月铺向屏幕深处，簸箕上的风干鱼正在接受阳光的照耀，木架上的风干鱼正在承接湖风的吹拂，络绎不绝的购鱼大军徜徉在这排簸箕组成的圆月大阵里，好一幅原生态的鱼产供销一条龙的清明上河图。

轻触屏面，轻松抢购，粉丝们倾听着网红胖姐并不标准然而音色清纯的普通话，品尝着来自东洞庭湖六门闸的风干鱼，分享着从八百里洞庭登陆水师中一名女战士放下渔网，投身互联网的成功喜悦。

“胖姐风干鱼”这个直播带货平台，也将过去一并下湖如今养殖的生态鱼的“登陆水师”战友们，一起带上了小康之路。

和胖姐一样成为直播销售六门闸风干鱼的网红的，还有身材匀称、健康大方的刘静。直播时，她与具有数十年渔龄的父亲刘平同框出镜，谈笑自如，吸引“铁粉”纷纷下单。

“登陆水师”中的娘子军战士成千上万，转型发展的方式也是八仙过海各显神通。年近半百、身材娇小的吴美华走的是另一条转型之路。

渔民离开了洞庭湖，确实有点鱼儿离开了水一般，连空气都不如以前湿润了。怎么办？找工作吧，年纪偏大，文化偏低，人脉偏少，她从清晨想到太阳偏西，想出了偏头痛，偏偏此时婆婆又病卧不起，俩孩子叫着要学费。

还是找政府吧！她想。

吴美华正想要找政府，政府却找上门来。2020 年 10 月，吴美华在政府工作人员的带领下，走进了君山区产业就业扶贫基地洞庭湖边食品有限公司，同她一道入职的有 11 名登陆渔民。

宽敞明亮的车间里，吴美华小心翼翼地从周而复始的流水线上捡起一枚又一枚的鸭蛋。就在这简单重复的劳动中，吴美华的家庭也如这条流水线传送带一般，建成了牢固的资金链。

直播带货、技能培训、转型创业、鱼塘承包……多措并举，因势利导，六门闸社区上岸渔民转型创业风生水起，户平均收入由 2019 年 2.5 万元，上升到 2021 年 6 万元。

登陆的水师是一支能渔能工能商的“海军陆战队”，他们不仅拥有“生活的苟且”，也拥有“诗和远方”。我认识一位南县籍的上岸渔民，他名何建国，高个头、黑皮肤、大嗓门。他在岳阳市洞庭湖边开了一家野生鱼馆，每天在微信朋友圈内发布视频，内容为两大项：一是各类野生鱼展示，那养在脚盆里的野生团鱼精神抖擞，游在缸里的野生鲫鱼神采飞扬；二是带有各种红色文化色彩的瓷器、字画、报刊。我不止一次去过何建国的野生鱼馆，那是紧靠洞庭湖边的一大片萋萋芳草上的一处幽静所在，装修装饰简朴而原始，烹调风格颇具渔民本色。除了品尝野生鱼的原汁原味，还可以在他的洞庭湖民俗博物馆体味藏品的古色古香，这位昔日闯荡江湖的渔民用标准的南县方言，绘声绘色地讲述元青花官窑与民窑的质感差异，介绍土地革命时期赤卫队的旗帜上的番号来历，偶尔还夹杂两句稍微离谱的洞庭渔歌。岳阳市洞庭湖民俗文化促进会的年会上，总是有何建国的座位，他与知名的民俗专家们平起平坐，纵论古今，谈起洞庭湖的民风民俗口若悬河，刹车不住，亦庄亦谐亦城亦乡的高谈阔论余味无穷，鱼味无穷。

周界武洗脚后换上了橡胶鞋，完成了从渔民向护渔员的华丽转身。作为护渔员他忠于职守，不辞风雨，守护“十年禁渔”方略实施以来的可喜业绩，铁面无情地驱赶那些偷捕偷钓的过去的同行。“你们玩的把戏哪一项不是我玩过的？真是关公面前耍大刀，鲁班面前玩斧子，也不看看我是谁。”

护渔工作虽然辛苦，但周界武仍然觉得余勇可贾，他还想为他所酷爱的渔业做些什么，洞庭湖的渔文化源远流长，且多姿多彩。洞庭湖渔民的生存史、捕捞史，应该用实物来承载、诠释和传播、铭记。

于是，周界武在岳阳县麻塘镇渔民新村挂起一块牌匾，上书“渔民驿站”。他先是将自己漂泊生涯中用过的物件擦洗干净，作为展品，又通过渔民兄弟四处搜寻旧渔网、老桨叶、废马灯、烂鱼篆、破风篷……总之，只要是渔民在渔船上用过的生产生活用具，他都收集起来陈列展示，墙上挂满四处觅来的反映洞庭渔民生产生活场景的放大图片。展示虽小，集纳了大湖百年沧桑；展品虽破，缠着万缕乡愁。

抚今思昔，饮水思源，周界武和他们“登陆水师”的战友们常在渔民驿站这个精神家园忆旧事，唱渔歌，展望明天，畅想未来。他们是渔民，也是市民。沐浴着春风，追逐着梦想，“登陆水师”这个宏大的英雄群体在洞庭湖畔诗意地栖居，精彩地奋斗。

何建国的民俗博物馆和周界武的渔民驿站，都在墙头挂着一张发黑的大网。被登陆水军一网打尽的，不仅有鲤鲫鳊鳜鳙，雷电雨雾风，还有琴棋诗书画，唐宋元明清……

至2020年底，长江流域共计核实11.1万艘渔船退捕，23.1万名渔民上岸。登陆水师正以坚韧不拔百折不回的长江精神，以渔民特有的顶风破浪激流勇进的豪迈气概，乘着万里春风，扬起新的风帆，奋楫时代大潮。

联丰村观潮

“百里闻雷震，鸣弦暂辍弹。”“八月涛声吼地来，头高数丈触山回。须臾却入海门去，卷起沙堆似雪堆。”孟浩然和刘禹锡的确是非虚构写作高手，钱塘江大潮的确是天啸地吼，倒海排山。

当我赶到老盐仓观潮点的时候，迎面扑来的是呼啸而至的滔天大浪。当然，当地有关部门已采取了足够的安全保护措施以求观者有惊无险万无一失，但善解人意的当地人还是给了足够的空间，让我们感受那摇天撼地、惊天动地、翻天覆地、上天入地、昏天黑地的惊险刺激，零距离体验天体引力和地球自转的离心作用，加之大海上遥远的海风一阵紧似一阵、一浪高过一浪、一峰迭过一峰的威力，通过偌大的喇叭口特殊地形形成的大自然的无限伟力。

又是一波大潮，前呼后拥如十万匹一路狂奔的惊马，不，是十万头奋跑的雄狮，它们不仅扬鬃怒吼，还互相撕咬扭打。狂啸的大潮，劈头盖脸从远处涌来，尽管江岸是固若金汤的海堤，但被江心波涛所挤压到堤边的潮水没有了缓冲之地，于是潮水暴躁地对着堤壁冲天而起，最高的潮头竟然超过了岸边九米高的钢杆，其势如战场上大炮狂轰碉堡时硝烟蔽天灰飞烟灭的画面，那场面令“惊心动魄”一类的词汇都显得苍白无力。

“八月十八潮，壮观天下无。鲲鹏水击三千里，组练长驱十万夫。”

豪放词派领袖苏东坡，为我们吟出了最精彩的钱塘大潮观感。

我在观潮点60公里外的联丰村，也当了一次观潮人。这里奔涌着的，是修复生态环境、建设美丽乡村的滚滚春潮，它诱发了我奔涌不息的澎湃心潮。

联丰村曾经有个强烈的愿望，聘请著名演员马德华担任该村的形象大使。至于报酬嘛，只要不是天价，村里是出得起的。再说，冰雪聪明的联丰人早就听说“二师兄”德艺双馨，不是那种见钱眼开且偷税漏税的主。

也许是因为没找到联系方式，这个愿望没有实现。等到打听到马德华的电话号码，联丰村早就没有这种需求了。当然，马德华到如今的网红打卡地联丰村来做客，村民们肯定会夹道欢迎。

原来，嘉兴市南湖区凤桥镇联丰村，曾经是名声在外的养殖大村。1982年春，江南农村有一个流行的口号——“调整产业结构”。于是，联丰村将种植调整为养殖，村民们养的是清一色的生猪。说其名声在外，那是因为上千户村民百分之九十几养猪，违法搭建的猪舍达20万平方米。猪舍嘛没有几室一厅的格局，更不能是层层叠叠的高楼，村民们脑袋一拍心血来潮，随便弄点红砖木料水泥砂子，随心所欲在房前屋后搭起猪舍，容积率很高建筑质量很低。由于建筑设计极不规范，建筑外观五花八门，因为居住在这个庞大而杂乱的建筑群里的群体，没有建筑审美方面的追求，它们唯一的要求是饱食终日，至于饲料里是否有刺激生育的激素也不理会，因为它们早在幼年时代就通过微创手术断了这方面的念想，倒落个省心省力，为主人疯狂增膘。至于人类食用它们的躯体后所产生的早熟问题，这是人类自己考虑的问题，即使出了问题也由人类自己负全责，它们无责，也无辜，还无愧。

杭嘉平原肥沃的土壤提供了取之不尽的猪草，但村民们还是愿意选择工业产品猪饲料，因为它省工省时省力，且能有效为生猪快速增肥。

出栏快，赚钱多，一时成为养猪专业户的硬道理。

数着白花花的“现大洋”，听着猪舍里吃饱喝足了的猪们惬意的哼唱，户主们有一种倾听天籁之声的快感。上千户村民的猪舍里一齐发出生猪的欢唱，组成联丰村生猪致富进行曲的大交响。

不过，耳朵过足了瘾，眼睛和鼻子却没有那么幸运。由于养猪规模超大，猪的排泄量太大，猪舍建设时根本没有考虑到排泄物处理和卫生保洁，更没有谁考虑全村统一对猪粪进行管理，对环境进行保护，导致全村范围内污水横流，臭气熏天。

任凤桥镇副镇长兼联丰村党委书记李振峰风趣地描述当年的情景：“我去乡里开会，出发前认认真真洗了澡，花了半块香皂，洗完后还打了花露水，但是到乡上会议室，还是被坐在旁边的人举报，说我身上有猪粪臭。幸亏当时乡里书记水平高，书记说，没有猪粪臭，哪有五谷香？村干部身上有猪粪臭，光荣！其实我一点都没感到光荣！”

村民的久闻而不知其臭，只要有丰厚的收入，脏一点就脏一点。就这样年复一年地大批量养猪，大批量出栏，大批量赚钱，大批量污染。人们司空见惯，习以为常。漫天的蚊虫日夜滋扰，人们也只能舍命陪君子。

突然有一天，联丰村接收到一个不祥的讯号，一位勤劳美丽的“村花”，被外村青年谢绝恋爱，接着就是一批优秀的联丰村姑娘嫁不出去，而本村的小伙子和外村姑娘交朋友，也因为“村里猪粪味太浓”而遭拒绝。

联丰人开始思考重建村庄美誉度的问题了。

当人们一边辛勤地喂猪，一边艰难地思考未来时，一句天真的童音，令这个具有光荣传统的村庄全体村民振聋发聩：“奶奶，我们再也不到您家里来了！这里的猪粪气味太臭太臭了！臭得我的同学都不挨我坐了！”

童言无忌！童心无畏！

挣钱干什么？还不是为了生活更幸福、更美好。污水泛滥，猪粪横流的村庄里，生活幸福吗？美好吗？不错，这些年来，村民们信奉“吃饭靠种稻，致富靠养猪”。李振峰书记带头致富，养得多的年景也养了七八百头，纯利可达 30 万元。村民们因养猪发家，几乎都盖起了三层楼，过去描述的“楼上楼下，电灯电话”早已实现，而且彩电空调洗衣机一应俱全，但是任凭洗衣机转得飞快，仍然转不走那顽固地浸入纤维的猪粪臭。

痛定思痛，李振峰一班人引导全村人认真思考，反复讨论。把算盘都扒溶，把心肝都划烂。

退养生猪，杜绝污染，还联丰山清水秀，树绿花红！

山重水复疑无路，柳暗花明联丰村！2013 年，在保护生态环境、建设美丽乡村的时代号角声中，李振峰率先拆除自家的猪舍，接着村领导班子成员、全体共产党员带头拆除、腾空猪舍，村民们也自觉行动，一年之内，全村猪舍全部不见踪影。

清理河道垃圾、粪水，又是一场硬仗，联丰人凭一双赤脚一身汗，硬是将污泥浊水全部清除，久违的清悠悠的环村小河唱起了欢畅的歌。

2015 年起，李振峰的工作手册上呈现数字化趋向，“五水共治”“三改一拆”，工作有章有法，有声有色。随着 20 万平方米的违章建筑的拆除，1800 亩土地征迁的成功，联丰村朝着生态优先绿色发展的目标阔步前进。

联丰村所属的凤桥镇由嘉兴市南湖区管辖，南湖，是伟大的中国共产党启航之地。清澿澿的南湖水，浸润着这片光荣的土地。为南湖争光，为红船添彩，是联丰村所有共产党员的强烈愿望。

“我们不能辜负这方富于红色基因、堪称鱼米之乡的沃土。”李振峰从长江经济带高质量发展战略中，体会到了时代使命、责任担当。自

2017年起，联丰村投入近5000万元，开始了打造江南水乡花园式村庄的工程，得天独厚的地理优势，敢为人先的创新精神，科学有序的发展方略，使联丰村呈现日新月异、花红果硕的崭新气象，实现了从污染大村向网红打卡地的华丽转身。

曾经被猪粪、垃圾堵塞多年的河道，变身为碧波荡漾绿柳掩映的小河。曾经被违章建筑弄得面目全非的房舍，有的已拆除重建为乡村别墅，有的经专业人员化腐朽为神奇，变身为返璞归真式的江南民宿，青砖黛瓦，绿树红花，既有嘉杭平原的田园风光，又有现代科技的时尚前卫。村里及时创办旅游公司，联丰村民居的飞檐翘角上挂着撩人的乡愁，联丰村田园的姹紫嫣红间洋溢着领跑美丽乡村建设的激情，这里的清清负离子、昂昂正能量令人心驰神往，乐不思归。

灼灼其华，桃之夭夭。在联丰村这幅水墨丹青长卷中，我们走进了《诗经》的意境。这一片绿得流油、红得流光的田园，是陈慧春的家庭农场中的水蜜桃园。

陈慧春，85后大学毕业生，一头秀发随着田野上的清风吹拂，而更显她的风华正茂、洒脱飘逸。回乡创业，承包300多亩土地，她在这片养育了她的土地上播种梦想，收获希望。

“亲爱的宝宝们，嘉兴南湖水，凤桥水蜜桃。你们的朋友小陈，在水蜜桃收摘现场向您直播……”陈慧春凭着内外兼修的气质和她所推销的甜如蜂蜜香艳可口的水蜜桃质感，一上抖音平台就流量大涨人气飙升，第一天就进账8000元，第二天2万多元。一花独放不是春，她还帮销售滞后的村民直播销售，她用高出市场的价格收购本村滞销水果，让联丰水蜜桃畅销千里之外。

回乡创业的大学生纷至沓来，走在这支生力军最前列的，有帅哥张宇凡。

张宇凡的经历颇为传奇，他在大学学的是兽医，而家乡联丰村又是体量庞大遐迩闻名的养猪致富村。回乡当兽医，专业对口，英雄有用武之地。谁知他刚回乡，兽医店还没开张，就遇上生猪退养，创业第一步遭遇寒流。

怎么办？村党委和村委会针对村民转产，举办了家政、运输、电工、计算机等多个培训班，还鼓励村民种植特色农产品。村上动员大家用好养猪挣来的第一桶金，找准门路，明确方向，挣回第二桶、第三桶甚至更多桶金。

于是，村民们过去喂猪的桶洗刷干净，准备藏金了。

张宇凡作为张家的新生代、主心骨，看准了种葡萄这一项目，于是动员父母除了在自己的责任田内种葡萄，还用土地流转的方式租用乡亲们的土地，连片形成 60 亩葡萄园。大学学会规模经济知识，告诉他小打小闹是瞎折腾。他费尽口舌说服 20 多户乡亲们租出土地，这些村民白天在外奔忙，张宇凡就晚上逐户拜访，顶风冒雨走泥泞，还被重重一跤摔得鼻青脸肿，脸色紫得像一枚夸张的葡萄。正是凭这张“红得发紫”的葡萄脸，感动了原本不想租地的乡亲，于是，一个蓬勃生长的葡萄园落户联丰。

秋后分红，乡亲们收获了应有的红利，张宇凡的母亲数钞票数得手指发麻，而他的父亲干脆不数，因为葡萄长势太好，那一串串珍珠玛瑙般垂下的葡萄密麻麻、沉甸甸、壮硕硕，他一天要剪几千串，要装几百箱。几天下来，老人的胳膊发肿，这不，肿得连数钞票的力气也没有了。

张宇凡对专业仍很敬畏。随着联丰村村民第二桶金、第三桶金的挣回，村民养宠物的也多了起来。于是，专业对口的张宇凡开了一家宠物店，不仅提供各类优良品种，而且还为售出的宠物办理“医保”，跟踪服务，确保健康，自然是门庭若市，犬吠人欢。

嘉杭平原沃野千里，是插根筷子也发芽的鱼米之乡，马家浜遗址出土的碳化稻谷，使考古界兴奋不已。嘉兴民间流传一句话，“马家浜是良渚的爷爷。”悠久的稻作文化历史，至今仍得到忠实的传承和弘扬。联丰村的村民们依然秉承种粮为本的优良传统。他们深深懂得，手中有粮，心中不慌。

村民徐荣龙的农家乐生意火爆，新鲜可口的菜肴、周到殷勤的服务，使他的回头客与日俱增，按说他大可不必种水稻了，但是他依然种了责任田里十几亩水稻。他对这金灿灿黄澄澄的稻谷有一种与生俱来的依恋。在他爷爷的时代，稻谷亩产三五百斤，六百斤撑破了天，而现在他种的水稻亩产高达1500斤，他认为这是时代赐予的福祉，是上天发的奖金。

联丰的农民就是这样，虔诚地面对高天厚土，他们懂得，人哄地皮，地哄肚皮；人哄地一时，地哄人一年。因此，他们插秧要合理密植，踩禾要脚踏实地，施肥要科学适度，收割要颗粒归仓。老一辈告诉过他们，1934年夏天，百日大旱，华东六省赤地千里，水稻颗粒无收，接着是漫天掠过的蝗灾，而当时的统治者无视生灵涂炭饿殍遍地哀鸿遍野，惨痛的历史告诫人们要珍惜粮食，要储粮备荒。直到今天，嘉杭平原不少农家仍建有专储余粮的仓廪。徐荣龙的小粮仓里就存粮4000斤。

民以食为天，食以粮为本！

正是由于联丰村人对水稻的厚爱，成就了这个村庄的富庶和美丽。丰秋时节，稻浪滚滚，这环绕在乡村别墅群周边的金色稻浪，在花园、广场、花圃、村路边怒放的繁花的映衬下，如同钱塘江大潮，前呼后拥，涌金叠翠，如百万匹金色的骏马，扬鬃奋蹄，扑向遥远而湛蓝的天际。

第六章 生命赞歌

厚德载鹤

张厚义与洞庭湖的鸟结缘，是由一杆猎枪开始的。

20 世纪 70 年代，洞庭湖区的农民不少尚未解决温饱。当时的中国农村，能吃饱肚子的村庄是凤毛麟角。否则，安徽省凤阳县小岗村的村民就不会咬破手指在生死状上盖血手印了！

张厚义的手指没有为填饱肚子而找生死状盖手印，但是也没有闲着。在靠山吃山、靠水吃水的理念怂恿下，他的手指扣响了猎枪的扳机。

“砰！砰！砰！”随着他的右手食指的轻微一动，洞庭湖洲上无辜的野鸭、白鹭甚至体形硕大举止优雅的天鹅，不幸中弹坠地，成为张厚义的战利品。

人们把紧挨拇指的手指叫食指，把五指正中的手指叫中指，大概是因为食指的任务是管吃饱，因此，向鸟类放枪的坏事由食指来执行，而中指则貌似中立，不表态也不制止。张厚义的右手食指似乎有特异功能，当三点连成一线时，食指表现得异常稳健和老练，将扳机往后轻轻一勾，百发百中。即使鸟正在空中飞翔，他的猎枪也如精准发射的导弹击向空中目标。他的那双在洞庭湖洲上阅尽风云雷电的眼睛，麻雀飞过能辨别性别；而那一对能听见百米之外动静的耳朵，加上身经百战训练出来的分析判断能力，使他的大脑成为一座精确灵敏的雷达。只要是他张厚义荷枪上湖洲，迎面飞来的鸟大多是肉包子打狗有来无回，于是，张厚义成了遐迩闻名的神枪手，穆湖铺养殖场还任命他为打鸟队队长。

洞庭湖是西伯利亚候鸟主要栖息地和迁徙途中补给地，自古以来是鸟类的天堂。在那个人鸟结怨不堪回首的年月，打鸟队决定在候鸟飞来时，每月用 4 个工作日专打大雁，其余时日主要猎杀野鸭。野鸭飞来成群结队，而打鸟的猎手也成群结队，一排黑洞洞的枪口在队长张厚义的指挥下吐出硝烟，把一片湖洲弄得乌烟瘴气，血雨腥风。1975 年的一天，他率 60 人击毙 9000 只鸟，捡死鸟时，张厚义双手发抖。

“那个时候，野鸭看见我就逃命，好像闻到了我身上的杀气！”张厚义心存愧疚地回忆。

鸟打多了，罪恶感自然来了。“鸟儿也是一条命，它吃的是洞庭湖的小鱼小虾小螺蛳，又没吃我张厚义一粒米，我一枪夺了它的命，这不是作恶吗?”

1985 年，一次猎杀过后，一只野鸭中了霰弹但仍有生命迹象，那不甘就范的一双怒目死死盯着凶神恶煞的打鸟队长，就在这四目相对的一刹那，张厚义几近麻木的心似乎有了知觉，随即是一阵莫名的痉挛和颤抖，然后是一阵刀绞般的剧痛……他自觉罪孽深重，百身莫赎!

从此，他再也没抓过那只沾满无数灵禽鲜血的猎枪。

当沉睡的良知一旦被正义唤醒，当时代的春风抚平心灵的创伤，人对生命的认识必然出现匪夷所思的提升和超越。

张厚义，忠厚重义的名字终于实至名归。放下猎枪的张厚义一反常态，判若两人，每天划着他的渔舟穿行在洞庭湖洲的沟沟岔岔，奔走在芦苇丛生的滩滩坝坝。哪里有猎枪的响声，哪里就有他义正词严的声音：“住手！不准打鸟!”

偷猎者做贼心虚，溜之大吉。

然而却有的恼羞成怒，不仅不听劝阻，还反唇相讥：“哟，是神枪手张队长喔，都是洞庭湖上的老麻雀，莫搞起吓死个人啰!”

只要桌上还有饕餮之徒迷恋野味，湖上就有惨烈的杀戮。

有一次，张厚义在湖堤上路遇一陌生年轻人，他发现此人形迹可疑，神色怪异，于是提出检查其随身携带的竹篓。

“你看你看你看！”那人倒算主动配合，而眼中透露出一股凶狠。

“当然要查！保护候鸟是我的职责！”张厚义伸手翻腾竹篓，倒是没找出一只鸟，但经验丰富的护鸟专家从篓底硬是搜出一包药。显然，这位来者不善的陌生人比扛枪的打鸟人更为狠毒，小小一包毒药即可毒死黑压压的一片斑头秋沙鸭、白琵鹭甚至鸿雁、白额雁。

证据确凿，年轻人恼羞成怒，竟然将竹篓一丢，袖子一挽，凶相毕露地将张厚义重重摔在湖洲上。张厚义强忍疼痛，挣扎着爬起，又被这家伙推向湖边，杀戮候鸟巨大的血色利润，使这个利欲熏心的毒鸟者心生毒念，居然强按着张厚义的头浸入湖水，幸亏养殖场党支部书记和会计发现后跑步赶来，施暴者见势不妙逃之夭夭。

护鸟就是打仗，打仗还得要枪！

于是，张厚义又拿起了那杆许久没摸过的猎枪，“你朝鸟开枪，我就朝你开枪！”

摇船挎枪的护鸟人一声正气，令盗猎者望而生畏。感觉到安全和安宁的候鸟也似乎和张厚义特别亲近，湖洲上，湿地里又成了鸟的乐园。

他不仅劝阻人们用猎枪射击鸟类，而且还满湖洲寻找暗设的天网。一张天网一天可捕 300 来只误入网眼的鸟，而张厚义最多能清除 20 多张。也就是说，他的清网行动每天能使成百上千的候鸟免遭火烹。

每救出一只活泼玲珑的鸟，张厚义都有一种类似警察解救出一名被拐卖儿童时同样的欢欣和快慰。也许是对过去向鸟类施暴的劣行的一种忏悔，一种救赎。

1987 年春天，张厚义在湖洲上巡逻时听到沉闷的枪声，立即飞奔过去，只见两名陌生的年轻人躲在芦苇丛中，其中一人端着猎枪朝几十米外滩涂上的一只白色大鸟射击。张厚义大喝一声“住手！我是专门对付你们这些家伙的张厚义！”

两名年轻人一听说张厚义来了，只好自认倒霉扛起枪就跑。张厚义根本顾不上追击盗猎者，此刻令他最揪心的是那只白色的大鸟。他快步朝前奔去，这才惊奇地发现，这是一只白鹤，久违了的珍禽，国家一级保护动物。白鹤分布于中国、阿塞拜疆、伊朗、哈萨克斯坦、蒙古、乌兹别克斯坦等国家。在中国主要分布在东北至长江中下游，越冬地主要在洞庭湖和鄱阳湖。尽管这些年没见过白鹤了，但是一旦出现在眼前，张厚义仍能一眼认出，而且心里涌起一股久别重逢的热浪。没错！就是白鹤，头顶和脸裸露无余，体羽洁白无瑕，只有尾部展开时有一扇形黑色，如嵌在白色羽毛尾端的黑色绸缎，一群白鹤展开长翅翩然起飞时，全身白羽镶黑边，如划破天际的耀眼白帆，优雅高贵，蔚为大观。长长的喙呈红褐色，一双眼睛晶莹透亮。

然而，眼前这只白鹤的双眼没有了往日的精气神，虽然一双修长的腿还倔强地立着，但眼中向张厚义投来的却是七分惊恐、三分求助的光。

很快，张厚义就发现了它的腿伤。他小心翼翼地抱起这只孤独无助的白鹤，像初为人父的汉子抱起刚分娩的婴儿，直奔自己那个简陋而温暖的茅舍。

饭桌就是手术台，妻子就是助手和护士，医生呢，当仁不让非张厚义莫属了。一颗滚圆的霰弹，从白鹤的腿根剜了出来，然后用白酒代替酒精消毒，然后用干净布头轻轻包扎。当晚通宵无眠，而被张厚义抱在怀中的白鹤倒是睡得香甜。

一个月后，白鹤康复，张厚义夫妇抱着白鹤来到君山岛外后湖，举行简单而隆重的放飞仪式。洞庭湖上飘过几朵红霞，那是白鹤放飞仪式现场拉起的横幅，万竿青葱的芦苇一齐欢快地招手，像是代表大自然迎接白鹤的回归。

张厚义抱着白鹤正要放飞，妻子做了个制止的手势，然后伸出双手轻柔地抚摸白鹤的羽毛，像是为即将远行的儿子拂一拂衣服上的褶皱，掸一掸袖口上的灰尘。

“飞吧！飞吧！”张厚义懂得，海是龙世界，云是鹤家乡。尽管张厚义夫妇心中有千般不舍，但还是不忍让一只恢复了健康的珍禽变成笼中倦鸟、家中宠物。

张厚义的双手终于捧着白鹤托上蓝天。白鹤用修长的脖颈和婉转的喉咙，发出咯吱咯吱的鸣叫，不知是在宣泄感激和不舍，还是在表达展翅蓝天的欢畅。

这一天，张厚义与妻子加起来没说十句话，这时候这对农民夫妇才懂得什么是怅然若失，什么是魂不守舍，什么是坐卧不宁，什么是度日如年。

用洞庭湖人的话说，“太阳落水了，该休息了。”相思的人嫌夜长。不到三更，张厚义听到门外似乎有人敲门。不对，这是白鹤的长喙在碰击门板。难道这是日有所思夜有所梦一般的幻觉？张厚义起床打开大门，溶溶月色中，白鹤翩翩朝自己扑来。

又是一夜无眠。

于是，张厚义带着白鹤向东洞庭湖自然保护区管理站报告，获得批准临时收养保护。他将白鹤取名飞飞，以寄托对它振翮高飞，回归大自然的殷殷期冀。他先后数次将飞飞放飞，但飞飞每次白天放飞当晚飞回，用只有张家人听得懂的鹤语畅诉离情别绪。

张厚义外出巡逻，飞飞也一路跟随。张厚义上集镇购物，飞飞也寸步不离，其优雅举止、绅士风度令人钦羡，这一对情同父子的人与鹤成为小镇一道流动风景。

张家救鹤，人鹤结缘的故事传遍东洞庭湖四乡八垸。1994 年的一天，邻村的一位高颜值姑娘李霞平，带着对白鹤的喜爱和对人鹤奇缘的好奇来到这个鹤舞人欢的农家小院。张厚义正值青春的儿子张新桥正为白鹤洗澡，姑娘见此情景不禁春心一动，小伙子精心为白鹤洗刷羽毛的姿态和动作，在姑娘眼里格外伟岸，无比美好。

于是，一个以鹤为媒的浪漫故事，上演在东洞庭湖的声声鹤鸣里。

一次张厚义与飞飞正在湖洲上巡逻，头顶飞过一队白鹤，那一声声划过长天的高亢鹤鸣，激起了飞飞强烈的共鸣，张厚义感觉到飞飞有了加入鹤群回归同类的欲望，他分明看到了它双眼迸发出的对浩瀚蓝天的渴望。是时候了，应该鼓励它去追赶队伍，于是他一把抱起飞飞，用自己的体温和气息，给它传递爱和力量。飞飞也意味到这是一场突如其来的生离死别，竟然也通人性地展开双翅，与张厚义紧紧拥抱。

“飞吧！飞飞！你是属于蓝天的精灵！如果有缘，南迁的季节欢迎你再回我们家……不，也是你的家，我们本来就是一家！”

张厚义温柔而坚毅地将怀中的飞飞奋力一托，飞飞展开双翅扑向浩瀚蓝天，追逐那支白鹤的远征军而去。

第二年，远道而来的飞飞带着它的“新婚夫人”双双飞入这个流淌着大爱的农家小院。张厚义大喜过望，为这位体态轻盈、气质高贵的“家庭新成员”起名小雪，取洁白如雪、冰雪聪明之意。等到又一年候鸟南迁时，这对比翼蓝天的恩爱“夫妻”又带回它俩的爱情结晶，张厚义给它起名“东东”。好事成双，无独有偶，张新桥和李霞平的女儿张结也欢天喜地地降生在这个爱意浓浓的院落。

张结三岁时，不慎溜进水塘里，危急时刻，是东东发出急促的鸣叫以示报警，飞飞和小雪立即赶来，又飞速赶到家中，分别用长喙咬着张新桥和李霞平的裤腿，硬拉着他俩赶赴水塘边救起自己宝贝女儿。

人鹤相依，深情守望，互为救援，义厚恩深！

2002 年的夏天，洞庭湖区大雨暴雨接踵而至，汛情居高不下。虽然有三峡工程调蓄上游洪峰的强大安全保障，但是洞庭湖畔少量畔湖小垸依然危机四伏，而张厚义所在的小村庄正是这类地势低洼危如累卵的小垸。

7 月 4 日半夜，劳累了一天的村民正枕着窗外的雨声和洞庭湖的涛声入眠，飞飞和小雪、东东从远方飞回这个令它们魂牵梦绕的小村。接着，张厚义的房顶上响起了悠长急促的鹤鸣。

正在睡梦中的张厚义最先听见这熟悉而又有几分陌生的鸣叫。这是飞飞一家的舍命呼叫，这是一阵歇斯底里的失态嘶鸣，这鹤鸣声向来是何其悦耳动听，今天却是这般撕心裂肺催人肝胆！“不好！拐了大场！”张厚义凭着同飞飞的心灵感应，一骨碌滚下床并叫醒全家，再打开大门，一股洪水随即涌入屋内，眼前的情况令他目瞪口呆！

小垸土堤漫溃，全村已是一片汪洋，幸亏白鹤忠诚而固执地鸣叫报警，撤退尚为时不晚。

于是，张厚义敲响了那面多年不用的铜锣，急促的锣声和焦躁的鹤鸣声，唤醒了泡在水中打呼噜的乡亲。

当 300 多位父老乡亲从惊涛中全部成功突围，回望自己的小垸已成泽国。最后从洪水中撤离的，是为大家担任后卫的张厚义、张新桥，还有飞飞、小雪和冬冬。

2012 年 12 月 4 日，由全国普法办、司法部、中央电视台联合举办 2012 年度法治人物颁奖盛典，跨国司法的国家护航——湄公河专案组、三农代言人毛丰美、候鸟守望者张厚义等一批集体和个人，经法治人物推选委员会投票选出，光荣获得“2012 年度法治人物”称号。

流光溢彩的演播厅内，万众瞩目的领奖台上，年逾古稀的张厚义捧着沉甸甸的奖杯，想起了曾经朝夕相处心心相印的飞飞，以及小雪和东东。洪水过后，飞飞它们就再也没有回家，他日日思君不见君，每天都会对着遥远的北方祈祷。这次进京领奖，他希望飞飞也能在电视机前看到自己。

这次他与长沙日报记者李锋、安徽滁州森林警察吕忠民一道以“候鸟守望者”（代表）称号光荣获奖。当主持人宣读颁奖词后，张厚义环顾台下，只觉全场掌声如洞庭湖春潮滚滚，那一双双鼓掌的手如湖洲上铺天盖地的候鸟翩翩展翅，于是他更感护鸟爱鸟是他终身的使命，他任重道远。

颁奖词是：“失落的羽毛，留给大地沉重的诘问。盘旋的哀鸣，唤起人间正义的携手。尊重自然，顺应自然，保护自然，候鸟守望者，守护的是一片美丽的天空，更是一种不能失去的文明。”

2014 年 7 月，张厚义患病医治无效而逝世。人们常将老人谢世婉称“跨鹤仙游”“跨鹤西去”，用汉字的神韵将死亡化解为一场潇洒飘逸的远行。对于张厚义的离去，我还真愿意相信他老人家是跨鹤而行的，因为普天之下芸芸众生唯有他有这种资格和可能。

张厚义走了，他的儿子张新桥依然踩着他的足迹，奔走在东洞庭湖的绿洲上，湿地旁，履行着护鸟的天职。正是因为生态优先、绿色发展战略的强力推进，正是因为有千千万万个张厚义、张新桥的奉献和坚守，至 2021 年底，来洞庭湖越冬的候鸟达 54 种 29.8 万只，八百里洞庭又成候鸟天堂。

洞庭水碧，长空鹤鸣。已经长大的张结姑娘遥望北方，心里默默呼唤：“飞飞、小雪，还有东东，你们在他乡还好吗？”

醉里看剑梦吹角

徐亚平的文质彬彬是装出来的，翩翩风度也是撑出来的，知识分子的外衣裹着的，竟然是敢面对迎面刺来的鱼叉和棍棒的虎胆。

“徐亚平，濠河的迷魂阵你也敢拆？你晓得洞庭湖水有好深啵？真是吃了豹子胆!”

“豹子胆不能吃，云豹、金钱豹都是珍稀动物，我是环保志愿者，只会保护豹子，决不会吃它的胆!”徐亚平接到这个气势汹汹的电话，仍然不忘见缝插针地进行生态环保知识普及宣传。

“你要是敢碰老子的迷魂阵一根竹竿，小心你的肠子穿孔!”不等徐亚平表态，对方悻悻地关了手机。

“明天还去不去?”有人问，“我是问拆迷魂阵的事。”

“怎么不去? 联系渔政部门，一起去。”徐亚平温文尔雅地回答。

“你就不怕……不怕……”

“怕什么?”

“不怕肠穿孔?”

“那有什么好怕的，我的肠子又不是没穿过孔!”徐亚平口吃灯草，说得轻巧。

是的，这一副终日牵挂洞庭湖的鱼类、江豚、候鸟的百结柔肠确实穿过一次孔，还流了不少血，白面书生的白面因大量失血而更显惨白。

那是在洞庭湖艑山岛西北侧的渔船上。为解决洞庭湖上一些渔民用迷魂阵捕鱼和电鱼的问题，徐亚平和他的护渔护豚志愿者团队分头奔赴各捕捞帮会，苦口婆心地劝阻他们停止这几种竭泽而渔的非法捕捞方式。“电击鱼鳑鲏子都留不了一个，迷魂阵捕鱼也是让大鱼小鱼全部断子绝孙的丧尽天良的勾当，还是拆了吧，图个良心安稳吵!”

“就你有良心! 你站着讲话不腰痛，湖南日报社岳阳分社社长一当起，高级记者的牌子一挂起，正处级工资一拿起，还有国家级的荣誉大把奖金一领起，骑马不知步行苦哟! 我们打鱼的风里来雨里去，一天不打鱼，一天冒得米下锅。再说电鱼又不是我发明的，迷魂阵又不是我第一个搞起来的，我不搞别人在搞，你凭什么只要我拆迷魂阵? 给我灌迷魂汤吧?”

“徐社长的奖金都捐给江豚保护协会了。”徐亚平身边的志愿者插嘴。

“那还不是左边荷包的钱放到右边荷包里，八五四十，五八四十，有区别吗?”

徐亚平把手一摆，示意部下不要为奖金捐出的事多费口舌。

“不过，你老徐也确实不容易，又要写文章，又要管闲事。再说这洞庭湖的鱼是越来越少了，这样下去也不是个事。硬要拆迷魂阵，我自己的可以拆，但这里几十条船，我只能管自己一家。”

那是2013年2月10日，农历大年初一。徐亚平连骗带哄让湖南理工学院外语学院美女教授带上儿子去平江拜年，自己则带上志愿者们下湖慰问渔民，做保护渔业资源的宣讲。大学美女教授这次还只能算吃点小亏，她吃的大亏是当初听信花言巧语嫁给了徐亚平。

大年初一，是湖南人十分看重的全家团圆享受天伦之乐的日子，你不过年别人要过年吵！徐亚平却说，“再不抓紧，今年冬天洞庭湖就没有鱼过年了！”他带上志愿者谢拥军、胡伏林等驾起小船直奔东洞庭湖楼西湾，登上江苏渔民陈意权、胡厚强等的趸船，给这群独在异乡为异客的漂泊者拜年。这还真不属于黄鼠狼给鸡拜年，徐亚平掏出笔记本，将渔民们需要解决的困难和问题一一记上，后来居然真的帮他们解决了大半问题。

时至中午，徐亚平他们的小船还在破浪前进。12时41分，啃着干粮的徐亚平随船来到鳊山岛水域。这里的风浪也没有过年，而是依然肆虐无忌。小船迎风斗浪艰难前行，像一片轻巧的蛋壳被不怀好意的湖风一会儿推上波峰，一会儿又摔下浪谷。洞庭湖的麻雀是见过几个风浪的，长年累月穿行在洞庭风浪中的徐亚平不仅毫无惧色，反而像在陆地上飙车一样大呼过瘾。

突然，他的眼睛被眼前的一幕灼痛了，一支船队正在使用电击的方式，在艑山岛水域肆无忌惮地非法捕鱼。这伙目无法纪的逐利者大概以为大年初一渔政等部门放假休息过大年，洞庭湖就成了法外之地任他们横行。

站在船头的徐亚平差点被风刮入激流，他想摆点英俊挺拔的身段，但始终没有摆成，他只能用并不雅观的姿势死死抓住船帮，以求得站稳脚跟。就在这一颠一簸一惊一乍之际，船头已靠近正在用电击鱼的非法捕捞船只，他硬生生地挺起疲惫乏力的腰杆，指挥若定地一边安排志愿者摄像取证，一边命令通知渔政部门立即赶到现场执法，制止非法捕捞。

当两船相接，一阵风浪将船头推开，但徐亚平已腾空跃起，他要用这惊心动魄的一跃，成功地登上对方的船头，然后零距离地制止他们的非法行为。

又一个浪头迎面扑来，徐亚平如一只沙鸥，展翅掠过风浪，右腿上前潇洒地一跨，“扑通！”徐亚平的这一跨明显力度不够，双腿没能成功登船，眼看就要坠入冰冷的湖水并被激流卷走，但微微前倾的上半身却重重地甩在了船帮上，压在船帮的腹部承载了全身的加强压力。徐亚平只觉腹部一阵钻心的剧痛，随即昏迷过去，如一名迎着战火冲锋的战士突然中枪倒地。

出师未捷，主帅倒在阵前。当人们将徐亚平送到医院急救，医生诊断为积劳成疾、极度疲惫、受外部钝器损伤造成小肠穿孔，而且失血过多，严重威胁生命。

一场与死神的赛跑，在大年初一的手术台上展开，连续 8 个多小时的抢救，终于在翌日凌晨 1 时结束。

天亮了，昏迷中的徐亚平苏醒过来，对同一病房同一病症的病友说了句文绉绉而又酸溜溜的话：“朋友，我们是流泪眼对流泪眼，断肠人对断肠人啊！”

对方眨巴眨巴眼睛："没听懂。"

"夕阳西下，断肠人在天涯，听说过吗？"

"你这人是摔坏了脑壳吧？"

徐亚平的文笔潇洒飘逸，文采飞扬，每篇通讯都能写成抒情散文，不少天真纯洁的中青年异性读者为之深深倾倒，中国新闻奖领奖台上也出现过他意气风发的英姿。作为省委机关报社的分社社长，其本职工作就够他废寝忘餐、夙兴夜寐的了，但是这位明显持续性"小儿多动症"的资深患者居然扯旗放炮地组建环保志愿者协会，从 1996 年起除了用笔大声疾呼保护洞庭湖和长江的生态环境外，率领这群志愿者打着会旗今天跑君山后湖巡湖，明天去鹿角中洲阻止挖砂，后天去采桑湖湿地查网救鸟，逢人就说"洞庭湖的鱼越来越少了，好多鱼种消失了，往年来洞庭湖过冬的西伯利亚的候鸟，今年又少了 5 种……"

守望洞庭水里的鱼、天上的鸟，还有地上的鹿，27 年如一日。其中他付出最多的是长江和洞庭湖的江豚的保护，人们称他为"江豚爸爸"。

2011 年，已有护鸟、护鱼、护蛙、护蛇、护乌龟、护湿地的护龄 15 年的徐亚平，突然听说长江洞庭一带的江豚快要灭绝的消息大为震惊。多年的环保宣传与实践，使他对洞庭湖区水生动植物的研究，已进入可以和专业科技人员同桌开会的境界。"这怎么得了？"这位本来就有点"间歇性神经质"的，以悲天悯人为己任的"躁子"，竟然逮住谁就向谁烦躁："你说这怎么行？八百里洞庭，只剩下不到 80 头江豚了，它和我们人类一样，也是哺乳动物，它们的孩子也吃妈妈的奶，它们的嘴角永远都朝上，向着你笑。你为它们做了什么？你的生活污水排到洞庭湖，污染了它们的生存环境，它对着你笑，你笑得出来吗？"

我还真笑不出来！而他却急得要哭。

"成天写这写那，尽写些没用的，你为江豚保护写过一篇文章吗？"徐亚平逮住我刨根向底，咄咄逼人！

“没写过，我对江豚不了解。我还有点事，再见！”我急于脱身，拔腿就走！

“站住！”不对，岳阳方言是“企到！”这人真是霸蛮，难怪那么多非法捕鱼的人恨得他咬牙切齿。

“企到！你还有点事？什么事比保护江豚还重要？交你一个任务，写一篇保护江豚的散文，三天后交给我。洞庭湖只剩80头江豚了，你还没为它写过一篇文章，还好意思当作家！别以为国家一级作家蛮不得了，十年之内，我要让江豚晋升为国家一级保护动物！”

三天后，我将作业《倾听水底的笑声》交给“江豚爸爸”，他高兴得嘴角上翘，神态活像只江豚。临走他顺手从抽屉拿出一枚环氧树脂批量生产的江豚微型雕塑送给我：“放在书桌上，每天看它三遍，你的心情自然会好。”

这江豚雕塑造形憨态萌宠，笑容可掬，至今还放在我案头，每天何止看三遍？

就在我每天悠闲怡然地欣赏江豚雕塑的时候，“江豚爸爸”为他的“爱子”做了些什么呢？

两个字——拼命。

三个字——拼老命。尽管他还不算老。

他创办了中国长江江豚保护网；组建了环保宣讲团进城下乡四处演讲；发表了中国长江江豚保护宣言；与中央电视台合作制作了3个保护江豚的公益广告；在湖南日报开设《拯救江豚——亚平手记》专栏；举办江豚保护摄影展、书画展；在长沙和岳阳市区、洞庭湖和长江大堤竖立了29个保护江豚的公益广告牌……

2021年2月5日，经国务院批准，国家林业和草原局、农业农村部调整的《国家重点保护野生动物名录》正式向公众发布，长江江豚等65种由国家二级保护野生动物升为国家一级保护野生动物。

江豚晋级，这不正是徐亚平的愿望吗？如愿以偿了，“江豚爸爸”脸上没一点喜气。“这说明江豚极度濒危现状没有改变哪！”真是进亦忧，退亦忧，然则何时而乐耶？

徐亚平管闲事算是有瘾，他居然咸吃萝卜淡操心地管起了上岸渔民的再就业，多次找在当时岳阳职业技术学院工作的我，磋商合作培训渔民事项，说是磋商，如果不予配合他就会将我搓伤。他还自作多情地帮助渔民在岸上找工作，解决其子女定居上学问题。只要这些“爷爷们”不再为难洞庭湖的水和湿地，他甘愿为他们求爷爷告奶奶。我和他探讨过这个问题，他的观点是，“以权谋私可耻，以权谋公光荣！只要洞庭湖江豚种群迅速增加，就说明生态环境大为好转，因为江豚是长江洞庭水下的旗舰物种嘛，什么叫旗舰物种，你懂吗？”

聊来聊去，又聊到江豚了。

江豚保护11年来，徐亚平和他的志愿者团队营救被困在迷魂阵内、私设天网上、人造陷阱里或浅水滩上的珍稀野生动物696只，每只伤愈出院，他都组织一群中小学生和省市媒体记者现场见证，把绿色环保的种子播撒在市民的心田。

27年于一日，风刀雪箭等闲看。打着那面早已褪色的会旗，徐亚平和他的团队用油黑发亮的皮肤，衬托着洞庭湖水的清澈碧绿和湖岸的郁郁青青。

有奋斗就会有牺牲，徐亚平他们面对的既有谦谦君子，也有“湖霸”“砂霸”。洞庭湖并非天天春和景明、夜夜皓月千里，时常也有阴风怒号、浊浪排空。制止非法捕鱼，被当事人认为是断其财路、挡其生路，于是轻则谩骂、诅咒，重则操起鱼叉、木桨悍然动武，江科明、范钦贵、罗一平、万鹏举等一批志愿者在实施环境保护时英勇负伤。在江豚保护协会成立和行动五周年时，徐亚平忙得后脚跟打后脑勺。于是，我为这批受表彰的护绿英雄写了颁奖辞。让我们通过几篇颁奖辞，来了解他们的这些普通市民不普通的绿色壮举。

江科明的颁奖词："五副拳脚，击不退一身正气；千次恐吓，撼不动万丈雄心！为了江豚的微笑，为了黑鹳的欢鸣，巡逻船中载赤胆，生死状上写丹心！"

范钦贵的颁奖词："你拽来六艘诺亚方舟，使幸福垸不幸的灾民驶向万幸。长年志愿巡逻，双脚踏遍洞庭。你是捕鱼电网的克星，你是受伤天鹅的救星。心忧天下，范文正公家风长续；钦羡高贵，共产党员不忘初心。"

万鹏举的颁奖词："铁骑呵护注滋口的白鹳，车轮牵挂洞庭湖的江豚。翻车纯属意料之外，风险早在预料之中。多处骨折，那也是宁折不弯的铁骨铮铮！颅内出血，那也是蓝天碧水上的一道彩虹！万鹏举，你胸间万鹏展翅，不愧与岳飞同名！"

聋人女孩余姗的颁奖词："奔走江湖，你是江豚保护协会的独特风景；英姿飒爽，你是绿色卫士中失聪的女兵。一级伤残虽有千般苦痛，百折不挠获取万般欢欣！非法捕捞，坚决制止！非法排污，立即报警！道是无情却有情，此地无声胜有声！余勇可贾追穷寇，珊瑚剔透见丹心！"

吴亚洲的颁奖词："你从 50 米高处滑下，爬起来继续巡湖。挫伤的是两根背骨，挫不伤的是绿色的抱负！你从有声的世界滑落，把《爱的奉献》唱响于无声处。吴亚洲，你与广袤的亚细亚同名；吴亚洲，你与时代的节拍同步！"

徐沐辉的颁奖词："荒草中潜伏，甲板上亮剑。400 次制止非法捕捞，十多次与死神擦肩。只为八百里洞庭沙鸥翔集、锦鳞游泳，麋鹿奔跑、江豚欢笑！感情深，拔吊针！感情铁，敢流血！脱下军装还是兵，只愿大湖四季春！"

然而，洞庭湖综合整治攻坚开展之前的一段岁月，湖上渔霸各霸一段水域，画地为牢，占水为王。浩渺洞庭，如有渔霸耀武扬威，一般渔民船家势单力薄招惹不起，出现械斗也因湖上“天高皇帝远”，即使报警也是远水难救近火。这些渔霸肆无忌惮地利用电鱼和迷魂阵等手段捕捞，使洞庭湖渔业资源大面积遭破坏。还有人研发一种体形庞大、杀伤力特强的海网，由于网眼细密，连小鱼小虾一网打尽，所到之处水下生灵无一幸免全遭浩劫。一般海网捕捞时选择夜深人静离岸遥远的湖面进行，而且暴力与捕捞相伴，三艘以上机动渔船结为团伙，随时准备应对前来阻挠捕捞的人群，而且一旦动武个个心狠手辣，誓死拼个鱼死网破，谁遇上谁倒霉。

徐亚平就摊上过这样的倒霉事。不，不是摊上的，是叫花子背米不动——自讨的。

那是2014年秋天的一个月黑风高夜，前一天他接到密报，在洞庭湖舵杆洲方向水域有三四艘大渔船组团用海网捕捞。

舵杆洲系岳阳县、华容县、大通湖交汇水域，地形复杂，且往来人员复杂，芦苇丛生且水上乱象丛生。方圆几十上百里无人烟。有渔歌唱道：“好汉怕过舵杆洲，一湖白水倒起流。快撑竹篙紧摇橹，九死一生到巴丘。”

徐亚平闻警即起，排兵布阵。他将敢死队分作两组，一组装扮成渔民驾舟先探清虚实，待天黑后等第二组的船到后俩船结伴开赴海网捕捞现场。徐亚平反复交待第一组注意隐蔽，切不可孤军深入，以免“敌”众我寡，导致战友们吃亏，又怕打草惊蛇，往返徒劳。

徐亚平在洞庭湖可谓威名赫赫，那些非法捕捞、非法采砂者提起他就牙痒，想起因他姓徐的管闲事而遭到的“损失”就心绞痛。徐亚平自己也胸中有数，他的行踪都一度有人监控。所以这一次他下午在分社办公还特意在微信朋友圈内张扬，以迷惑对手。

夜幕降临，远离繁华市区的黄沙湾水面驶出一条快船，如一柄水上利剑破浪前进。徐亚平率领敢死队第二组驾着战船乘夜出征，直奔舵杆洲。他选择从黄沙湾出发，是因为“渔霸”们广布耳目，一个微信即可告知百里之外的非法捕捞团伙，这叫声东击西，又叫暗度陈仓。

“湖光秋月两相和，潭面无风镜未磨”，刘禹锡笔下的风和日丽胜景是君山岛与岳阳楼之间的水域，而舵杆洲方向却是“洞庭无风三尺浪，有风浪滔天”。敢死队的战船劈波斩浪，在黑黝黝的夜色中摸索着前行。有几次船遇沙滩，大家挽起裤腿下水推船，几经折腾才赶到舵杆洲水域，四处寻找先行入境的第一艘战船，只见湖上芦苇丛生，船行苇林中如入水上迷宫，不仅没找到战友，连野鸭都没见到一只。此地远离集镇，手机信号极微弱，与战友已完全失联。

怎么办？时至三更，偷捕者海网正在张开血盆大口猎杀大鱼小鱼，徐亚平审时度势，当机立断：“不再找他们了，立即寻找海网捕捞现场。”

战船驶出迷宫，倒是峰回路转豁然开朗。凭着这群“洞庭水怪”的精明和悟性，几番折腾终于听见了机动渔船的动静。

近了，近了，更近了。这是一个人多势众的捕捞现场，四条船组成一支气焰嚣张的水上舰队，全体捕捞者正全神贯注齐心协力准备收网起鱼，一张巨大而细密的海网坠在湖底，网边正在渐渐向中间收拢，而被捕入网底的鱼也有不少跳出水面，先是七条八条，紧接着是上百条鲤鱼、草鱼竞相腾跃，那啪啪作响的水声清晰可闻。

“徐会长，他们的人数不下五十，而我们就这几条汉子，硬拼会吃亏呀！”

徐亚平也不是铁打金刚身，他见识过这些为巨大利润铤而走险的亡命徒的凶狠手辣，他也考虑过撤退收兵，免得这些跟随自己舍命保护洞庭湖生态环境的兄弟们遭受不测。但是，当他看到越来越多的鱼在渔灯下跳跃，这些水中精灵是在用自己的生命向非法捕捞者抗议示威，因为它们懂得，只要它们放弃抵抗，它们这个水中大家族会被人一网打尽，包括那些嗷嗷待哺的幼苗。这是要让洞庭湖的鱼虾断子绝孙呀！

不行！只要我徐亚平一息尚存，就不让他们竭泽而渔！主意打定，徐亚平大喝一声："开灯，目标海网，前进！"就在这一瞬，他想起了电影《甲午风云》中的致远号舰长邓世昌。

战船如箭离弦，亮起航灯，扬起战旗，如一辆大义凛然的坦克冲向"敌阵"。

正在准备起鱼的指挥者望着即将起入船舱的活蹦乱跳的鲜鱼，这一片"啪啪"声在他听来简直就是银行点钞机工作时的"唰唰"声。"何里搞的？从哪里拱出渔政的执法船来了？"

非法捕捞团队的指挥者不愧洞庭湖的麻雀，见过几个风浪。定睛一看，不像渔政的执法船，船上几个人也没穿制服，于是他大大咧咧地一挥手："都跟我做事，起鱼！"

于是，这个稍事惊慌的偷捕团伙又恢复镇静，准备起鱼。

"住手！"徐亚平立在船头，并不魁梧的个头并没引起这伙人应有的重视。用岳阳话说，"冒洒起！"

"我代表江豚保护协会要求你们，立即停止捕鱼！"

"为什么？"

"你们使用的海网是非法捕鱼工具，是渔政部门禁止使用的。"

"你是渔政局的？还是渔政所的？"

"我是江豚保护协会的。我们有责任保护洞庭湖的渔业资源……"

"弟兄们，稳住渔网，准备操家伙！"

四条船头上突然有人从船舱里搬出鱼叉、桨桩等"常规武器"挥舞着。

剑拔弩张，战事一触即发。

战船上的敢死队员严阵以待。

“走不走！要我送你走吗？”指挥者语气强硬，似乎是在商量，实际上是在下令操家伙。这不，一半捕捞者放下网纲，操起了桨桩和鱼叉，那锋利的鱼叉尖刃，在渔灯下闪着寒光。

“该走的是你们！你们这是非法捕捞！”徐亚平义正词严，“如果不听劝阻，我们协会将把你们告上法庭。”

渔船上气氛陡然升级，一些捕捞者操着凶器准备过把大打出手的瘾，四条船中已有一条转瞬间靠近了徐亚平的战船。

“谁敢动手！”徐亚平命令战友，“准备录像，收集罪证！”

“还罪证，我让你们一个也回不去。拿什么协会来吓我，就是你们那狗屁会长徐亚平来了，老子也把他掀到洞庭湖喂鱼！”

“我就是徐亚平！”

“什么？你就是徐亚平？”捕捞指挥口气变得有些柔软，“兄弟，莫吓我！”

“吓你干什么，我就是徐亚平。”

“听说你帮十几户渔民找到工作岗位，还帮他们的伢子上了学？”

“那是我该做的。”

“听说你把几十个搞了鬼事的渔民送进了派出所？”

“那也是我该做的。”

“好！徐亚平，不，徐会长，我久闻你的大名，对你呢，有点恨，恨你爱管闲事，不给我们打鱼人一条生路……”

“是你们不给洞庭湖的鱼虾一条生路！”徐亚平说着登上了这名头目的船头。

故事说到这里该打住了，结尾就是化干戈为玉帛，徐亚平凭一身凛然正气和三寸不烂之舌，化解了一场剑拔弩张的水上械斗危机，更重要的是，他和他的战友，为那一海网无辜的活鱼化解了危机，捕捞指挥者当即下令：“听徐会长的，放鱼！”

还有与这网鱼重获新生同样重要的是，徐亚平拯救了这四条船上几十位捕捞者的良知，唤醒了他们一度沉睡的责任意识，也校正了他们一度颠倒的价值取向。

徐亚平吃了豹子胆，吃了豹子胆的还有他的那群由渔民、教师、警察、学生组成的敢死队，他们大多没有工资，没有夜班补助，但他们有一个一身正气的领头羊，有守护蓝天碧水的使命感，还有一纸咬破手指盖上血印的生死状。这张生死状上字数不多，特录如后：

> 我志愿加入保护江豚志愿者行动，在行动中听从指挥，团结一致，不违章，不喝酒，驾好船，穿好救生衣，确保人身安全。
>
> 有难同当，生死与共，在巡湖过程中，若有人出现意外伤亡，所有人都应尽全力助他并抚恤其家属、子女。
>
> 特立此状。

立状人签名第一个就是徐亚平，接着是范钦贵等。鲜红的手印，是沸腾的热血在纸上奔涌，是鲜红的战旗在湖上飘扬。

“徐亚平是个怪人！”这不是我说的，是9号病床的护士说的。“找徐亚平？他是个怪人，最不守住院纪律的就是他，一天到晚跟一群晒得漆黑的人在一起开会，把会开到病房来了，尽商量一些保护野生动物的事。自己的肠子都穿孔了，还想去保护野生动物，我看他自己就是一只不得安宁的野生动物！”

倾听水底的笑声

有会笑的水生动物吗？

有！至少，长江和洞庭湖有。

会笑的水生动物憨态可掬，萌宠可人。它有着浑圆的头部，丰腴的腹部。它那灵敏修长的尾鳍，是畅游江湖的强有力的桨橹，是独树一帜的风帆。它的额头隆起稍向前凸，表明这个族类每分每秒都处于进击状态。它的嘴部短而且宽阔，上下颌同长，嘴角微翘，呈现出不知疲倦的甜美笑容。牙齿短小却有几分锋利。它的双眼不大且不明亮，但这并不妨碍它对周围的环境和情况作出精准的判断，因为它是和人类一样属于胎生哺乳类动物，有着四岁儿童的智商。它依靠回声定位系统的准确测判辨明方向，行走江湖，左冲右突毫厘不爽，进退自如心明眼亮！

它，就是人称“水中大熊猫”的长江江豚，它拥有和长江白鳍豚一样高贵的血统，属于长江中最后仅剩的鲸豚类动物。

第一次见到江豚是20世纪60年代末期。作为初中生，我背着背包从90公里外的华容一路急行军徒步走到岳阳，洞庭湖以波撼岳阳城的磅礴气势，横在我眼前。汽车的长龙习惯成自然地等待姗姗来迟的轮渡。

我没有这种习惯性的淡定，躁动不安地抬眼在湖面上搜寻。忽然有人惊呼：“江猪！江猪！”就在这一瞬，我发现一抹微微光亮在百米开外湖面上一闪，微光跳跃处，湖风呼啸间，一只油黑发亮的“江猪”腾空跃出水面，它追逐着泛白的浪花，用抛物线般优雅的弧度展示着水中精灵的高贵，释放着生命的精彩。一头、两头，如领舞的演员，渐渐引领出十多头同类，组成前仰后合、潇洒飘逸的水上群舞，又像是一组花样游泳的运动员，在训练有素地展示健硕的体魄、优美的体态，在波涛间闪展腾挪，身手矫健，轻功了得！一排小山般的浪涛劈头盖脸压来，像墨绿色的幕布欲遮盖这座正在演出的舞台，这群江豚激流勇进地迎涛一跃，让来者不善的大浪扑了一空。那逆流而上，破浪而舞的英姿由温婉顷刻变为雄健，阴柔瞬间化为阳刚。

洞庭无风三尺浪，有风浪滔天！那天的湖风至少有六级，这群江豚肯定听到了岸边的喝彩，那是铁杆粉丝组成的亲友团、啦啦队的呐喊呀！

这是我与江豚的第一次邂逅。尽管当时距离较远，我没看清它们的笑容，但是我用心灵感受到了它们零分贝的笑声，体验到了它们对万里长江和八百里洞庭交汇处的水质的惬意，还领悟到了它们对人类的友善。

十年后，我成为岳阳市民，每天枕着洞庭湖涛声入眠，而那群江豚时时在梦中翩翩起舞，粲然一笑。

是的，仅限于梦里。

第二次得见江豚倩影，是21世纪之初一个深秋的下午。我随岳阳市文艺界采风团队从洞庭湖青山岛上返回，机帆船游弋于洞庭晚秋图和远浦归帆图的水墨之中。我贪婪地放眼观赏湖洲之上那铺向地平线的金色苇林，那一丛丛绽放在苇林之上的银白色的荻花，那掠过金苇银花之上、蓝天白云之下的翔集沙鸥。一群掠过长空的雁群，用苍凉悠远而略显疲惫的鸣叫，提醒地上的人类关注它们的存在。

是啊，万类霜天竞自由！正是由于生物界多种族的存在和融合，才构成了大自然的生生不息欣欣向荣。

机帆驶向一碧万顷的湖面，我的视线开始扫描那和水乡人心灵一般透明的潾潾秋波。突然，一个似曾相识的身影“唰”地跃出水面，像是从偌大一张白纸上猛然跳出一个肥硕的惊叹号！“江豚！”我喜出望外地失声呼叫。与此同时，不少同伴也发现了这位表演欲望极强而又极擅长表演的水中灵物。

就这么昙花一现么？你也太不够朋友了吧！突然又是“啪”地一记水响，伴随着一条白色浪花的绽放，这头江豚再次跃水亮相，用浑圆的头部和丰腴的腰身，还有那灵捷的尾鳍，在水面上潇洒一跃，画出一条优雅的抛物线。就在这惊鸿一瞥之际，我终于看到，不，准确地说是感受到了它的笑容，微微上翘的嘴角，神采飞扬的双目，令我心花怒放。

就在这跃水和入水之间，看着它的笑容，我仿佛随它一道钻入了碧波之下，而且分明听到了它在水底发出的笑声。

一船人目睹江豚翩然起舞，悠然一跃，突然谢幕，默然离去，任你把眼珠瞪得发白，任你望穿秋水千呼万唤，江豚用无言发表声明：“不陪你们玩了！”

夕阳把樯桅的影子拉得老长，同时拉长的还有我追逐逝波的思维。

青山岛属于东洞庭和南洞庭之交水域，由于远离城市，也就远离了化工污染，远离了千帆竞发，远离了那些令江豚焦躁不安的马达噪音，远离了那些无情绞杀水下生灵的螺旋桨，更远离了那些见利忘义的无良捕捞者。正是因为上述现象的存在，东洞庭湖和长江交汇处的江豚数量锐减，成群结队的“江猪”拜风景观，早已成为中老年人遥远的记忆，就连独舞江湖的豚影也难觅仙踪，江豚给岳阳人带来欢乐的笑容，早已被悠悠岁月风干、消弭，那一幅“沙鸥翔集、锦鳞游泳、岸芷汀蓝、郁郁青青”的水墨丹青，也渐渐被所谓现代工业文明的烟囱熏黄，甚至熏黑，目不忍见了！

青山湖，洞庭江豚最后的避难所！

我向这片水域报以无限感激，充满敬畏！我相信，有幸畅游在这片水域的江豚，总有一天会重返浩浩汤汤横无际涯的东洞庭湖和长江，让我们的后代能像我初见江豚那样，纵览“江猪拜风”之大观，感受水乡泽国原生态之大美。

于是，我愈发关注江豚的生存信息，就像牵挂久违的亲友。2006 年一条消息令我目瞪口呆：一个由高规格科学家组成的长江淡水豚科考调查组在长江中下游 1700 公里江段寻找白鳍豚无功而返，拿出一个令人痛彻肺腑的结论——长江白鳍豚已功能性灭绝，江豚数量锐减至仅剩 1800 头左右，其数量已少于陆上大熊猫，并以每年 5%—10% 的速度锐减。

这份报告还预测：如果不采取强有力的保护措施，可能到2035年长江仅剩江豚200头，达到世界自然保护联盟濒危物种红色名录的极危标准。

“堂兄弟”已销声匿迹，这1800头江豚何去何从？这些嘴角微微上翘的江湖微笑天使，如果你们知道这份报告的预测内容，还能笑得出来吗？

江豚，这个长江水生动物中的旗舰物种，在长江中生存超过了亿年。难道我们这一代人就这样眼巴巴地看着绽放在江湖之上的笑容消失？

那些吞云吐雾向水中排污的造纸厂的业主们，那些驾起机帆用电击捞鱼的船主们，那些将大鱼小鱼甚至小虾全部引入迷魂阵而自己也被金银腐蚀了魂魄的欠下大江大湖无数良心债的债主们，你们该清醒了！有报载消息，一只困在浅水中的长江江豚流下了一滴滴的清泪，但它的嘴角还带有笑意。那不是人类的喜极而泣，那是一种“不以物喜，不以己悲”的从容与淡定。那是一种对人豚相融满怀期待，对海晏河清天蓝水碧的无限憧憬！

中南海的潾潾碧波连着八百里洞庭的浩渺烟波，在生态优先、绿色发展的国家战略大背景下，一场修复生态、保护江豚的持久战拉开战幕。2012年以来，人们欣喜地看到，那些藏污纳垢的造纸厂一律关停，曾经百孔千疮的江岸砂石码头披上绿装。数以万计的渔民上岸定居转业转产。春风又绿江南岸，江豚畅游碧水间。

作为“守护好一江碧水”首创地，岳阳这座活力迸发的历史文化名城，感觉到了光荣的历史使命、时代担当。近年来，岳阳以壮士断腕的气魄、破釜沉舟的决心和攻坚拔寨的勇毅，全面治污，铁腕治砂，向“化工围江”说不，与外来生物决战。沿长江163公里岸线和洞庭湖岸全面修复生态，让范公笔下的“岸芷汀兰，郁郁青青”重回江湖大地。

从2021年初起，全面启动长江洞庭十年禁渔，让母亲河和母亲湖得到旷古未有的休养生息。

春江水暖鸭先知。最能感受生态变化的，当然是水中“大熊猫”、国家一级保护动物长江江豚了！

“前方发现江豚！”我循声望去，眼前碧波之上，两只江豚正在迎风激浪，腾跃翻飞。又是惊鸿一瞥，昙花一现！我正在为之惊喜和遗憾，不料一场盛大的“水上实景演出”隆重开幕！一头、两头江豚再次亮相，那笑容可掬的面部，宣泄着其心底的万缕春光，令我顿觉这人豚和谐相依的世间是如此温馨，如此美好。随着湖风骤至，碧浪涌起，一群江豚争先恐后相继跃起，如体育健将组成的团队激流勇进，俯仰沉浮，卖萌扮酷，大显身手。它们在拜水拜风，在时代春潮中拜一江碧水，拜万里春风。

“为江豚让路！”艇长下达命令，我们情不自禁一齐鼓掌，既是为江豚的精彩表演喝彩，也是为艇长的决定点赞！

笑声，在水天之间荡漾。我想，水底也有笑声爽朗。如果可能，我真想将自己并不浑圆的脑门中植入类似江豚的信息定位仪芯片，一头钻入这片江豚经常出没的水域，去倾听江豚的开怀的笑声。

雁引愁心去

冬季到洞庭来看鸟，心旷神怡无烦恼！

发明这个解闷方式的人，叫李白。

“楼观岳阳尽，川迴洞庭开。雁引愁心去，山衔好月来……”乘着朝辞白帝夜宿江陵的快船，李白在两岸猿声中顺江而下，八百里洞庭的浩渺壮阔激发了诗人的浪漫与豪兴，然而最令他豁然开朗，并在瞬间将郁积胸间怀才不遇报国无门的忧愤惆怅抛掷九霄的，是一只抑或一行甚至漫湖漫天凌空飞过的大雁。是这种将豪情壮志潇洒写上水天之间的翩翩灵禽，把寄情山水浪迹天涯热衷于来一场说走就走的旅行的旷世奇才的满腹愁烦飘然领去，李白顿时心花怒放宠辱皆忘，天子呼来不上船。善解人意的巴陵山将一轮姣好的圆月衔到了他面前，接下来："云间连下榻，天上接行杯，醉后凉风起，催人舞袖回。"更是疑似虚幻的超规格接待。这种飘然若仙的良好感觉，全靠那一声或一阵划过长天的雁鸣，那一只或一片勾魂摄魄的雁影。

尽管李白的博学壮游在当时朝野无与伦比，但他没有商务印书馆出版的大百科全书，更没有互联网供他搜索资料，他肯定不知雁类乃追春逐暖四海为家的候鸟，更不知洞庭湖是长江之肾，是《国际湿地公约》收录的中国首批七块国际重要湿地自然保护区之一。李白学富五车，但是他当然不知道洞庭湖地处北纬三十度，气候温和、水草丰美、生物多样，是候鸟迁徙中部线路上最优的歇息地和越冬地。

来此越冬的候鸟达 305 种，其中有国家一级保护动物东方白鹳、黑鹳、白鹤、白头鹤、大鸨、中华秋沙鸭、白尾海雕等 7 种，列入国际红皮书指定保护的 39 种，它们从遥远的欧洲飞来，越过西伯利亚的凛冽和蒙古大草原的苍凉，它们是跨越洲际的天使，是拥有数个国籍的自由公民，是不带护照的驻华外交官，也是我国驻俄、驻日、驻澳的"外交使节"。那最善于"雁过留声"的歌者，用的也许就是洞庭渔歌的原生态发声方法，悠长、圆润而又高亢，完全是何纪光的神韵而不同于腾格尔！一声破石惊天的长鸣，维也纳金色大厅也要为之震颤!

本人久居洞庭湖畔，有道是近水知鱼性，近山识鸟音。我认为，鸟既属于山，也是水的主人。那些从范公《岳阳楼记》中结伴飞来的翔集沙鸥，不是和游泳锦鳞共享上下天光一碧万顷吗？东洞庭湖湿地冬天的候鸟来得铺天盖地，作为观鸟之都的市民，我怎能不一睹为快呢？

采桑湖，东洞庭湖湿地的中心地带。相传娥皇女英千里寻夫时在洞庭湖一带流连，这里的桑林葱翠，把一湖清水也染得碧绿，于是双双伸出纤纤玉指辛勤采桑，向当地农家传授养蚕和纺织丝绸技艺，为了纪念二妃，人们将这里命名为采桑湖。

采桑湖不仅桑麻繁茂，湖堤之外是一片绿毯般的湿地，再远处就是连接洞庭碧波的青青苇林。时下正值隆冬，但采桑湖依然芳草萋萋，欣欣向荣，拥有无穷无尽的螺蛳、鱼虾的湖洲浅滩和沼泽，就是遮天蔽日的候鸟们大快朵颐的露天餐厅。

笨重的深筒套鞋踏着采桑湖上顽强的青草，思绪仿佛穿过锡林郭勒和科尔沁的碧绿青葱。一声划过心海的长空雁叫，提醒我这里是冬天的洞庭湖。

萧瑟秋风今又是，换了人间。这果真是东洞庭湖的湿地中心采桑湖吗？十多年前，这里冬天的底色是一片枯黄，湖水哪有这般清澈？清澈得如一面面圆镜，倒映着天的蔚蓝和云的洁白，还有飞鸟的婀娜优雅。绿洲哪有这般葱茏？葱茏得如一床铺向天际的绿色绸缎，随着湖风的吹拂而抖擞精神，展露生机。大堤下一群山羊在得意地奔跑，一头见多识广的黄牛漫不经心地抬眼瞟了一眼我这个闯入湖洲的不速之客，发出一两声不屑一顾的鼻息。奔跑着的头羊突然回眸即用浑厚深沉的疑似意大利美声，轻轻松松地夺过了山羊的风头。那只一直歇在黄牛背上的白鹭，用铁杆粉丝的姿态发出悦耳的三声鸣唱，以示点赞。

好一曲原生态的洞庭牧歌！

很快我就意识到，刚才这几声天籁不过是前奏中的几个音符，继之而来的是一声惊退霜晨月的长空雁叫，是一阵撕绸裂帛般的清脆鹤鸣，是离我越来越近的振聋发聩惊天动地的百鸟大合唱！

大堤下迎风起舞的防浪柳林已化为渐行渐远的一缕绿烟，绿色湖洲已到了尽头。循着此起彼伏的雁叫鹤唳声望去，猛地推到我面前的是东洞庭湖的一色水天，蔚蓝的天倒映在湛蓝的湖水里，百鸟大合唱的大型实景演出，就在这碧水蓝天之间拉开了帷幕。

“晴空一鹤排云上，便引诗情到碧霄。”刘禹锡的吟唱在我耳边响起。随着这声鹤鸣，一群丹顶鹤展开长翅冲天而起，以领唱的姿态先声夺人。此刻我才发现这水上大舞台竟是如此宏大，参演的团队竟是如此众多，南翔缟素的一群，刚刚登台，黑帽皂服的一伙姗姗北来。不等台上歌者开口，又一队纪律较次的团队叽叽喳喳掠水而至。也许它们发现了举着相机潜伏在浅浅苇草中的我这个异类，群体性地向后转匆匆谢幕。

我屏住呼吸，用右手食指指尖，不，是用战栗的心尖频频叩击快门，生怕发出声响惊扰了这些我心飞翔的跨国公民，唯恐自己的喘息破坏了鸟之天国的宁静与神圣。

还好，不知是毫无察觉我的存在，还是习惯了人鸟相依。我宁可相信后者。君不见时光倒退十多年前，我脚下的东洞庭湖完全是另一番令人不堪回首的景象。由于人们长期以来围湖造田与水争利，导致“风帆满目八百里”的洞庭湖日见萎缩。由于人们急功近利“靠水吃水”，沿湖数十家以芦苇为原料的造纸厂排污泄垢，湖面浊水横流，路人掩鼻。由于一些人非法捕捞，用电击鱼有之，海网滥捕有之，更有甚者在水中遍布迷魂阵竭泽而渔，渔业资源惨遭破坏。没有了浅水滩上的鱼虾螺蚌，就没有了自然平衡互相依承的生物链的完整，越冬的候鸟就失去了过冬的食物，候鸟天堂蜕变为各类生物的地狱。

一度将东洞庭湖沦为候鸟伤心之地的，还有那些张开罗网，举起猎枪的非法捕鸟者。捕鸟者为什么如此残忍？只因为无数张血盆大口在焦急等待，这些吞食珍禽异鸟的饕餮之徒有着和癞蛤蟆共同的兴趣爱好，那就是都想吃天鹅肉。然而癞蛤蟆没有道德观念没有法律意识，但是人有哇！吃鸟的人、烹鸟的人、捕鸟的人应该有哇！既然有，为什么还要吃，食者说，因为有人卖；卖者说，因为有人捕；捕者说，因为有人烹；烹者说，因为有人食。恶性循环，强盗逻辑！天良丧尽，人性泯灭！

十多年前，同样在这片湖洲，我目睹了一片迷魂阵的“赫赫战绩”。东洞庭湖自然保护区的执法者依法捣毁迷魂阵，作为当时在场的记者，我得以现场见证，一次救出误入迷魂阵的候鸟1300多只，而至少也有同样多的候鸟被阵中迷网无情地夺去生命，它们痛苦万状地在网孔中挣扎求生，有的直到生命的最后一刻还死不瞑目，有的没了生命体征其姿势仍昂首问天。这些不屈的精灵耗尽了最后的能量，向疯狂的捕猎者发出泣血的诅咒！

俱往矣！近年来，洞庭湖区全面贯彻生态优先绿色发展的国家战略，为母亲湖的休养生息，为守护好一江碧水，全面修复长江岸线和洞庭湖生态环境，以铁腕手段根治“化工围湖”“化工围江”，禁止江湖挖砂，启动十年禁渔，成千上万的世代渔民登陆定居，转业创业，八百里洞庭重现浩浩汤汤，郁郁青青！

于是，候鸟天堂结束了一度越冬候鸟栖息数字锐减的历史，据湖南省林业局发布的《生物多样性白皮书》称，2010年至2020年，全省越冬水鸟数量从10.9万只增长到28.8万只。

于是，就有了我眼前百鸟争喧的壮观与奇妙。

这两腿修长、举止轻盈的白色精灵应该是来自柴可夫斯基故乡的大鹅吧？一只，两只，来就来四只吧，芭蕾舞剧《天鹅湖》中不是有段精美绝伦的四小天鹅舞吗？哇，岂止四只？十多位长途跋涉而来的小天鹅翩翩起舞，那娴熟的舞步、曼妙的舞姿比苏联的功勋演员更天然成趣，美不胜收。

“哇！”一直深潜不露的我被这份大美击中，竟然忘了潜伏纪律，失声叫了出来。小天鹅如听到舞曲戛然而止的结束音符，以惊鸿一瞥的姿势一齐对我怒目而视，然后发出一阵不满的鸣叫的同时，齐刷刷地扬长而去。

你方演罢我登场。这是一对身材颀长体态健硕的白鹤，头顶上那抹暗红暗示着血统的高贵。一旦进入“舞台”中央，它们便旁若无人地来了一段轻快“伦巴”。体型稍大者颇有绅士风度，其舞伴更显“淑女”风姿。从“伦巴”到“华尔兹”，竟达到“秒变”之速，举翅投足配合默契，亦飞亦走珠联璧合。

白鹤舞毕翩然而去，百鸟大军扑面而来。那成双成对形影不离的鸳鸯以集体婚礼的阵容，在潾潾碧波上巡游招摇，把“狗粮”撒在浩瀚水天。那群飞群落轻功了得的应该是小白额雁了，它们的曲颈顶端一点雪白，装点着圣洁的额头，好像在提醒人们珍惜青春奋发有为，莫等闲，白了少年头。

看不够黑白灰黄，数不尽鹤鹇雁鹳，赏不尽腾挪闪展，听不够啼鸣啭唱，如同众多兵种在东洞庭湖举行海陆空立体全天候联合军演，演兵场上时而各式战鹰凌空而起，主机僚机排列有序，遮天蔽日长空比翼；时而有联合舰队并驾齐驱，巡洋舰驱逐舰左冲右突；那跋涉于滩涂的海军陆战队是长腿曲颈的鹤类，它们伸出尖厉的长喙，不时地朝浅水中鱼虾以闪电式地一啄，一双长腿虽冻得发红却依然健步如飞。联合军演的伴奏是多声部的原生态大合唱，尤以清脆的雁鸣空灵而悠远、亢奋而苍凉，令人联想起巴陵戏的高腔。

耳听胜似天籁的莺啼鹤啭，眼观沉浸式实景演出。感谢你，人鸟相依的母亲湖！感谢你，破译了解愁之谜的李太白！

泽国君子风

五千亩野生荷花，在七月的阳光下燃烧着激情！无数把荷叶小伞，为团湖捧出五千亩绿荫。铺天盖地，蔚为大观！

团湖眼前的浩浩汤汤是八百里洞庭，团湖背后的浩浩荡荡是万里长江。造物主在大泽和大江隔岸相吻的热唇边上，规划出这么一颗玲珑剔透灵光四射的比翡翠绿、比玛瑙红的宝玉，整个亚洲都瞪圆了嫉妒的红眼："造物主，你真偏心！凭什么要把全亚洲最大的野生荷花湖泊安排给中国君山?"

造物主是公正的，因为这里有长江洞庭，因为这里有情岛君山。有仙山必有灵水，这湖也应为"君"湖，即君子湖。湖中君子者何物也?莲花也！不信，你们去读读周敦颐的《爱莲说》！

感谢这位生命不朽的理学大师，湖湘文化的开山鼻祖之一，独爱莲花的周先生。他老人家为莲花唱响的颂歌，穿越元明清，远播非欧美，至今还穿云裂石余音绕梁："出淤泥而不染，濯清涟而不妖，中通外直，不蔓不枝，香远益清，亭亭净植，可远观而不可亵玩焉。"周敦颐用极省俭的笔墨，抓住莲花的外部特征，神形兼备地开掘其精神内涵，将莲花清丽优美的外表和志洁行芳不染纤尘的品格融为一体，让自然美与社会美水乳交融地轻松呈现。随即，周敦颐为自己的论述作出明快结论："莲，花中君子者也。"

于是，悠悠近千年以来，莲花就寄托了无数有识有志有为之士修身齐家治国平天下的崇高理想和洁雅情怀。

那么，拥有五千亩野生荷花的团湖出自君山，当然是非"君"莫属了！

是的，作为胜景名区，君山确有君子之风，进入野生荷花公园大门，数百盆荷花盆景争奇斗妍，引得不少游人对唾手可及的荷花油然而生非分之想，猜透人们心思的君山人早已用醒目木牌提示："敬请爱惜荷花，摘取一朵捐款 100 元！"

走近昂然矗立湖畔的荷花塔，放眼如火如荼的湖面，再坚强的心脏也要为之超强超速搏动！

长江九歌

如果把人的视野比作一台相机的广角镜，那么呈现在眼前的湖面根本无法一镜扫尽，只有像摄像机镜头一样从左至右一百八十度缓缓摇过，才能读完团湖的规模。红的鲜艳与绿的波涛从容不迫渐行渐远地从眼前舒展直至接近地平线，从中轴线延绵至左右两端，挑战着我的视力的能见度。这一站一看，几乎掏空了我腹中库存不多表述规模的词汇：博大、旷远、浩瀚、壮阔、恢宏、铺张、广袤、深邃……浩浩茫茫，洋洋洒洒，蓬蓬勃勃、泼泼辣辣……

定睛细看，团湖呈现予人的还远不止她的规模。更令人销魂摄魄的是她的成建制的花朵展示出的群体性的火热和娇艳！

先说火热！

七月的骄阳本身就是高悬在空中的巨大火球，正是这个火球将热量慷慨地播向团湖，使湖中无数柄含苞待放的紧裹着花瓣的花蕾，如同听到集结号响一般一齐绽开了笑脸。如果这荷花的笑脸只是一张两张十张八张，那么给你带来的感觉可能是温馨而秀美的，然而当你面前突然绽开上千上万甚至百万千万张笑脸，那感觉就已远不是温馨秀美，这无数张笑脸掀起红色的热浪，铺天盖地地向你扑来，又像无数亭亭玉立的村姑举起心灯般的火把将你团团围住，让你被突如其来的热情与热烈而欣喜若狂，手足无措！

再说娇艳。

一叶扁舟载着我们一头钻入这连天接地的荷花王国，神马般穿行在疏疏密密的传奇世界，小舟几乎不忍用船底去挤压和摩擦这一柄柄娇艳欲滴的荷花，甚至不忍伤害那一把把绿伞般的荷叶。然而船夫手中无情的竹篙却强硬地撑起，小舟无奈地缓缓行进，显得那么地怜香惜玉，清水轻轻拍击船帮，令人联想起黛玉葬花的忧伤。

当我们的小船蛮横地碾过绿叶红花，我用几分愧疚的目光回望船尾，突然发现那些荷花荷叶顽强地从船底探出身子，倔强地挺起腰肢，借着一阵习习凉风抖一抖身上的水珠，又若无其事地昂然屹立，全当刚才一切都没有发生。荷叶仍然是迎风摇摆，尽职尽责地履行其护花神的天职；荷花呢，在那摇头甩去一脸水珠的一瞬，又向我们绽开笑脸，只是比先前多了一些羞涩，一丝幽怨。

此刻我才猛然发现，原来荷花娇艳欲滴的花瓣所包着的，竟然还有不屈的坚韧！

小舟在叶的天地、花的世界飒飒穿行，徜徉在花海中的我们大饱眼福。瞧，这一朵刚刚露出笑脸的半蕾半花粉面含羞地躲在一柄荷叶之下，那半张开的大约七八片花瓣像是半开半张着的樱桃小口，欲言又止，止而不休。那花瓣的根部是沉思着的殷红，色调渐渐向上逐步明朗，即殷红过渡为大红，继而粉红，直至白里透红与众不同！大自然不愧为天才化妆师，难怪“清水出芙蓉，天然去雕饰”的佳句不胫而走，今天我才是真正拉近审美主体和审美对象的距离，直接领略了“可近观而不可亵玩焉”的深刻内涵。这朵国色天姿、仪态万方的花中君子，连多看几眼都觉得过于奢侈，岂敢去用凡夫俗子的手指去碰一碰高贵的红颜？难怪普度众生的观世音总是端坐莲台，那出淤泥而不染、濯清涟而不妖的圣花，原本就是圣洁高贵的化身，冰清玉洁的代名词！

映入人们眼帘的，是绿叶红花，是蓬勃和娇艳。然而当我将目光透视水底，甚至“污泥”之下，更觉荷花另一种美叫作崇高！

让我们像湖风翻阅荷叶一般，翻开早已被人束之高阁的《尔雅》：“荷，芙蕖，别名芙蓉，江东呼荷。其茎茄……其华菡，其实莲，其根藕……”荷的结构如此之严谨复杂，但我们看到的只有她的“其华菡”抑或“其实莲”，而她的出身苦寒，她的“良苦用心”我们却寻常看不见以致往往忽略。

这是不能容忍的忽略！荷花出水来自泥土的支持，源于根本的奉献。莲蓬的传奇来自荷花的孕育，源于根本的滋养。她的根本就是深埋湖底、低调淡定、默默奉献的藕。

莲藕是多年生水生植物，每年冬季，表面一片枯荷败柳的团湖，奉献给人的也是荷花的根本的美。冬天是湖乡人挖藕的季节，偌大的团湖那乌黑泥土所掩埋的，是一个巨大的天然粮仓！江南的莲藕醇香可口，既是洞庭湖原生态湖鲜，又是养胃健脾的天然药膳。在那不堪回首的饥荒之年，团湖的莲藕慷慨而忠实地填充着湖乡人的辘辘饥肠，青翠欲滴的团湖，让多少几近枯萎的生命重萌绿叶！

蜚声中外的湘莲，更是洞庭三宝之一，既饱口福，又利健康。莲之芯是莲花生生不息的染色体之源，它的辛苦颇具哲学意味，让人联想起“梅花香自苦寒来”的忠告。

是的，大凡美好的事物，总是一个多元复合的构成，总有一种超越生命的涅槃！大美，来自苦寒，来自根茎，来自霜刀雪剑的严酷，来自最荒僻的沉静，来自默默无声的奉献，来自勃勃向上的坚韧，来自轰轰烈烈的奔放，来自无怨无悔的馈赠……

感谢周敦颐，为抽象深奥的湖湘文化推出了高洁典雅的形象大使！

周老先生与我们虽远近隔千年，濂溪与团湖也相距数百里，但君住湘江头，我住湘江尾。岳麓书院内那幅由王闿运先生题写的对联，颇能说明这两地之渊源：“吾道南来原是濂溪一脉，大江东去无非湘水余波。”

南湖秋波

戏过漓江的春水，捧过西湖的残雪，冲过大堡礁的夏浪，然而我最亲近最牵挂最珍爱的，还是伴我 40 多年的南湖秋波！

公元 1975 年 9 月我初拥南湖，是我乘坐迎接新生的校车跨过三眼桥的那一瞬。尽管我在洞庭湖的怀抱里长大，见惯了大湖的浩浩汤汤，苇林的郁郁青青，但是当南湖猛地向我推出她逼人的浩阔和迷人的优雅，我差点当众失声于她的惊艳！

然后，我放下行李办好入学手续，便枕着南湖秋波的旋律和节奏入眠，捧着南湖之上的朝晖和夕阴读书。三眼桥上，我无数次放眼西望，尽揽那伸向湖心绿岛的苍翠，静享那倒映湖心纤尘不染的湛蓝。

校园深处，我和同窗们穿行于香樟绿冠梧桐浓荫之下，无数次领略穿透千年的张说之审美情趣：

空山寂历道心生，虚谷迢遥野鸟声。
禅室从来尘外赏，香台岂是世中情。
云间东岭千寻出，树里南湖一片明。
若使巢由知此意，不将萝薜易簪缨。

当然，唐开元四年由中书令任上贬至岳州的张说所着墨的立足点不是我们所在的校园，而是如题所述《灉湖山寺》。顾名思义，湖山寺必为唐代南湖名寺，想必此处定是庭宇深深、古木森森。历经沧桑，南湖仍在，而古寺已销声匿迹，幸亏有张说妙句使湖山寺得以不朽。如今我们所拥有的“树里南湖一片明”的诗画意境，则是从校园密林中欣然获取的。

应该感谢张说的不仅是“山寺”，还有湖，更有蜚声中外的东方精神圣殿——岳阳楼。如果没有张说的高雅情趣和文化胸襟，岳阳楼也许永远只能是仅有剑胆而无琴心的“军用品”。是张说为鲁肃所建的阅军楼办了转业手续，从此“军转民用”，扩大规模，提升名位，铸塑灵魂！

大凡与名楼有缘且在岳阳有建树有作为者，几乎都与南湖有缘！

滕子京于庆历四年春谪守巴陵郡，至庆历七年初转赴苏州，彪炳史册的政绩当然是重修岳阳楼，同时他老人家以项目为抓手，搞了三大工程。一是尊师重教修文庙，二是关注民生修堰虹堤，三是改善交通修南湖通知桥即三眼桥。

因此，南湖三眼桥工程在滕子京心目中是同等重要的重点工程，只是性质有异，岳阳楼属上层建筑范畴之文化工程，而三眼桥则是事关经济社会发展的交通工程和民生工程。

南湖的昨天并不是今天的面孔，唐宋乃至以前，这里是洞庭湖重要的湖汊。古称湖水倒灌为邕，湘资沅澧扑洞庭，四水合流涌向长江前，惊诧地发现岳州城南有一道口子，于是争先恐后挤了进去，于是便有了城南邕湖，亦称南湖。由于这个山环水绕，岛屿众多的水域深不可测，每当江湖水涨，洞庭浊浪排空之际，这里波翻浪涌，湖水横蛮地阻隔东南方向进城的通道。摆渡进城的船只常常遭遇风浪，时有落水者葬身鱼腹。居庙堂之高则忧其民的滕子京以当年与范仲淹同修海堤的气魄，筹资立项在南湖之上筑堤修桥，取名紫荆堤和通和桥。“通和”二字昭示着古桥乃政通人和之产物。

三眼桥的兴废史也是一部南湖沧桑命运史。由于南湖直到 1963 年冬才筑南津港大堤，御洞庭狂澜于长堤之西，在漫长的明清数百年中，洪水曾数次卷走历代名士忧国忧民救民水火的宏愿，石桥屡建屡毁，百姓苦不堪言。滕子京修的通和桥毁于明代洪灾，明嘉靖岳州知府肖晚主事重修，告老还乡的户部尚书方纯（字仲敏）慷慨捐出全部积蓄，并坚守现场监督施工。

民间传说方尚书苦修三眼桥的故事，大意为：方纯专心修桥，不料有人向朝廷诬告其修桥是假，贪腐是真。皇帝龙颜大怒，遂派钦差核查。钦差微服抵南湖之上筑桥工地，方纯布衣芒鞋出迎。时近午间，方掏出俩苦荞粑粑，递上一个给饮差权当午餐。钦差咬一口荞粑苦涩难咽，但见方尚书吃得津津有味，只好哑巴吃黄连强忍着吞下。方边吃边诉说建桥之苦，并托钦差在朝中多多美言以追加财政拨款。钦差感慨不已：“尚书大人真是吃苦荞，苦修桥呀!”钦差回京如此这般奏明皇上，龙颜大悦，不久朝廷增拨修桥银数千两，三眼桥得以如期竣工。

有人说，方尚书递给钦差的是苦荞粑粑，而自己吃的却放了糖，因此吃起来有滋有味，而钦差以为方的荞麦粑粑与自己吃的一样苦，于是感动不已。

传说毕竟是传说。苦修三眼桥的方尚书情系黎庶、毁家纾难的精神气节，四百多年来感动了悠悠南湖水、代代岳阳人。

到了清代，三眼桥历经四废四修，最后一次为同治十二年奠基，光绪元年竣工，修桥人为钟云卿，独资，历时整整两年。就是这个施工期间，清朝完成从同治向光绪的世袭过渡，可谓独资筑三眼，一桥跨两帝。而为该桥呕心沥血的钟云卿却在竣工前溘然而世。

这就是我们现在可见的三眼桥。桥长48.6米，宽8.8米，高15米。经年历岁的大理石桥身，不仅承受150多年风雨雷电的无情侵袭，还须顶起从岳阳市区通往南郊取道长沙的滚滚车轮，直至20世纪末并列的南湖大桥竣工通车，三眼桥才如方尚书一般告老退休。我曾多年日夜穿梭往返于古桥之畔，佝偻着的三眼桥仿佛还在偾张着鼻孔疲惫地对着南湖喘着粗气。只有那两只由同治年间能工巧匠精雕细刻的蜈蚣仍然神气活现地在斑驳的桥壁上张牙舞爪，按照“蜈蚣怕雄鸡，雄鸡怕蛇，蛇怕蜈蚣”的生物链之自然法则，伏波将军马援般忠实地守护着古桥的平安。

几年前的金秋九月，我应邀陪同几位来自京华的旅游文化开发专家乘舟作南湖畅游。那横亘在水天之间的一条苍莽巨龙渐行渐近，与十里逶迤龙山相依相伴的是腾跃于南湖碧波之上的一群绿岛，人称“九龟”。这便是南湖的主题景观“一龙赶九龟”的洋洋大观。

相传当年修筑万里长城时，挑土运石的担子压弯了民工的脊梁。南海观世音慈悲为怀普度众生，见民工如牛负重，便在每条扁担一端缠上一根红色丝线，于是沉重的担子便减轻一半，民工挑起轻松多了。始皇闻之，莫名其妙地大发雷霆："观音恩赐，只能帝王独享，庶民岂可沾神明之恩呢?"他命人悉数收缴缚于扁担上的红色丝线，然后将这些线编成一支神鞭。始皇提鞭狂舞，神鞭挥处水退山避。于是他赶着一条青龙般的山峰，腾云驾雾来到云梦楚泽，直奔南湖。

龙山袭来，地动山摇。沉睡在南湖深水中的九个神龟受到惊扰，它们不满秦始皇的如虎苛政，同情那些忍辱负重被迫赶修长城的民夫，于是齐刷刷地跃出湖面，形成"联合舰队"力阻始皇赶龙山巡游。龙山被九龟阻止，定格于南湖碧波之中。始皇大怒，狠挥一鞭，只听见摇天撼地的一声巨响，龙山之麓被削下半截山尾。神鞭随即从始皇手中腾空跃起，直飞长城，每位民夫的扁担一端再现红色丝线，如牛负重的民夫们顿时身轻如燕，健步如飞。而失去神鞭的始皇气恼不休，不疾而终。

秦王扫六合，虎视何雄哉！然而这位毁誉参半功过任人评说的秦始皇与岳阳多少有些缘分。君山就因这湖上之岛在他眼中犯了名"君"之讳，竟然一怒封山，然而封山印封不了君山的钟灵毓秀，神鞭赶龙山也赶不过九龟的浩然正气。

我们的扁舟在九龟之间诗意地穿行。这绿得令人心醉的小岛上，那栖息在丛林中的白鹭和白鹤，欢鸣着翩翩起舞，几株参天古松鹤立鸡群地秀于丛林之巅，举起迎客的虬枝向我们招手，湖风拂过苍劲的松枝，古松发出浑厚深沉的男低音向我们致意。

好一幅立体天然松鹤龟寿图！

扁舟擦着龙山的边沿缓行，仿佛只要将船舷往岸边轻轻一碰，就会撞落半湖葱绿，满山仙气。绿林掩映中，几幢半旧民房顽强地半裸着躯体，那白墙上大书的"酒"字，显示出书者的书法水平还有相当的提升空间。

然而，就是这一个"酒"字，却如火苗点燃了我们的思古之幽情和思酒之激情。遥想当年青莲居士月下泛舟南湖，也许正是在这云深不知处发现了一面迎着白云飘飞的酒幌，于是，诗仙和与其同舟的官居刑部侍郎的族叔及中书舍人贾至将船划向白云之边、酒肆之前，任凭桨叶击碎水中满月，搅起满湖秋波。小舟像追月的彩云扶摇直上，人间南湖水似乎连接着天上银河。绝妙的意境催生了诗仙的诗情，飘飞的酒旗焚烧着胸间的豪气，一首震古烁今的七绝，如南湖秋波一般酣畅淋漓地蘸着月光写上凌霄：

南湖秋水夜无烟，耐可乘流直上天？
且就洞庭赊月色，将船买酒白云边。

有情黑壳楠

君山，天然植物园。奇花异草漫山遍野，珍稀竹木比比皆是。

更令人称奇叫绝的是君山的草木通人性，懂感情！有感如此，我曾在歌词中写道：人到君山成双对，柳长君山迎风摇。水上鸳鸯追，岸边花枝抱，龙女一支牧羊曲，唱得青藤缠树腰，人间几多相思地，多情最是君山岛！

龙舌山作为“龙口”中的舌，体型不大，传说不少。两株黑壳楠就是“舌”上长出的精彩传奇。它们相依相伴，走过了330多年的坎坷沧桑。

相传这两棵树为清代崇胜寺僧人所植。楠本亚热带地区极为名贵的木材，洞庭湖区有“楠楸樟梓杉”之民谚，可见楠位列当地名木之首。而黑壳楠更是楠中精品，弥足珍贵！330多年的风刀雨剑，削砍了这两棵树的几乎所有树干树心，而顽强地活到今天的，是它们的那块饱经风霜的树皮！

让我们走近路边这株黑壳楠，准确地说，这已不能称其为树，只能算是半块树皮，一块仅 6 至 8 厘米厚的树壳，难怪人们称之为半边树、空心树，还有人干脆叫它树皮树。就是这半块树皮，却深深扎根于山石缝隙，源源不断地吸取大地母亲的乳汁，并用枝杈的手向蓝天托出一片葱茏。它用6米高羸弱的残躯潇洒地在天地间书写生命的奇迹！它用不到8厘米厚而凝聚天地精华的壳皮，形象地诠释了“身残志不残”这句人类社会的豪言壮语！更令人肃然起敬的是这两棵黑壳楠所承载的大爱大恨。据传，“七七”事变时，卢沟桥的枪声，似乎震撼了千里之外的君山黑壳楠，一夜之间，俩树同时枯萎。十四年抗战胜利，日本侵略者一纸降书出芷江，日本少将今井武夫代表侵略者在受降书上签字，中国军人冷欣中将代表政府庄严受降时，君山的两株黑壳楠枯木逢春。还有人传得更为惟妙：冷欣签名时刚写出两点，黑壳楠就长出两根枝杈，当“冷欣”二字写完，刚生出的枝杈上已是绿叶如盖、生机勃勃了。

我坚信这不仅仅是个传说，我也坚信植物学家能从自然科学、生命科学的角度对黑壳楠的死而复生现象提供足够的理论支撑，但我更愿意从人文科学的层面来解读黑壳楠的情感和精神。我坚信，这两棵树是通人性、有情感、重情义、有气节的树中情圣、木中精灵！它们聚天地之灵气，吸天地之精华，它们与中华民族同荣辱、共兴衰！

我恭立在黑壳楠的残躯前，聆听着它的枝叶在湖风中絮絮低语，那苍凉而清脆的声音，仿佛在讲述清朝的那些事儿，又像是在控诉日寇的暴行，倾吐胜利后的欢欣！岁月残酷地剜空了它们的主干，但皮壳顽强地撑起绿色的生命！正因为它们没有人类的思维，也就没有了人类那么多的私欲。它们不会像某些聪明伶俐的人那样会“适者生存”，也就不会在大难逼来时摇身变节。它们只懂得感恩大地，拥抱苍天，与生于斯长于斯的这方水土生死与共，血肉相依！它们的庞大而坚强的根系始终支撑着地面上的正义，它们的细胞经年历岁尤为活泼坚韧，它们的枝叶永远为春天歌唱，为秋风舞蹈！

风到君山也温柔，雨到君山也撒娇。人间情岛草木含情，名不虚传！如果说“斑竹一枝千滴泪”倾诉的是凄婉缠绵的儿女恋情，那么龙舌山上黑壳楠撑起的却是感天动地的人间大爱！

万类霜天竞自由

落霞孤鹜，秋水长天，既是滕王阁上可赏的东南之美，也是岳阳楼上可揽的巴陵胜状。

“予观夫巴陵胜状，在洞庭一湖”，今年的夏秋之间的洞庭湖迥于往年，刘禹锡笔下的“潭面无风”几变“潭面无水”了。

2022 年的秋天姗姗来迟，不是日历上的拖延，而是 60 年不遇的大旱和酷热推迟了这个夏天的谢幕。旷日持久的烈日炙烤，使湘资沅澧注水量锐减，昔日浩浩汤汤横无际涯的洞庭湖洲滩裸露，截至 9 月 25 日 8 时，洞庭湖城陵矶水位 19. 47 米，较多年同期均值偏低 7. 88 米。昔日“气蒸云梦泽，波撼岳阳城”的壮观景象，成了岳阳人记忆中的磅礴与恢宏。大湖变身纵横交错的河港，不少滩涂上已长出萋萋芳草，长风拂地，曾经是浪打浪的湖面，已成草打草的草原，让人瞬间体验到沧桑之变。

然而，母亲河牵挂着她的儿女，夏秋之交，长江上游三峡水库打开闸门，有计划地向下游地区补水数亿立方米，洞庭湖作为长江之肾首当其润，水中的鱼依然畅游甚欢，水上的沙鸥依然翔集，洲上的麋鹿依然恣意奔跑，母亲河慷慨地奉献出弥足珍贵的乳汁，为万类霜天竞自由提供足够的能量。

“鹰击长空，鱼翔浅底”，《沁园春·长沙》中的壮美意境，跨越世纪烟云，重现江湖。

这是位于东洞庭腹地的一片水域，属于岳阳县渔政局管辖范围。在北宋末年南宋初年的茫茫烟波中，这里是岳飞所率岳家军征剿杨幺的农民起义军的主战场。抗日战争时期，抗日军民在这一带用血肉筑起水上长城。冈村宁次在新墙河连续遭遇中国守军顽强反击后，曾企图从洞庭湖上经湘江直取长沙，同样遭到抗日军民的拼死阻击，这里一度成为法西斯的水上坟场。

俱往矣，数风流人物还看今朝。1996 年和 1998 年洞庭湖特大洪水，曾以泰山压顶之势挤压这里并不坚固的堤防，麻塘、鹿角堤段危机四伏，抗洪军民坚守危堤浴血奋战，用血肉之躯和钢铁意志抵御惊涛骇浪。我曾目睹过国防科技大学一批将校级教授讲师在麻塘大堤肩扛砂石袋迎着风浪护堤的情景。时任岳阳市委常委、市委宣传部部长罗典苏率队驻守这一带大堤，在洪峰汹涌扑来之际，他抡起大槌奋力打桩时突发心脏病当场昏厥，经医生连续抢救 24 小时方转危为安。

就是这一片英雄的水域，一度由于过度捕捞、竭泽而渔带来的水生态遭受巨大戕害，遍布浅水区的迷魂阵，以极不公平的竞争方式，借人类的智商去误导天真的鱼类，最后将布阵者自己心灵也迷失在一排排由竹竿和尼龙丝织成的走不出的罗网内。

自 2021 年 1 月 1 日正式启动长江和洞庭湖十年禁渔以来，渔民被妥善安置上岸转业创业，矮围、迷魂阵被彻底清除，东洞庭湖这片水域生态环境得到明显修复。作为岳阳市民，我经常得以通过电视屏幕、微信朋友圈或抖音视频，分享到洞庭湖面人欢鱼跳的画面。渔政巡逻艇驶过之处，常有肥硕的鲤鱼、草鱼成群结队地追逐艇只犁出的激浪，从浪花中一跃而起的“跳高健将”此起彼伏，争雄斗奇，还有的纵身跃入船舱或甲板，艇上工作人员心花怒放，手忙脚乱地捧起仍在蹦跶的鱼丢入湖里，引起一群群一路追逐的沙鸥欢快地嘶鸣着，不知是为壮观的鱼群喝彩，还是为鱼类生还碧水点赞？

壬寅的夏天是炽热的、干燥的，那一串如火的日子，仿佛一根火柴就可点燃。水落滩出，水面萎缩。三峡水库和湖南五强溪、柘溪水库的开闸放水，数亿立方米的水量如日夜兼程的援兵赶赴八百里洞庭，明确保住禁渔成果。

干旱，还在持续，直至10月初，湘楚大地依然骄阳高照，位于东洞庭湖岳阳县水域的一片洄流浅水，还在忠实地庇佑着以鱼类为主的水生动物和水底植物。由于近年岸上和水中同时铁腕治污，洲堤复绿，水质变好，水生态得以恢复，久违了的“岸芷汀蓝郁郁青青”重回洞庭，滋兰九畹树蕙百亩再现泽畔，水生态以惊人的速度得以恢复，不信请跟随我乘上岳阳县渔政管理局的巡逻艇，零距离观察这金秋十月晴日午后的水上狂欢。

当我还沉浸在晚清年间镌刻着张照手书《岳阳楼记》的十二块紫檀木雕屏在这一片水域被渔民打捞上岸的遐想中，船员一声“快看，鲤鱼跃龙门!”把我从清同治年间拉回现实。哇，眼前是一片由湖面连接湘江故道的浅水区，放眼一望，船头一直碧水如镜的湖面，突然变为成千上万条鲤鱼为主夹杂着鲫、草、青、鳜、鲇、鳙等鱼种的大集会。

鱼类集会的会场秩序是极为混乱的。这些浅水之中的鱼，露出灰黑色脊背，张扬着灵动的背鳍，摇动着嚣张的尾巴，“条”自为战地在这里横冲直撞，左冲右突。

一条体型肥硕的鲤鱼，不知是为了展示金色的鳞片以吸引异性的目光，还是为了争夺鱼中王者的江湖地位，它先是以百米冲刺的速度和激情从鱼群中杀出一条路，然后迎着迎面涌来的一股清波引体向上翩然跃起，在天空呈抛物线潇洒地画了半个圆，然后姿态优雅却蛮不讲理地挤入早已挤得水泄不通的鱼群，以鹤立鸡群的强大气场游向鱼群深处，一路耀武扬威甚嚣尘上，使人联想起那个四面挑事端八方秀肌肉的超级大国的凶悍、霸道、狂妄和愚顽。

午后的阳光更为灿烂，直射在芸芸众鱼身上，将每条鲤鱼的半透明尾巴照得金光闪烁，而这些频频闪耀的光点在毫无规则地游走、变幻。一望无际的锦鳞突然躁动于我的视野，仿佛星汉璀璨的银河转瞬之间坠落眼前。我曾在洞庭湖上和不少内湖观赏过集体拉网时群鱼纷飞的盛况，但几时见过自由游弋在湖水中的鱼群规模如此之大阵容如此之壮？这哪是鱼群在水中畅游，分明是它们在超大的田径场上集合，密密麻麻、齐齐匝匝、跌跌撞撞、推推搡搡、蹦蹦跳跳、挤挤擦擦。万尾齐摇时卷起漫天水花，在阳光照射下如大珠小珠落玉盘，更似只有在西双版纳的春天才能见到的连天接地的泼水现场。

我们的巡逻艇小心翼翼地绕着这个庞大鱼群缓缓行驶，县渔政局的鱼类守护者心花和水花一齐怒放。小艇行至一道明显的砂石浅滩，这里是深水区和浅水区连接处，也是这些水中精灵迎浪冲刺最为野性、最为率性、最为任性的擂台。近水识鱼性，我对洞庭湖的鱼种辨别还有些“童子功”，洞庭湖是天然的淡水鱼类栖息繁衍的天堂，一百多种淡水鱼在这里安家，大致分属 11 目 22 科，而数量最多当属鲤科，鮠科和鳅科次之。最为珍贵的为银科，也就是被纳入洞庭三宝之一的银鱼，这种鱼小巧玲珑身材苗条，通体呈半透明状态，味道极为鲜美。然而，在眼前这个水中强者的大擂台上，是没有银鱼参战机会的。弱肉强食的丛林原则，同样适应于这片水域。鲤科是万鱼齐跃的主力军，那一条条优雅地分叉且略带金红的尾巴，就是鲤科鱼类优美的名片，也是它们飞行的驱动器和决定前行方向的舵杆。正是因为鲤鱼善于并且勇于激流勇进，遇到飞流直下的飞瀑流泉，人们总会看到有金色鲤鱼腾空“嗖”地飞身跃水，将勇武矫健的英姿定格在水天之间，所以洞庭湖区乃至更为广远的地区自古就有“鲤鱼跳龙门”的美谈甚至各种传说，说是鲤鱼只要跳过龙门就可以化身为龙，水乡人常将某人经因顽强拼搏改变命运喻为鲤鱼跳龙门，既有对奋斗人生的赞美，也有对飞黄腾达的艳羡。

眼前的这道水中缓坡，就是这无数条意气风发雄姿英发蓄势待发的鲤鱼们向往的龙门。只见它们先是凭助跑的原理，从较深的水中迅猛冲刺，激起一道道飞溅的水花，待到水底缓坡前激流迎面涌来，乘势而至的鲤鱼借助强劲的惯性奋力一跃，如杂技演员或武打演员一般将身躯甩在空中，那腾空跃起的一瞬，是拼死与地心引力对抗的一瞬，是奋不顾身追求羽化成龙的一瞬。千万条鲤鱼此起彼伏地展示着这惊心动魄的一瞬，构成洞庭湖上万鱼齐跃的洋洋大观。那挥洒在水天之间的水珠，溅湿了我腹中的稿纸；那无数条水中健儿纵身跃起后重重甩在同类躯体上的啪啪之声，淹没了我欲呼又止的心声。

随着午后阳光的持续发力，浅水中冲浪的鲤鱼越来越多，鱼群集合的阵容愈来愈壮，而鱼们相互排挤相互摩擦的力度也益发增大，而且呈整体性漂移运动之势，令人联想起里约热内卢的万人狂欢。对，这是鱼类的洞庭嘉年华，这是鱼们自发组织的阳光下的大沙龙、大联欢、大比武。

“高密度的聚集于又浅又活的水域，这是鱼类感知水质变好的明证。”岳阳县渔政管理局党组书记、局长邹飞跃眉飞色舞，仿佛自己也成为一条飞跃浅滩的鱼，不是吗，连名字也“专业对口”！“十年禁渔实施后，洞庭湖水生态得以快速恢复，鱼类资源得以有效保护，鱼群的密度和生长速度超乎我们的想象。”面对鱼翔浅底的洋洋大观，邹飞跃感慨不已。

“为什么在浅水区会有如此壮观的万鱼会集现象呢？”

“两个条件的叠加使然：一是水质变好，水生生物资源迅速恢复；二是浅水区气温高、溶氧量高，浪花把湖底泥沙中的螺蛳、河蚌等底栖生物冲刷出来，鱼儿们在天然氧吧里晒着太阳，吃着湖鲜，何乐而不为？”

我最关注的万鱼齐跃与水底生态有无关系的问题，有了权威而中肯的正面回答。联想起湖区流行的一句俗话：“大鱼吃小鱼，小鱼吃虾子，虾子吃泥巴。”此说并非十分科学精准，但其要义是正确的。水生生物种类繁多，有动物、植物，还有各种微生物、藻类。仅淡水水生动物中就有唱主角的鱼类，还有属于哺乳动物的江豚，属于甲壳动物的河虾、螃蟹等。水生植物更是令人叹为观止，湖底世界堪称水下森林风光无限。丰富庞大、摇曳多姿的洞庭湖水生生物群落中的成员相互依存，和谐共生，维护特定的物质和能量的流动过程，既共同享受生态环境的护佑，又共同完成水下生态的完善。

“鹰击长空，鱼翔浅底，万类霜天竞自由。”1925 年那个独立寒秋的伟岸身影的仰天吟哦，激起八百里洞庭近一个世纪的回音不绝，情景再现。

佘奶奶的坚守

宣城市宣州区周王镇张村，地处皖南的一个拥有扬子鳄的村庄。这里的灵山秀水呵护着当地百姓独有且持续不断的生态之梦。

扬子鳄，古称鼍，俗称“土龙”或“猪婆龙”，是长江流域特有的爬行动物，其“资历”堪与恐龙比肩。这是中国特有的小型鳄类，被列为国家一级重点保护野生动物。随着人类活动的影响及气候环境变化，扬子鳄生存状态早已拉响警报，野外种群数量少于 300 只，其中成年个体不足 100 只，堪称淡水中爬行动物活化石。

周王镇张村的红星水库岸边，住着“护鳄奶奶”佘世珍一家。佘世珍 1941 年出生，虽年过八十依然清瘦硬朗。无论春秋寒暑，每天清晨起就要只身沿着水库巡视一周，去看看令她牵肠挂肚的扬子鳄。

晨风惊起宿鸟，一群水鸟飞向库中小岛，佘世珍一边加快了脚步奔走，一边大声呵斥，她知道，那岛上是雌鳄常去下蛋的地方，白鹭沙鸥等鸟类喜欢啄食鳄鱼蛋，她不能让这些淘气鬼闯下弥天大祸。

正是这个小岛上的鳄鱼蛋被佘世珍的儿子发现，才有了扬子鳄与张家的旷世情缘。

1982年8月，佘世珍的几个儿子下水库游泳，在岛上发现一个“鸟”窝，窝里全是比鸡蛋稍小一些的“鸟”蛋。大儿子张宏华小心翼翼地取回几枚带回家给父亲张绪宏、母亲佘世珍辨认。张绪宏一见，联想起24年前修筑红星水库时，曾发现一条“土龙”，于是立即将蛋送往安徽省扬子鳄养殖场，专家鉴定其的确为扬子鳄蛋。

正是这几个调皮孩子的意外发现，红星水库成为扬子鳄保护点。“这可是国家的宝贝，拜托你们一定要守护好！”专家们期冀殷殷，许以重托。作为共产党员，张绪宏感知到了肩上的使命。

从此，张绪宏、佘世珍就开始了守护扬子鳄安全的义务之旅。有人提着网下水库捕鱼，夫妻俩总是赶来劝阻。有人讥笑他俩狗咬耗子多管闲事，也有人不听劝阻强行下水撒网，张绪宏凭身强力壮和一腔正气，硬是冲上去用“武力”制止。佘世珍呢，柔软之躯自然阻止不了“暴力”捕鱼，情急之下她只能以母性的力量来扼制“暴力”：“这水里的鳄鱼都是我的孩子，希望你们不要惊动了它们。”

以柔克刚，逆袭有术。伟大的母爱感染了捕捞者。40年如一日的倾情守望，令更多的捕捞者变成了共同呵护扬子鳄的志愿者。

在开启守护之长征的第一年冬，正值水库几近干涸，四乡八垸的村民们按惯例前来捕获浅底的“野鱼”。“不行！这水里有扬子鳄！这鱼不能捕！”张绪宏、佘世珍夫妇赶到现场，苦口婆心地劝，不由分说地“闹”，使尽浑身解数，硬是将成群结队下水捕捞的人们劝上了岸。

从1982年到2005年，张绪宏、佘世珍夫妇共同守护扬子鳄，经历了23个春秋寒暑，记下了23本扬子鳄保护日记，每天的信息记录比科研院所还要完整，连扬子鳄进入冬眠阶段也未间断。

如今，这23本斑斑驳驳洒满他俩心血汗水的日记，保存在安徽扬子鳄国家级自然保护区，成为最原始、最权威的扬子鳄保护科学依据。

“2004 年 9 月 4 日，阴转小雨，偏东风，早上观察小鳄鱼下水，人接近时老鳄护守吼叫。抓住小鳄一条……”

一页日记，就是一首生命的赞歌；一行表格，就是一行人格的标高！没有体制内的任何待遇，没有报酬和任何补贴，只有一颗中国农民守护自己赖以生存的生态环境的责任之心。

送走老伴，佘世珍独自扛起守护扬子鳄的担当。4 个儿子先后都在城里买了房，纷纷接她去城里“享福”，但佘世珍舍不得红星水库的“孩子”，这些“孩子”令她魂牵梦绕，寝食难安！

“那是谁家的孩子在放地笼？这东西万万放不得！把扬子鳄弄伤可是天大的事！”

“那些蛋可不是鸟蛋，那是国家的宝贝哟！”

八十二岁的老太太，用略带苍老的声音，重复着说过 41 年的旧话，呵护着那些濒危灭绝而绝路逢生的生命。

我以仰视之姿，与这位朴实而坚忍的扬子鳄守望者交谈。老人告诉我，她最爱看的风景是阳光明媚时，扬子鳄们爬上礁石或土堆上晒太阳，肥硕的躯体，黑黝黝，懒洋洋，憨憨的，戆戆的，像一群疯玩后疲惫的孩子。但是只要有风吹草动，它们就会猛地甩动灵敏而有力的长尾巴，以最佳进击状态迎接一切可能出现的险情。

“看起来又呆又傻，其实鬼得很！”佘世珍举例说，有一年，一位村民杀了只鸡到水库边去冲洗，一只扬子鳄一声不吭地游了过去，猛地跃出水面，稳准狠地叼起那只鸡硬生生地夺走，潜入水底。不一会儿，它又叼着鸡浮出水面，得意地翻着跟头，气得那位村民在岸上跳脚。

“扬子鳄是两栖动物，它一直都待在水里吗？”我好奇地问。

“主要待在水里，也有时上岸爬行。有一次，有条扬子鳄爬上山坡，掉在一个土坑里，爬不出来，急得嗷嗷叫……”

“它能发出叫声?”

“能！平时有人走近，或者有人可能伤害它们的孩子，成年扬子鳄就会发出警告的叫声。这个家伙在坑里叫，正好被人发现了，他们就跑来告诉我。等我赶到一看，这家伙的两只前爪正在往上刨……”

2018 年，大儿子张宏华放弃收入相对较高的城市工作，回家陪伴母亲守护扬子鳄。40 年，两代人，一件事，一片心!

红星水库的一泓碧水，满湖水草，还有两岸青山，也和这一家一样，接续着、搀扶着，顶风冒雨、凌霜傲雪，倾听着暴雨前那一声声哼叫，注视着那晒太阳时一次次蠕动，牵挂着那一枚枚待孵化的蛋，呵护着那一个个需要除草和洒水的温暖巢穴。

第七章 林海山歌

“假如阿拉倒在神农架”

看了这个小标题，也许有人会问：“这是报告文学还是绝命书?”

请继续往下看——

“知子莫过父，你们最清楚儿子的脾性，儿子已二十有九，一个已近而立之年的男子汉是不会轻易放弃自己执着的追求的。你们是大学教授和教师，完全清楚野人考察对于探索人类起源的奥秘具有何等重大的意义，一旦解开野人之谜，将可能成为二十世纪世界科学史上最激动人心的重大突破。儿不能坐等外国生物学界向全世界抢先发布揭开野人之谜的考察成果。儿清楚地知道，在鄂西北神农架林区探险，不比在外滩散步。但是如果人们都去外滩散步而不去神农架探险，那么当年周口店北京人头盖骨失踪的国仇就会被人们遗忘，我国境内的人类始祖的活化石也只能永远掩埋于原始森林之中。亲爱的爸爸妈妈，哥白尼、布鲁诺、伽利略的故事，你们不是给我讲过好多遍吗？假如儿子倒在神农架，请你们不要过于悲伤。如果你们希望九泉之下的儿子有所宽慰，请变卖儿子的所有遗物，将钱寄给中国野人考察研究会……”

不错，这是绝命书，这是一封“执迷不悟”的儿子写给父母的绝命书，更是一篇舍生忘死的科技赤子写给祖国母亲的陈情表。

这篇绝命书的作者叫李孜，先后获取了中文系、生物系、地理系三张毕业文凭。上海教育学院生物系的教师，在尊重知识、尊重人才蔚成风气的今天，是多么令人钦羡？而这位“野”性不改的野人迷，却一头钻进神农架，“孜孜以求”他神秘而渺茫的事业，开始了长达十多个寒暑浪迹萍踪的野考生涯。

萌发这个念头的契机，是一次与舅公的聊天。那是一九七五年，舅公来上海探亲，他曾是抗战时四川万县兵工厂的总工程师，与李孜谈起了神农架林区的猴娃。

“阿拉不信”，李孜反驳道：“猴是猴，人是人，人猴的染色体不同，遗传基因不同，怎么可能杂交？”

八十岁高龄的舅公抖起了白胡须：“我搞了一辈子科学，难道还骗了你不成？不信，跟我进山看看？”

三年后，华东师大生物系教师刘民壮来校讲课，谈到了国内外方兴未艾的野考事业，谈到了野人出没的神秘莫测的神农架，谈到国外专家对中国野考界无声的挑战，李孜激动了。三年前舅公来沪谈起猴娃，等于在他的大脑信息库中储存了一粒火星，今天，刘民壮的讲话等于在这粒火星上浇油，李孜的心头顷刻燃起立志献身野考的熊熊烈火。

他找到了当时代课所在的时代中学老校长，一个二十世纪四十年代的中共地下党员。“老校长，让我去神农架考察吧。我们中国是人类史上的强国，如果能探索出野人的奥秘，将会发现从猿到人的缺环，发现和研究人类的祖先或近亲的形象和生活习性，更重要的是，有可能将类人猿到人这样漫长的里程中，人脑进化过程中其思维的生物电提炼出来，通过计算机处理，这样可以大大缩短人类认识世界的距离，人类的智力发育就可以逾越若干现在看来必须经过的阶段，人类就会以超前的不可思议的速度大踏步前进。这对于我们中华民族的振兴乃至全人类的发展，将具有何等伟大的意义！当然这是一种想入非非的假定，一种荒诞不经的幻想。但是如果没有幻想，我们的天空怎么可能出现飞机和宇宙飞船？校长，你们出生入死革命几十年，图的是什么？还不是图的祖国的强盛，民族的振兴？校长，我一不要资金，二不要设备，只要理解，对，理解？我相信我能得到它……”

他果然得到了校长的理解，周校长作为当年的热血青年，曾在白色恐怖的西湖断桥畔慷慨演讲；周校长甚至亲自借给了他一台录音机，体现了两代人之间最宝贵的精神财富——理解。

精神是充实的，但物质条件也是不可缺少的。对于一个月薪 36 元的青年教师来说，要自备设备、自费考察谈何容易？录音机有了，但相机、胶卷、石膏、睡袋，还有进山的旅途盘缠，从何而来？十年内乱中，父母除了蒙受精神折磨外，家产也被洗劫一空，怎好意思再向父母伸手。再说，父亲若是知道儿子是自费考察，肯定会视进山为不法行为而竭力阻拦。

他取出了准备买书的积蓄，这是当年在崇明岛“修地球”时，从每月 18 元生活费中抠出来的，钞票边角都发毛了。他一口气数了三遍，怎么数也才两百多元，杯水车薪哪！

三十二岁的工农兵大学生陆士荣，叩响了李孜的房门。三十六张带体温的十元钞递过来了！陆士荣从此开始了他爱情途上薄冰路段的旅行——他的女友正值 21 岁芳龄，而为了这三百六十元，他却将婚期推迟了整整三年。

进山的单程路费有了，胶卷有了，但相机呢？总不能用铅笔为野人写生吧。朋友把他带进上海科技大学刘懋祖的书房。这位同李孜素昧平生的青年教师听说他要去自费考察，激动得差点哭出声音来：“谢谢你，你为我们同代人争了气，为上海的知识分子争了脸。阿拉怎么表示呢？对了，把阿拉的相机拿去……”

相机是野考的主要工具，原始森林无照相器材修理店，只带一部相机是不够的。怎么办？李孜想起了弟弟的相机。他深知弟弟有摄影的癖好，视相机如眼珠。于是，他选准了最佳突破口——把妈妈搬出来敦促弟弟缴械。

母爱是伟大的、神圣的！当母亲发现儿子一意孤行，无法挽留时，毅然提笔给在安庆工作的小儿子写道："……你哥哥自费考察去神农架，是为了国家，为了科学，他有这样的凌云壮志，是我们全家的骄傲，但是，这势必为亲人们带来经济上的困难。但这是值得的。孩子，你哥哥急需一个相机，考虑再三，我想还是把你的相机给他，非这样不可。如果你是我的孝顺儿子，你就依了我。否则，我死后你就不必到我的骨灰盒前哭，哭有什么意义？分母为零……"

万事俱备，除去购置最简单的设备，还剩下一百多元钱。在轮船码头售票窗前，他犹豫了——他实在不舍得购四等舱的船票。但如果前来送行的父亲一旦发现五等舱船票，细心的老教授肯定会识破他"公费考察"的谎言，因为公费出差的人谁也不会坐五等舱的，那么他将无法脱身。怎么办，他灵机一动，购了一张去安庆的四等舱船票，盘算着反正要去安庆找弟弟取相机，到了安庆再换坐五等舱不迟。

码头上，老教授果然极慎重地验了儿子手中带有四条杠的船票。李孜带着四口沉甸甸的装满土洋设备的木箱，如同远征的放蜂人一般，磕磕碰碰，趺趺撞撞，登上了客轮。

当他放下木箱，匆匆奔向甲板凭栏眺望，在人头攒动的码头上，找到了父亲那苍老的脸，那颤巍巍的手臂。李孜此刻才突然发现自己的冷酷和绝情。是啊，父母刚刚结束了人生航程中又一次狂风巨浪的摇撼，把生命之舟驶向宁静的港湾，他们是多想在儿子身边安度晚年！

"呜——"汽笛一声长鸣，客轮徐徐离开码头，驶向黄浦江心。百老汇银行大楼、海关大楼，以及江边那水上博览会一般密集的船舶倒映在江中的影子，被客轮卷起的水波搅得支离破碎。这位铁石心肠的男子汉，此刻觉得心碎了，两行不轻弹的男儿泪，唰唰砸在甲板上。

父亲那苍老的脸消失了，海关大楼也只剩下一个抽象的轮廓。别了，大上海！别了，黄浦江！江风撩起他的衣襟，吹乱他的头发。

在船尾，他手抚栏杆俯视那从船底涌出的一排排激流，他的心如同这激流一般汹涌澎湃：大江东去，浪淘尽，千古风流人物！古往今来，多少中华民族的优秀儿女，以天下为己任，从这里出发，走向高山，走向大海。多少英雄义无反顾一去不返，今天，轮到我去神农架探险了，轮到我们这一代为祖国的科学事业建功立业了！也许，我也将一去不复返……

一群沙鸥，矫健地掠过船尾的激浪，任凭飞溅的浪花拍打着它们的翅膀。李孜掏出刘懋祖送的相机，想摄下这水上精英的雄姿。突然，他想起了弟弟的相机。他清楚，相机对于正在热恋中的年轻人是何等重要。他暗想：如果弟弟的相机没取到，就到武汉输血。

船到安庆，他取了相机，改坐五等舱。五等舱是打工族、猪贩和鸡贩的领地，李孜坐着睡觉，左右就是猪笼和鸡笼。第二天抵达汉口。他来不及欣赏江城风光，又提着那四个笨重的木箱，磕磕碰碰挤上轮渡，马不停蹄赶到武昌火车站。这才发现有人在他的人造革黑提包上划了一刀，闪光灯没来得及闪光就易了主，仅有的一百八十元钱不翼而飞。

“哎呀呀，武汉的扒手有特异功能！”他出师未捷先被盗，未到目的地先囊空如洗，实在是啼笑皆非！

到神农架的车费至少也得十五元。在偌大的武汉三镇，他举目无亲，哪里去弄这十五元钱呢？

输血！此刻，车票比血要紧得多！主意打定，他开始问路去医院。这一问，问来了二十元钱和二十斤湖北省粮票，一位老工人慷慨解囊，并把他送上火车。

他告别了这个有小偷，也有“雷锋”的江城，扑向浩瀚的林海神农架。

“神农架，快告诉我”

神农架用她温暖而幽深的胸怀，拥抱了这位风尘仆仆的“上海阿拉”。

神农架向这位前来寻找人类自身的“根”的青年科学工作者展现的，是她惊人的俏丽与奇险。这片横亘在鄂西北的浩瀚林莽，如怒浪排空，层层叠叠、前呼后拥地向西扑去。一排绿浪，就是一串美妙的神话，一座高峰，就是一座梦幻中的仙山琼阁。

李孜如一只山外飞来的小鸟，扑进绿色的波浪。拔地而起的冷杉，向他颔首微笑；坚韧纤细的黄杨，向他婀娜起舞；苍老的迎客松，不时伸出硕大的虬枝，似乎在向他招手致意；与古木相依为命的古藤，也不时地缠住他的裤腿，似乎在热情地挽留他歇歇再走。

相传在远古时代，神农氏为了解除民间疾苦，来到这个天然的药库，口尝百草，历尽艰辛，为人们采药。由于这里山势险峻，而不少珍贵的草药又多长于悬崖绝壁，神农氏不畏艰险，披荆斩棘，攀树砍枝，搭架而上，终于采回百草，拯救了百姓。因此，人们把这片高险迷人的绿色宝库叫做神农架。今天，神农的后代将要再次攀缘这古老的“架”，去尝另一种“百草”。

神农架同时又是一个天然的珍稀动物园。高山深壑中，白熊在出没，白獐在嬉戏，白蛇在缠树，金丝猴在攀枝，画眉在鸣唱，杜鹃在啼血……

自从二十世纪七十年代初这里传出“野人”的信息后，神农架更添了十二分神秘色彩。野人和飞碟、尼斯湖怪、百慕大三角一道被称为当今世界四大谜团。野人的传说和发现存在于亚、美、欧、大洋洲等不少国家和地区。哥伦比亚西部出现过“大脚怪”，印第安人称其为“萨拉夸文”，印度、尼泊尔和我国的喜马拉雅山，传说出现过雪人。另外，苏联的“丘丘纳”、澳大利亚的“哈克”，都是传说中的野人。我国关于野人的传说渊源已久，历史上这类记载浩如烟海。出发前，李孜对这些资料早有涉猎。进入这浓荫蔽空的原始森林，他的思绪并没被这里的梦幻般的诗情画意所牵引。他想起了研究北美原始部落的摩尔根，冒着随时可能丧命的危险打入当时的原始部落。他想起了研究非洲黑猩猩的女动物学家珍妮，在恐怖的原始森林与猩猩为伍十多年。他还想起了“不入虎穴，焉得虎子”的古话，想起了母亲和校长，还有陆士荣、刘懋祖等老三届朋友殷殷期冀的目光……

当他赶到野考队的宿营地——海拔3052米的华中第一峰主峰半腰的天门垭，这刀劈斧削的绝壁之巅，他才知道在山下还是“秋老虎”大逞余威的九月，这里已进入冰雪期。在背峰峭壁下，他们构竹为居，蓄泉为饮，叠木为床，垒石为炊。未见野人，先成“野人”，开始了穴居野处的原始部落的生活。

在神农架林区党委办公室，李孜见到野人的集体目击人之一林区党委副书记。副书记递给他一张由林区党委于1976年5月14日同时向新华通讯社、人民日报社、中国科学院古人类研究所发出的加急电报原稿，全文如下：

昨晚凌晨一点钟左右，我们林区一行六人（林区党委副书记、两名常委、农业局局长，秘书、司机），乘着吉普车从郧阳开会回来，车行至房县和神农架交界处椿树桠，发现一个奇异的动物。它非猴，非熊，是一个从未见过的动物。它站在公路旁，在强烈的车灯光反照下，其动物全身毛色棕红，细软。脸带麻色。背上毛呈深枣红，臂毛下垂约4寸长。四肢粗大，大腿有饭碗粗，小腿细，前肢较后肢短，行动迟缓，走路无声，似怀孕状，屁股肥大，无尾。

眼睛对照小车灯无反光。脚上宽下窄，嘴略突出。当我们开车向它冲去时，它机警地闪在路旁。我们6人下车包围它，它向林中逃窜。我们怀疑它是传说中的野人。”

副书记告诉他，这封急电引起了新闻界和中科院的高度重视。1977年元旦刚过，中科院就在武汉召开专门会议，成立了鄂西北奇异动物考察队，在武汉部队派出的一个侦察排的保护下，浩浩荡荡地向神农架进军。可是，集团军作战的战术是无法擒获野人的。

告别副书记，李孜的心头交织着希望和失望。他相信六个人集体目击的准确性，他深知这几名领导干部和司机是值得信赖的。

他攀上了一株古木，站在十米多高的枝杈上，他异想天开地企图突然发现那长发披肩的野人的踪影。层峦叠嶂的奇峰怪岭，似块块巨大的碧绿色的宝石花，在他的脚下盛开。瞬息万变、虚无缥缈的乳白云朵在他头上腾空起舞。

林海茫茫，云海茫茫，寻觅野人踪迹，难于上青天，难于大海捞针哪！他的倔劲上来了，继续奋力向树尖上爬，然后一屁股坐在半空中的树杈上，忘情地对着林涛和云海狂叫：“神农架，快告诉我！野人在哪里——”

他听见了山壑和峡谷的回答：“在哪里，在哪里……”

“吉普赛人”的冷暖

深秋的“华中第一峰”，已是冰雪皑皑的白色世界。

苍天不负有心人，李孜、刘民壮等五人终于在主峰发现了好几百个一尺左右长的奇特脚印。这脚印前宽，无足弓，大足趾粗大而叉向一旁，与第二指呈30度角。每个脚趾前端有圆形陷窝。显然，这是一种高等灵长类动物直立行走时留下的。

根据石膏灌制成的足模分析，发现这种动物的足比现代类人猿的足发育更完善。

追！李孜一马当先，攀藤附葛，越岭翻山，下午五时，他们追到海拔 2678 米的板壁岩，再次发现了清晰的足迹和刚刚食用过的果皮碎片。根据挂在灌木上的毛发和雪地上的果屑、脚印分析，这里可能有这种高级灵长类动物的巢穴。

考察有了突破性的进展，李孜开始了艰难的守株待兔式的静态观察。压缩饼干只剩下一块了，他送进嘴里又拿出来，顺手摘下一把把橡籽或野栗聊以充饥。

十多天的野果充饥，使他的颧骨高高耸起。饥火又开始炙烤他的每一根神经。他感觉到了即将倒在雪地上的威胁，右手下意识地去取那包压缩饼干。解开纸包，这才发现饼干已被虫蛀成蜂窝一般。随手一拍，蠕动着的小虫从孔中纷纷滚落。吃！饼干被蛀，不过是一种物理变化，不是霉，霉，那是化学变化！找到理论依据，他“理直气壮”地一口吞下这残缺不全的饼干，打了他这些天来最奢侈的一顿牙祭。

除夕，多么诱人的名词！哪个中国人说起这俩字不感到一种甜蜜的温馨？多少人为春节团聚归心似箭，多少车辆为风雪夜归人超载行驶！

神农架的子民们，包括打野猪的，采草药的，伐木的，背竹的，纷纷下山去尽享天伦之乐，唯独甩下了囊空如洗、弹尽粮绝的“上海阿拉”。

此时的李孜，已完全没了往日课堂上的翩翩风度。紧裹着那一米八二个子的，是一件褴褛不堪的破军装，和林区伐木工送的一条帆布工裤，如今已补上加补洞上穿洞。蓬头垢面，长须满腮，那尊容，活脱脱一个云游四方的乞丐，或是一个刚刚越过高墙的死囚。

听说房县有人伤害野人，他十分忧虑，他要立即去房县向人们陈说利害。当他出现在房县县委大院，门卫和过往的干部、行人立即如观赏动物一般，把他围了个水泄不通。

“看什么，阿拉是搞野考的，阿拉想见县委书记。”

县委书记黄启刚同志闻讯后，满面春风地赶来：“欢迎欢迎，同志，你辛苦了！先到招待所住下，食宿问题我们包了。”

“书记同志，阿拉不是为食宿而来，野考事业，光靠孤军作战不行，要发动群众……”

这位黄书记立即在当天的大会上，向各级干部宣讲野考的意义，号召全县群众保护珍稀动物，及时向野考队提供线索。

告别房县，李孜匆匆拦住一辆解放牌卡车，去正在闹野人的红花朵林业队调查。

半夜时分，车抵红花朵，李孜敲开林业队韦队长的房门，老队长一见他那副尊容，不禁毛骨悚然，惨叫一声：“啊！野人!”

“野人？老队长，阿拉是考察野人的人，不是野人。”

一场虚惊过后，老队长连忙淘米来做饭。打开碗柜，尽其所有。

除夕之夜，李孜终于又辗转到了这人迹罕至的林海深处的“大城市”——仅有一千多市民的林区区委所在地松柏镇。在这里，他将拿到校方给他汇来的36元工资。有了这36元，他就可在明天即大年初一启程，一路考察，一路行医，穿过原始森林步行去四川巫山，去取猴娃的血液标本。

百余米长的松柏镇，沉浸在节日的喜庆气氛中。户户门前挂起了红灯，一声声爆竹的轰响，仿佛要震撼整个神农架。

李孜走过一扇杉木门前，看见一位老人正满面红光地端起酒杯，接受儿子的斟酒。触景生情，他心头不禁掠过一阵酸楚。此刻，饱经风霜的双亲，肯定在望眼欲穿地等待远行的儿子归来。他悔恨自己的粗心，粗心得连不回沪过春节的事也忘了告诉父母。“阿拉真混，事到如今，只好请弟弟代阿拉为父母多敬一杯了。”他高一步低一步地蹒跚着，默默地忏悔，默默地流泪。

按惯例，他径直去林区某办公室去取汇款单。这位迂阔之士竟不合时宜地闯到了一位干部的府上。

“什么？要汇款单？早不取迟不取，明天就是大年初一懂吗？”

他懂，这个道理对于他来说实在过于浅显了。但是他不得不冒昧打扰，他身上已没有了一个硬币，体内急需补充大量卡路里，而且今晚总得有个供他那一米八二的躯干倒下的地方。更要紧的是，明天他得开始只身穿过原始森林的长征。他不能为取汇款而耽误他的启程，哪怕是多一个小时。

“劳您大驾，请您去办公室找一找嘛，从您家到办公室，不就是几十步远吗？”李孜小心翼翼地斟酌着每一个字。

取过汇款单，他好不容易找到铁门紧闭的邮局，又一路探问找到邮局某职工家。不如意事常八九，邮局无钱可兑，而银行又早已关门。招待所也已关门谢客，他仿佛成了这个小镇上多余的人，讨厌的鬼！不知怎的，他想起了鲁镇的那个除夕，他发现自己似乎变成了见人就说“我真傻”的祥林嫂。

“噼——啪啦——”

一个“二踢脚”爆竹腾空而起，点燃了这位神农架流浪者心头的火苗。他如一头雄狮冲上街头，在这深山小镇的除夕之夜怒吼：“八十年代第一个春天了，你们的心还这么冷！除了共同的责任感之外，难道连人类起码的同情心都泯灭了吗？”

这个十足的书呆子！

吼声把沉醉在节日中的人们惊醒了，邮局的同志立即掏出钱包凑足了三十六元钱。

在希望和死神之间

川东巫溪的盘山小道上，出现了这个蓬头垢面褴褛不堪的流浪者。

听说上海的大学教师来川东考察野人，山民们纷纷提供“情报”：

——去年四月十四日黄昏，镇泉公社女社员肖友菊收工后匆匆赶路。当她仰头抬手去抹额头的汗珠，突然发现三十多米开外的山坡上，一个比普通人高二头的黑影，在缓缓蠕动。肖友菊定睛细看，这似人非人、似猴非猴的黑影在苍茫的暮色中一晃一晃，笨拙得像条后腿直立行走的牛犊，而那双蹒跚的大脚，却比人的脚步还平稳、踏实。“野人——”，肖友菊惊恐地大呼一声，附近正在赶路的两个山民循声望去，只见那黑影回头一望，又掉头健步如飞地钻进了密林，像是一团黑雾，融进暮霭之中。

——距肖友菊等目睹黑影两天后，毗邻的半溪公社九岁的小孩陈凤春在溪边玩耍。清澈的小溪流，在小凤春面前欢快地跳跃。突然，他发现十几米外的上游，一团棕红色的毛乎乎的东西在蠕动。小凤春好奇地捡起一块小石子扔向那家伙，那家伙立刻变为一个站立着的大汉，红发披肩，全身是毛。小凤春差点把苦胆吓破，拔腿就逃。

——同年八月十九日上午，在后河公社一道荒凉的山崖上，年轻的女社员周春贤正在砍柴。忽然听到崖下传来扒拉树枝的窸窣声。她伸直腰警惕地朝下一望，只见一株枫树旁，站立着一个满身红毛垂手而立的家伙，那家伙膀大腰圆，腹部以下被灌木遮住。周春贤只觉汗毛倒竖，丢下柴薪拔腿就跑。这家伙竟肆无忌惮地朝她追来，边追边发出令人毛骨悚然的怪叫。周春贤丧魂失魄，拼命呼救。等到人们闻声赶来，那家伙已不见踪影。生产队长立即派五个彪形大汉持火枪追捕，只见一路灌木被弄断不少，直至山顶。显然，这是那家伙留下的杰作。追到山顶，只见白鳝泥荒土上，数十个长约七寸的脚印，铺向悬崖边，每跨间距约二尺二寸。显然这家伙攀悬崖逃之夭夭了。

李孜激动了，像一名深入敌军腹地的侦察兵出乎意外地一下子接近了敌军指挥部，惊喜、不安。他沿着这些线索，日夜兼程，像一只快艇在林海里全速前进，只要哪里出现野人的哪怕是虚无缥缈的信息，他就像箭一样射向哪里。

这一天，他偶然听说，当天上午有人和野人遭遇并搏斗。但此时他已饥肠辘辘，最后的三块压缩饼干，他不敢贸然动用——这是陷入绝境后用于救命的呀！

饥饿，露出了它可怕的狰狞，它像一条皮鞭，在抽打着李孜的理智，抽打着他的意志，他的心。他的两条腿发软，软得像一摊烂泥！他的眼睛开始冒火，那饥饿的火焰似乎要将满山的石头烧成馒头。他开始去掏那三块压缩饼干。

他掰开了一块饼干，用门牙在饼干上刮了一下，谁知道这一刮不打紧，咽喉里似乎有一只强有力的手，在拼命地拉扯这块救命的食物。他只得把心一横，咬下饼干的一个角，然后以最快的速度立即包好饼干放进背囊。

饥火开始熄灭，他像一台上足了油的汽车，又开始了奔突。下午，他翻过一道陡峻的山梁，找到了那位与野人搏斗过的幸存者——山民谢明高，目睹了现场被“野人”踏坏的树林。

原来，就在当天上午十时许，谢明高在漆树林割完漆后，背起漆篓下山回家。走着走着，他突然肩膀被人重重地拉了一下。回头一看，只见那直立着的非人非猴的东西，正望着他嘿嘿傻笑，并一手紧紧拉住他的右肩，另一只手挥舞着，想将他拦腰抱过来。但苦于中间隔了个漆篓无法抱住。身强力壮的谢明高见势不妙，缠住“野人”一起滚下山坡。“野人”的一只手臂卡在一丛树枝上，一时动弹不得。谢明高趁机捡起一块尖锐的小石头，朝“野人”的右眼猛扎过去。“野人”痛得发出一阵令人胆寒的笑声……

李孜又是一阵激动，他意识到自己的考察又有了新的突破：能与人搭肩搏斗，说明的确是直立的灵长类动物。受伤后不是哭，而是发笑，说明这东西没有语言意识。它的声带发育尚不完全，只能靠有限的窄声带来发出单调的“笑”声，以表达其全部的喜怒哀乐。但从当事人谢明高模仿分析，“野人”的“笑”声有比较分明的抑扬顿挫，说明其已有一定的发声水平。

他一头钻进密林。猎人、药农们告诉他，闹“野人”的区域，集中在一座长达数百里、海拔2000米、与神农架相通的大山梁上。这里山势险峻，崖壁上百孔千罅。野果满枝，灌木葳蕤，溪水潺潺，长流不息。良好的生态环境，有利于“野人”的生存繁衍，气候条件符合高级灵长类动物穴居野处的生活习性。

“总有一天，我们会相见”，他想。他决定在这里待下来，等候“野人”露面。但他万万没有料到，当他隐蔽在山林中全神贯注地进行静态观察时，死神又一次走近了他。

一条银环蛇，悄悄地从一根绿藤上溜下，悄悄地从李孜的背上爬过，又悄悄地滑过他的大腿。

李孜太困了，不速之客的光临，他全不知晓。直到自己左脚踝骨旁如被烧红的火钳烫了一下，一阵火辣辣地灼痛，顺手一摸，这才摸到那冰冷的蛇身。蛇溜了，他想去追，但他猛然看见周围树枝上，到处是大大小小的银环蛇，像是一串串挂在死神脖子上的项链！

他还没来得及思考怎样去对付蛇群，伤口如馒头般开始发肿。他急了。这银环蛇非同一般毒蛇，咬人后牙齿中的毒素迅速向外扩散，一旦渗入血管，一两个时辰内可置人于死地。

他是生物教师，他懂得这些。没有药，毒素在扩散，这意味着他留在父亲抽屉里的遗书即将正式生效。

他的脑袋开始发胀，他恨自己的疏忽，恨自己再也没有机会提醒那些进山人务必带上蛇药。突然，他想到了一个苏联探险家在北极突发阑尾炎，自己做手术的故事。他摸出贴身的匕首，高高举起，咬着牙朝伤口剜去。

刀太钝了，割肉，像拉锯一样难。腿上剜出半个鸡蛋大的肉眼，他痛得汗流浃背，休克过去。

没等伤口愈合，他又一次接近了死神。

粮，越来越少，林，越来越深。"野人"似乎早已互通情报，匿影藏形，连脚印也不曾丢下一个。李孜的粮绝了，水壶干了，胃壁开始了残酷的自相摩擦。他背负沉重的行囊，在密林里寻觅。此刻，他寻觅的倒不是野人，而是食物，哪怕是一粒干瘪的橡籽，一粒发霉的板栗。但铺满腐殖质的林中地面上，连一片板栗壳也找不到。没有食物，他只能用唾沫充饥。

唾沫吞干了，咽喉如火在炙烤。全身的骨骼像是散了架。

他昏迷了。昏迷中，他似乎到了上甘岭，到了罗布泊，到了一切没有绿洲没有水源的地方。

夜幕，笼罩了神农架，吞没了原始森林里有生命的无生命的一切。

半夜时分，他苏醒了。远处，有狼在嗥叫，近处，偶然传出一两声凄厉的鸟鸣。他想抬起手去揉揉昏花的眼睛，但那手似乎已经不属于自己了。

他再次昏迷过去，像是扑向深沉而甜蜜的梦境。梦里，他发现了一道银光，不知是凭他长期野外工作的经验，还是凭望梅止渴的想象，他断定那道银光是一条山泉。

人的精神，是不可思议的。如果没有这道银光，他完全可能这样酣睡一般长眠于山林。但是，一旦被山泉所振奋，他竟奇迹般地撑起身子，一步一步朝那条希望之泉、生命之泉爬了过去。

近了，近了，水声潺潺，使一切美妙的音乐黯然失色！

他终于爬到了泉边。他张开喷火的大口，恨不能把山泉一口喝个底朝天。但是，一股充满腐烂动物植物的臭味，从水面荡起，扑鼻而来。作为生物教师，他知道这山泉的每一滴都饱含着细菌和毒素。

他耳边响起了一个混浊、沉重的声调，对了，那是哈姆莱特的声音："生存，还是毁灭！""生存，还是毁灭——！"

他使劲捏住鼻孔，把嘴唇伸向污水。此时此地，他无法维护食品卫生法规，他的心在狂呼："活下去，顽强地活下去……"

险象环生

1983 年对于李孜来说，是险象环生的一年。

雨季的神农架，显得分外狰狞暴戾。背负行囊踽踽独行的李孜，陷入了绝境！

这天，他正在埋头赶路，突然，他听前面传来震耳欲聋的涛声和波涛飞流直下跌入深潭溅起的水花声。啊！肯定是瀑布！他不禁一阵喜悦！"野人"居住的地方，必定有飞瀑流泉。出现了瀑布，就有可能找到"野人"的踪迹。

他加快了步伐，他想今晚就在瀑布旁露宿，他要先饱饱地喝足泉水，然后脱光衣服，让飞瀑把全身的污垢和疲劳，还有久寻不遇"野人"的烦躁冲个一干二净。

他走出了一片根本就无路可走的原始森林。正要翻过一道山梁，突然，一块块龇牙咧嘴的石头，从山梁上挟雷带电滚滚而来。循声仰望，只见整个山梁几乎全部坍塌，石头、泥土、山洪，组成一股股褐色的巨浪，横冲直撞，铺天盖地而来。

他敏捷地向泥石流以外安全地带跑去。一块磨盘大的石头，沉重地砸在他的脚旁，要是再偏过来半尺，他将化为肉酱！

躲过大石，不料一块尖厉的山石凌空而来，他只觉安全帽上一声炸响，头皮一阵发热，随即昏倒过去，就像一名头部中弹而倒下的战士。

强大的泥石流的轰鸣声，把他震醒了。他像从噩梦中醒来，摘下安全帽一看，被血染红的安全帽上，出现了一个圆圆的洞。这安全帽，是林区的一个城建局长送他的，这条命，也算是那位局长送的。

他包扎好头部的伤口，取出林区地图和指南针，判断了自己所在的方位，又选准了另一条路出山。

当他精疲力尽地走出森林，前面又传来春雷般的轰鸣——又是一场拖泥带水的滑坡。

于是，他又奔另一方向，山洪仍然把他挡了回来。

他陷入了绝境！背囊里的压缩饼干和药品已所剩无几，他得出山补充给养。凡是出山的山梁都有山洪，与其被山洪困死，还不如铤而走险，攀登那猴见愁鹰难越的悬崖。

他来到了这座刀切斧削般的无名崖下。他取出了最后一小块压缩饼干，仰头和着从岩缝里渗出的泉水饱餐一顿。

吃饱了，喝足了，他选准了一条路——一条垂直的充满凶险的路！一鼓作气向上攀。手指抠进石缝，不一会就磨出了血。十指连心哪，此刻，他唯一的奢望，就是把受伤的手指放在嘴里吻一吻，吸一吸。但是他清楚，他自己的命，就抓在这带血的十指里。

他攀上了四米多高，距崖顶还有这么高。他渐渐感到力不能支了。石缝，到这里全部合拢，眼看他这 160 斤将失去依托。这时，他的手指触到了一根野玫瑰带刺的枝条。

一朵朵盛开的野玫瑰，正在向这位勇士微笑。

他伸出一只手去抓玫瑰花枝。这浑身长刺的花枝，是他唯一的“救命稻草”。他顾不上手掌钻心地痛，像爬杆一样，左右手交替一把一把向上攀去。谁知，这雨季的花枝赖以生存的泥土，早已被雨水冲去了许多，根须几乎全裸露在外。当李孜拉住花枝往上攀五六把后，咔嚓一声，花枝连根拔出，功亏一篑的李孜像一条塞满粮食的麻袋，重重地坠落在崖底——他的这条凶险之路的起点上。

就在这从半空坠下来的一刹那，他意识到强大的万有引力，将毫不留情地把他置于死地。如果他立即丢掉行囊，他将还有一线生的希望。但是，千钧一发之际，难免出现一念之差。他决定宁可与行囊同归于尽，决不丢弃这行囊内的标本、胶卷、日记以及一整套摄影和护身的工具。

半夜时分，李孜从疼痛中苏醒，摸摸背囊还与自己的生命同在，他默默地笑了。茫茫的夜色，淹没了他的笑容。

他抚摸着跌伤的腿，任凭思绪的骏马纵横驰骋。当年，我们的前辈用小米加步枪打败了日本鬼子，今天，我们就是要用两条跌不断的腿，去赶，去追，让我国的野考事业遥遥领先。

为纪念这一次跌伤，李孜除了一只腿终身变瘸外，还由上海医院补发了一件永久性的“纪念品”——钢背心。

当李孜从绝境中脱险，找到另一名野考队员——林区文工团演员黎国华时，这一高一矮两个“野人迷”又发现了新的“野人”线索。

在一个几乎被山外世界所遗忘的小山村里，他们找到了一名在当地拥有最高权威的生产队长。在松木火旁，这位德高望重的“土地神”，向正在用香烟烫腿上那死乞白赖不肯下来的吸血鬼——一条条粉笔粗细的山蚂蟥的李孜与黎国华，讲述了这样一个真实而离奇的故事：

那还是在 1961 年，一支来神农架探宝的地质队，在原始森林里迷了路。半夜，这群地质队员在茫茫林海里发现了一点光亮。循着光点，他们走进了一位老猎户的狩猎棚，猎人用香气扑鼻的野味，款待了远方来的贵客，然后将客人们一一安排住下。第二天清晨醒来后，地质队员们发现猎人的杉皮棚内，四壁挂满了人的手足，他们以为住进了杀人越货的山大王的匪巢。几个胆大的一把摇醒正在酣睡的猎户，咄咄逼人地追问。老猎户哈哈大笑："哈哈哈哈，你们把我当杀人魔鬼了。告诉你们，昨晚上，你们吃的就是这东西，野人。不信，今晚上跟我去长长见识!"

当天傍晚，老猎人带着地质队员们来到一片林子里，让地质队员们隐蔽在附近。猎人用两根竹筒套在手上，跪坐在林间一块空旷地上，高声唱起神农架最古老的民谣。

夕阳西下，百鸟归巢，原始森林里万籁俱寂，只有老猎户粗犷而悲凉的歌声在回荡。这时候，一个非人非猴的"野人"出现了。老猎户佯装惊恐万状而瘫倒在地，然后"笑"着"死"去。野人走近猎人，抓住猎人的双手拼命地摇晃，边摇边发出令人毛骨悚然的狂笑。

隐蔽在一旁的地质队员们早已按捺不住，几次欲一拥而上活捉野人。但想起老猎户定下的约法三章，只得眼巴巴地看着那家伙欺负那可怜的老人。

不一会儿，那得意忘形的野人渐渐消耗了精力，笑声也一声比一声小，动作也一下比一下慢，最后竟累得昏倒在地上。老人乘机将手从竹筒中拉出来（原来野人双手抓的不是老人的手，而是手上套着的竹筒），一把从靴里拔出匕首，对准野人心窝猛刺数刀……

听完故事，李孜追问老猎人的下落。生产队长告诉他，老猎人早已不在人世，但这个故事却在这无边的林莽中广泛流传，妇孺皆知。

李孜失望地叹了口气，和黎国华一道告别了这个神话境界般的小山村。

“声光电综合效应”

花开花落，冬去春来，我们的主人公如幽灵一般，在神农架这片梦幻世界徘徊了九个春秋！

九年，他说不清多少次与野兽猝然相遇。这一天，他只身露宿在原始森林深处，与狼展开了殊死搏斗。

开始，他只见一百多米外，出现了两团飘飘忽忽的绿色火苗。这火苗越飘越近，越飘越近。凭他的直觉，他感到了一只饿狼已经把他列入了晚餐的计划。

他那被山风吹得冰冷的脊梁，开始嗖嗖淌汗。他清楚，在这千里林海遇上恶狼，如果不迅速用智力驱赶，那狼一旦邀来同类，包围了自己，就将会被这些凶残的家伙撕成碎片。

他用最快的速度，点起了一堆篝火。狼怕火，他早就清楚这一点。但这种惧怕只是相对的。当狼发现它的对手除了烧火之外，别无任何地方值得惧怕时，它将会邀伴结队以更疯狂的反扑，来对付“技穷”的“黔驴”。

多年的经验告诉他，一堆火是不够的，他迅速将一堆分为三堆，用火苗摆成一个等边三角形。三角形具有不容置疑的稳定性，他警惕地站在三堆火的中间地带，不时地添柴。他清楚一把把添进火堆的不是枯枝，而是他的寿命，他生存的希望。他生存的希望，就等于揭开野人之谜的希望。

这边在加柴，红色的火苗在增多，那边也在加“柴”，绿色的火苗也在增多。远处，一声低沉的狼嗥，在峡谷里回荡，也许是狼的号手吹起了集合号或冲锋号。

结成了群的狼，有恃无恐地发出了干嗥，像是在向这“盘中餐”宣读挑战书！

李孜反而镇静了。他瞅准了一棵松树，凭他猿猴般的敏捷，他一眨眼就可蹿上树冠，任凭狼群在树下干瞪眼。但是他清楚，一旦他爬上树冠，地下的干粮、标本以及录音机、相机以及各种野考专用仪器，都将会遭到狼的洗劫。在他看来，仪器、资料一旦毁掉，数年探险前功尽弃，自己就成了密林深处的行尸走肉。再说，在树上躲得了初一躲不了十五，不等狼群“撤退”，自己就得渴死，饿死。

爬树，是被动等死。不行，他得主动出击！此时，狼群似乎已经识破了“黔驴之技”，开始缩小包围圈。李孜伸手去抱行囊，这是他的生命，他就是被狼撕碎，也要保住这行囊中的资料。

他的手触到了硬邦邦的双卡四喇叭三洋牌收录机。就在这一瞬，他像狂风巨浪中的落水者捞到了一个救生圈，快要凝固了的思维，又恢复了以往的明晰和活跃。他迅速取出收录机，装上一盒平时没用过的磁带，把音量旋到极限，然后狠命地一揿开关，整个峡谷、森林被一种令人毛骨悚然的嗥叫声所淹没、所掩盖了。

这是狼的惨叫声，它能催人肝胆，撕裂心肺，能使一切野兽闻风丧胆，落荒而逃！

原来，这是李孜在重庆动物园里录的音。他将狼嗥声录将下来，以备不时之需。

收音机里的狼嗥，由四个喇叭传递到发声者的同类耳鼓里，这些同类大概从这声音中预感到了危机，一时乱了阵脚，几只领头的恶狼也停止了逼近。

李孜这才想到了自己的“声光电综合效应”的构想。“声”，已把峡谷里渲染得每一毫升空气都充满了恐怖，下面，该用最新式的武器——“光”了。

他取出相机频频揿动镁光灯。幽蓝幽蓝的镁光，如一道道划破夜空的闪电，闪闪烁烁。又如无数支锋利的钢针，直刺狼的眼睛。狼的视觉神经，经受不了这强烈的刺激，加上这惊心动魄、震天撼地的狼嗥，和越烧越旺的篝火，造成了极度的恐惧疑惑点，使这群不怀好意的恶狼经历了一场它们在神农架林区从未见过的“精神刺激”，不得不夹起尾巴，向密林深处逃去。

亲爱的读者，当李孜用他的“声光电综合效应”与狼群展开殊死搏斗的时候，你们也许正挽着情侣的腰肢，踩着轻松和谐的圆舞曲，在闪闪烁烁的水银灯下旋转，实施和享受着你们的“声光电综合效应。”

这两种“声光电综合效应”都是需要的。

李孜的“声光电综合效应”，以及他一定要揭示野人之谜的勃勃雄心，震撼了神农架，点燃了一些立志振兴中华为国争光的热血青年心头的火焰。但是，由于人们长期以来形成的对非功利性探险的冷漠心理，长江漂流探险队虎跳峡英勇献身的壮举，被人指责为“分母为零的死亡”，李孜对遥遥无期虚无缥缈的目标的追求，也被人指责为“偏执”“神经质”。自己不屑于去漂虎跳峡、登神农架的“英雄们”，坐在柔软温暖的沙发上，大骂人家“偏执狂”“冒险家”。何等睿智！何等风雅！

到底怎样评价李孜的“偏执”与“冒险”？还是用方毅同志的批语作为答案吧——“对于这样热心、甚至不顾生命的人，不能武断地说不能干。世界上就要有这样的探索者，否则就没有哥伦布。”

没有月亮，没有星光，没有鸟啼，没有虫鸣。原始森林里一片死寂，只有偶尔一两声大雪压断枯枝的“咔嚓”声。李孜精疲力竭地背负行囊，在这白色墓穴般的林海雪原踽踽独行。进入神农架腹地多日了，他还没发现任何关于野人的蛛丝马迹。

突然，雪地上出现了一串硕大脚印。有人！这是他的视觉系统反馈给中枢神经的第一个信息。是什么人深更半夜来密林深处穿行？走近脚印，俯身细看，他的心险些从口里蹦出来！原来这不是人的脚印，它比人的脚板长，拇指外叉，脚底无足弓，其形状既不同于猴的足迹，又有别于猩猩脚印。莫非这就是踏破铁鞋，众里寻他千百度的野人足迹？他显得高度亢奋，数日跋涉的劳累一扫而光，迈开两只长腿，跟踪追击。

翻过两道山梁，在一个悬崖上，脚印消失了。他懊恼地走向附近峡峪，借着雪的反光，搜索着每棵古树，每一丛灌木。

令人振奋的现象出现了：二十米开外箭竹丛中，颤颤巍巍走出一条黑影，如一尊移动着的黑色宝塔。

他再一次兴奋得差点休克！他相信自己一米八二个头内所蕴藏的能量，他将生擒这个与自己相遇的野人……

近了，十米，五米，“野人”粗重的喘息声都听得见了，“野人”哈出的热气，带着浓厚的“野”味直扑他的鼻孔。当看清“野人”的那对血红的灯泡眼，他只觉得双腿早已失去知觉，全身立即成为一尊惊恐万状的雕塑：原来站在他面前的，是神农架最凶猛的巨兽——狗熊！这家伙如果发起怒来，乱扑乱咬，不成章法，像疯子驾驶着的坦克，那笨重而尖厉的熊掌，能扒开一切对手的皮，然后捣烂其五脏六腑，直至变为一堆碎尸！

他只觉得眼前的主、客观世界都凝固了——山林、雪野、时间、思维、一切一切，都成为一张白纸，一缕轻烟，随风飘向深渊，飘向地狱……

瞬间，狗熊的前爪已从背后搭上他的双肩，颈脖上已经印上了一串野蛮而亲切的吻痕。棉背心肩胛上立即出现了八个深深的爪印。那笨家伙似乎想把李孜先压成肉饼，然后再饱餐一顿。好沉哪，李孜只觉整个神农架朝他压来，把他的躯体和灵魂一齐压成齑粉。

他明显地感觉到，狗熊的“丹田”开始收缩，像是一个大腹便便的气功师正在运气。随着一口浓烈的膻味，一股粗气从那家伙的腹腔直撞那粗野而厚重的声带，然后冲口而出，那嗥叫摇天撼地，震耳欲聋，把山谷里每一毫升空气都渲染得恐怖不堪，使一切有听觉的生物闻风丧胆，毛骨悚然！他清楚，这是狗熊发出的冲锋前奏！他李孜活着的时间只能以秒来计算了。

狗熊挥起了一只巨掌，像是死神在招手示意，我们敬爱的青年探险家的宏愿，原始森林中的千难万险，野考途中的冷暖炎凉、甜酸苦辣，眼看就将被这野蛮的熊掌撕碎！

趁那只已挥起的熊掌还没落下，趁那颗为国争光舍身探险的火一般炽热的心还在胸腔燃烧、跳动，我们来寻觅他近两年充满恐怖与欢欣的浪迹萍踪，为他的悼词起草者提供些许素材吧……

桥上乡，遥远的川鄂边境一个梦境般的山乡。

暴雨，如千万条钢鞭，狠命地抽打着这里的山峦、丛林，抽打着那铺满砂石的盘山公路，那条从房县通往神农架的唯一咽喉要道。

李孜把脸紧贴车窗，想寻觅一闪而过的里程碑或其他能供判断与神农架林区距离的任何标证，但是，暴雨像一道浑然天成的巨大水帘，把车窗外的一切都罩得严严实实混混沌沌。

他太恋神农架了，这次川鄂长途考察，没有发现野人行踪，他日夜兼程往回赶，像一只孤鹰扑向神农架林海。他要在这里，就是数遍每一棵古树，攀遍每一条古藤，他也要将野人行踪查个水落石出。

不能把时间再浪费在旅途中了，自费野考的科学家，最吝啬的不是金钱，而是时间。近了！汽车顶棚在从前至后倾斜，他知道这匹钢马正在爬山。快，快！加一档！再加一档！他暗地催促着司机。

突然，一个紧急刹车，司机报告一个令人沮丧的信息：“路断了。”

李孜蒙了，撞开车门，他第一个跳下车，但见山洪如万匹野马脱缰，滚滚而来，将盘山公路斩为两段。公路断面成了两座遥遥对峙的悬崖。

他怏怏来到桥上乡。雨帘中，他突然被这里的山势地貌震惊了。

这里是神农架的余脉，初步判断这里属于喀斯特地貌，呈非纬向地带性气候，山林幽深，飞瀑流泉。山口垂直梯度植被相当丰富，山顶多呈亚寒带气候，山腰为温带或亚热带气候，而山脚为热带气候。这一切都适应野人生存繁衍，会不会在这山穷水尽之处出现柳暗花明呢？

果然，有人来敲他临时借宿处的房门了。

一名卢家坡道班的养路工人，听说那位神话般的“上海野人老师”到了这里，冒雨摸黑步行数十里赶来报告：“群力村正在闹野人。”

李孜兴奋得差点休克过去。真可谓踏破铁鞋无觅处，得来全不费功夫哇！走！

六十公里山路，折腾了李孜整整一个通宵。来到这个僻远的村落，他发现了这一带山势呈东西向，横断山脉广泛发育，阻挡或削弱了北方寒潮的影响，在沟谷地区保存较多的太阳辐射热量，形成相当范围的亚热带气候，使亚热带植物分布向北推进很多。山势南坡多向阳，气温高，雨量丰富，地势陡峭，石灰岩蕴藏量大，形成喀斯特地形，岩壁上千罅百洞，势如蜂窝，十分适宜野人生存。他想起了明代编纂的《房县志》所描述的房县多石洞，洞大如房，房中多居“毛人”的景象。

群力村的村民告诉他，近十多年来，这一带野人活动相当频繁。在稍远的摩天岭，在与武当山南麓接壤的万峪，不少人看见过野人，这些人中有的是一个人看见的，有的是两人以上集体目击的。有的目击者与野人近在咫尺，甚至与其交手厮打，有的甚至被野人抓破皮，踩伤脚，缴了枪，抢了猎物。据反映，他们看见的野人，基本特征惊人一致：直立行走，浑身棕毛，长发披肩，身高体大，见人爱笑，健步如飞。

这一次，是一个人妇发现的。昨天上午，这位人妇从这片栎树林路过，突然听到林中发出嗖嗖响声。定睛一看，只见前面一棵栎树正在悠悠摇晃，而周围的树却纹丝不动。她以为有人在偷伐树木，但这响声分明既不是刀斧声，又不是锯木声。她害怕在这前不着村后不着店的山林里吃歹徒的哑巴亏，急忙扭头往回走，但强烈的好奇心迫使她回头窥视，这才发现，栎树下，一个浑身棕红色长毛的非人非猴的家伙，撑起两米来高的躯体，在树干上用力摩擦，两只灯泡般的眼睛警惕地环顾四周。

人妇吓出一身冷汗，如一堆烂泥瘫了下去。待她睁开眼睛再去看那面目可憎的“红毛野人”，那家伙早已无影无踪了。

人妇壮着胆子走近那棵树，得到的是一股不可名状的臊味，和几缕挂在树杈上的棕红色毛发。

在这棵栎树上，李孜清晰地看到了野人擦痒的擦痕。最令他心痛的是，几位自作聪明的村民，说是要用火柴鉴定毛发，竟划燃一根火柴，将那少妇获得的珍贵的毛发烧了个精光。

李孜取出放大镜，趴在树下一寸一寸地搜寻，想获得哪怕是一根毛发，一丝发渣。半天过去了，他仍然一无所获。

他的心灼痛了，被那根划燃的火柴，该受诅咒的火柴灼痛了。

他如梦游者一般，游遍了茫茫林海。在林海深处一个人迹罕至的杉皮小屋里，他居然看见一位精神矍铄、鹤发童颜的老人，脑后还垂着一根又长又白的发辫！说起话来，更令人瞠目！这老人真可谓不知有汉，口口声声“保长”，全不知山外沧海桑田。

李孜的心不由一阵阵隐隐作痛。长辫，与皮鞭一般抽打着他的心尖！他恨不能一把掀开这巨大的绿色锅底般的林冠，掀走这块神奇土地上的闭塞、顽固，还有痴愚、麻木，让科学的巨手揭开这片土地上的一切奥秘。

夜深了，他踏着积雪，闯进这片密林。于是，就出现了夜遇熊掌那惊心动魄的一幕。

也许是李孜的“人肉味”唤起了狗熊的野性，熊掌就要撕碎李孜的肉体和抱负。完了，同行们，野考事业全拜托你们了。他百感交集闭上眼睛，仿佛一具心脏尚在运动而灵魂已经出窍的活尸。

就在这一瞬，理智突然把他从僵死中拉了回来，他的思绪突然显得异乎寻常的明晰。他想起了燕子垭的一位老猎人告诉他对付猝然相遇的狗熊的“三部曲”。

对了，首先是原地站定，这“第一部曲”已经在万分惊恐中鬼使神差地完成了。接着是缓缓转过身来，弯腰微笑，他努力动员每一块笑肌，尽可能挤出满脸谄媚的微笑，来放松狗熊的戒备，博得这凶神恶煞的好感。然后，又缓缓地俯下身子，顺手掏出旅行包内的压缩饼干和野果，模仿藏族牧民献哈达的姿势，十二万分恭敬地奉献给这索命的死神。

“三部曲”果然奏效！狗熊大概是被他的“虔诚”和“友好”所感化，当仁不让地接过贡品，大摇大摆地扬长而去……

我们的上海“阿拉”这一次终于没有倒在神农架！他如梦初醒地作了个深呼吸，又将这口气缓缓嘘出，排出满腔豪壮，随后，他面对浩瀚林莽高声朗诵：“独有英雄驱虎豹，更无豪杰怕熊罴。”

绿色金字塔

站在海拔3106米的神农顶观云海，但见自南向北的浓云滚滚而来，如浩瀚大海上涌起的惊天巨浪，一路云走涛飞，前呼后拥扑向邈远天际。

海浪般的云涛刚过，天空终于透出一抹斜阳，但还没等我按响快门，刚才偶然露出蓝天碧空的一角又被一批乌云不容商量地遮了个密不透风。这批从天边结伴而来的不是乌云，而是一个庞大的乌黑骏马群，不，这些拥挤着、撕咬着、扭打着、狂奔着的具体而抽象、写实又写意的马群似乎瞬间又变成了非洲荒原上的野牛群，随即似乎又变成了青藏高原上的牦牛群，这不，它们的头上分明长着犄角，那用来抵御外族侵犯的自卫器官，此刻竟尽情发挥其攻击功能，互相残暴地顶撞、无情地厮杀，一路乱蹄践踏，如在迁徙途中遭遇狮群和狼群突然袭击一般，阵脚大乱，乱得一塌糊涂。

然而，这种九天之上乱云飞渡的野性之美、力量之美、粗犷之美，美得更是一塌糊涂。

美得一塌糊涂的，还有海拔千米以下的满山红叶。当年吴海燕主演的青春偶像励志电影《等到满山红叶时》，曾经令当时尚年轻的我等为之深深倾倒，为影片中的主人公坚守长江三峡的航标灯精神倾倒，为朱逢博演唱的电影插曲《满山红叶似彩霞》的三峡风情和优美旋律所倾倒，更为峡江两岸万山红遍、层林尽染、如火欲燃的自然风光无边秀色所倾倒。倾倒了还得爬起来，赶紧去植树造林，为山水添绿，为枫林添红，为长江添彩。

在七年插队落户期间，我当地道的农民三年，当林场会计一年，民办教师两年，公社农业技术员一年。别的工种按下不表，在林场熔铸了我的绿色情怀，养成了深入骨髓的对森林的情感依恋，对植树的情有独钟，对观赏林木的审美情趣。走遍天下路、阅遍天下林是我的绿色长梦，南国榕树的盘根错节，长在我的夏之梦里；北国白桦的挺拔刚毅，立在我的冬之梦中。多伦多、渥太华的枫树，点燃我梦中的夕阳；大堡礁旁孤岛上原始森林的不知名藤本植物，缠绕着我欲醒还睡的半醒半梦。我用一生的激情与大山对话，与森林相思，甚至与一丛草、一株树谈心。我的年轮长在额头，树的年轮长在心里。我在烈日下寻找绿荫，而树却纹丝不动地接受烈日暴晒，为我洒下清凉。我国高等教育先驱梅贻琦的名言："所谓大学者，非谓有大楼之谓也，有大师之谓也。"我曾拾人牙慧之后还狗尾续貂："大学要有大师、大楼，还要有大爱、大树。"大树者，既指高大乔木，也指矢志十年树木百年树人，还指教学科研诸方面均要有所建树。

总之，绿色的生命和生命的绿色，构成了树和人和谐与共、生死与共的优美和原始。我真想一头钻进那些尚未对外开放的原始森林，去体验“野人”一类“次高级”灵长类动物的生存状态、生活方式，即使自己也变成野人也不亦快哉！

神农架是中国首个获得联合国教科文组织人与生物圈自然保护区的地区，也是世界地质公园，2016 年 7 月 17 日，神农架被列入世界遗产名录。于是，神农架成为世界遗产三大保护制度共同录入的“三冠王”名录遗产地。当年炎帝在这里架木梯攀悬崖饮山泉尝百草时，何曾想到李孜、刘民壮等一批研究人类学、生物学的专家会追随他的足迹，远离茫茫人海，一头钻入茫茫林海和茫茫云海，用以青春赌明天的偏执、倔强和勇毅，去征服一切常人难以应对的艰难险阻，面对众说纷纭甚至有人尖锐抨击视为荒唐、荒诞、荒谬之伪科学命题的，然而又的确属于未解之谜，属于科学未知领域的，也许在相当长时间内也无法寻求到结果的“野考”之路，他们义无反顾，目不斜视，意气风发，步履铿锵。

不管野人是否存在，但神农架作为华中最为原始的动植物基因库，是一个伟大的存在。在我看来，神农架是中华大地傲世而立的一座巨大的绿色金字塔。穿过传说野人留下过毛发的燕子垭的石灰岩石林，听完野人考察展览馆讲解员绘声绘色的描述，我始终没得到“野人存在”的肯定答案。获得这个答案本来就是飘飘渺渺至少是遥遥无期的事，我也没必要对欲知后事如何操之过急。其实，野人是否真的存在并不那么重要，重要的是，在这片飞峙在长江之北的华中屋脊之上，在神农为解民倒悬架起木梯的悬崖之下，还有李孜、张金星这样的一意孤行者在以野人的坚韧和原始来探寻野人，未曾找到野人自己却变成蓬头垢面的野人，他们孤独而伟岸的身影，使我联想起华中屋脊，他们身上体现出的勇往直前、永不回头的精神，不正是哺育伟大的灵长类动物不断进化的母亲河的精神吗？

第八章 悠远渔歌

悲壮一跃

记不清这是第多少次来汨罗江畔屈子祠了。

如今，绿林掩映的屈子祠傍，又建起了规模宏大、气宇不凡的屈子文化园，每年端午，作为龙舟文化的发祥地之一的汨罗江都热闹非凡。重情重义的汨罗人，硬是将一个悲壮肃穆的节日变成了东方的水上嘉年华。

“五月五，是端午。屈大夫，骑艾虎。佩长剑，挂菖蒲。驱妖魔，扫地府……”每当端午来临，汨罗江边的楚塘、归义一带的孩子们就用湘方言中正宗的汨罗话吟唱起这类口口相传的童谣。成年人也会连说带唱地慨然发声：“牛歇谷雨马歇夏，人不歇端午招人骂。宁可荒哒一年田，不可耽误一回船!”农民种一年阳春养活婆娘伢子，东方巨人也有“吃饭是第一件大事”的语录，可见农田是万万荒不得的。但是如果为了这一年一度的端午节，为了365天等一回的划龙舟，作为一位汨罗江边的男子汉，如果不在那条翻江倒海龙腾虎跃的龙船上划桡，而是在自己的田里插秧还是耕耘，那就是对这个伟大节日的藐视和亵渎，那就是对三闾大夫的爱国忧民和拼搏求索精神的否定和背叛!

这就是汨罗江的价值取向、道德评判。

“三十条汉子一条过江龙，三十条龙舟一阵龙卷风，两千年呐喊掀起千重浪，汨罗江的龙舟天下数正宗。”

为什么此地龙舟为正宗？那是因为公元前278年五月初五，伟大的爱国诗人、沅湘一带人民爱戴和仰视的三闾大夫，惊闻郢都失陷，目睹家国危亡，有心报国，无力回天，在这条奔流不息的汨罗江上悲壮一跃，以自己结束生命的方式，来唤醒一个苦难民族的觉醒，来换取一个高贵圣洁的灵魂恒久的永生，来发动和指挥一江躁动的怒潮为他所处的时代唱响《九歌》《哀郢》《离骚》和《国殇》。

诗人不幸汨江幸。从此，这条由东至西逆向流动的河流，就成为中华民族优秀传统文化的源头之一，被余光中先生称为“蓝墨水的上游”，被张步真先生称为“中国诗歌的原乡”。

巨星陨落，动地惊天！两岸百姓纷纷赶来驾舟相救，而且将一筐筐、一串串的粽子抛洒江中，以喂饱鱼类免得它们伤害三闾大夫的遗体。

从此，江水呼唤着一个与日月同辉的英名，哺育着一代代飞棹击水勇冠三军的桡手。

从此，富国强兵、团结拼搏的龙舟精神，牢牢地铸进龙的传人剽悍的臂膀上、粗犷的吼声里、狂欢的鼓点中……

汨罗江端午习俗被世界教科文组织列为世界非物质文化遗产名录。自农历五月初一至五月十五，端午习俗的氛围笼罩着这条长江的二级支流。也许因为它距离这条中华巨龙仅 80 公里之遥，而且涛声和长江的涛声同频共振，血脉和呼吸也是息息相通，而长江又是从屈原故乡秭归方向奔涌而来，秭归和汨罗两地人民互相仰视，彼此牵挂。汨罗感谢秭归的灵山秀水孕育了三闾大夫伟岸的躯体，秭归欣慰汨罗铸塑了爱国诗人伟大的灵魂。

我曾在声势浩大的汨罗江龙舟节参加庄严肃穆的祭屈仪式，我也曾亲耳聆听乘一叶扁舟逆流而上的余光中先生面对浩荡“蓝墨水”放歌《汨罗江神》：

烈士的终站就是诗人的起点?
昔日你问天,
今日我问河,
而河不答,
只见悲风吹来水面,
悠悠西去依然是汨罗。
所有的河水,滔滔,都向东,
你的清波却反向而行。
举世皆合流,唯你患了洁癖;
众人皆酣睡,唯你独醒。
……
两千年后,你仍然待救吗?
不,你已成江神,不再是水鬼。
待救的是岸上沦落的我们
……

在汨罗江两岸的每一个村落,在洞庭湖东岸的每一片湖洲,都有浓烈悲愤、瑰丽浪漫的楚韵骚风在弥漫,在浸润,在世代的记忆中铭刻,在人们的骨髓里传承。汨罗江的粽子渗透的是后皇嘉树的橘子的扑鼻清芬;长乐古镇回龙阁前舞龙队舞出的,是“悲回风之摇蕙兮,心冤结而内伤”的沉重回响;楚塘十二疑冢掩埋的,是“虽体解吾犹未变兮,岂余心之可惩”的凌霄壮志;濯缨桥下千年流淌、濯洗不去的是“路漫漫其修远兮,吾将上下而求索”的勃勃雄心;发源于江西修水黄龙山的全长253公里的汨罗江的氤氲雾霭中,弘扬着“举世皆浊我独清,世人皆醉我独醒”的高洁狷介;伟大诗人纵身一跳的汨罗江河伯潭上,环绕着“哀民生之多艰……虽九死其犹未悔”的千古绝唱……

每一次来汨罗，都是一次庄严的朝圣；每一次走进屈子祠，都是一次身心的涤荡和灵魂的洗礼。每来一次，我都尽可能在启程前读一遍《离骚》。对于文言文功底和修养严重短缺的我辈来说，《离骚》的确晦涩难懂。然而一旦深入其堂奥、走进作者博大的内心世界，即如同步入一个光怪陆离然而溢彩流光的精神高地，目不暇接，步移景换，浪漫奇诡，美不胜收。即使如敝人浅尝辄止、囫囵吞枣、似懂非懂、不懂装懂，也觉温故知新、柳暗花明、豁然开朗、妙趣无穷！

每次拜谒屈子祠，我都必先在祠前那株金枝玉叶的银杏树下静立片刻，仰望祠门上笔力苍劲雄浑厚重的“屈子祠”祠名，快速瞻仰两侧17幅屈子行吟泽畔等内容的写意浮雕，17幅精美画面顿时在我面前运动起来，组成一束精彩古雅的蒙太奇，其中有高冠博带、佩剑而行的彳亍身影，有激情喷涌、昂首问天的豪壮雄姿，有行吟泽畔对话渔父，有伫立江边肃穆“哀郢”，有仰天俯地放歌《国殇》等画面，尽展“纷吾既有此内美兮，又重之以修能”之至臻至美。

从2300年前穿越而来的蒙太奇欣赏之后，我才能十分虔诚三分惶恐地走进这座与日月齐辉的精神圣殿。

前秦王嘉《拾遗记》载：“楚人为之立祠，汉末犹存。”《水经注》称：“在罗渊北有屈原庙，庙前有太守程坚碑记。”原庙址离汨罗江太近，多次如屈原本人的归宿一样，于是，在屡圮屡修十三次后，于清乾隆二十一年，汨罗人将屈原庙即屈子祠从汨罗江边移至依然还在汨罗江边，但距离稍远、地势稍高、地质结构稍坚实的玉笥山顶，增其旧制，修成格局宏伟、气宇轩昂的江南祠庙风格的建筑群。

屈子祠分为三进，天井透进的日光，似乎从2300多年前的郢都射来，让我有足够的光源瞻仰照壁上镌刻的太史公的煌煌大作《屈原列传》。回廊四通八达，似乎在引导我踏遍唐宋元明清的时光隧道，直至那个诸侯割据，群雄逐鹿，兵荒马乱，哀鸿遍野的战国时期，又似乎在引导我追随形容枯槁的三闾大夫流放汉北继而远逐沅湘的杳杳足迹，去倾听他的没有回响的170多句《天问》，去欣赏他的《九歌》，去吟诵他的《九章》，还是去欣赏屈原在《离骚》中的九畹滋兰百亩树蕙，观尽留夷揭兰杜衡芳芷。

《离骚》在开篇不久笔锋一转便激情如火且刻不容缓地抒发追求美政的崇高理想，“惟草木之零落兮，恐美人之迟暮。”屈原是最早将比兴手法引入风骚创作的诗人，如果说《诗经》是先民的“合唱”，那么“独唱”则自屈原始，他应该是中国诗歌史上第一个“男高音”。这位嗓音雄浑深沉而又高亢嘹亮的男高音，尤以使用意象为擅长，如“恐美人之迟暮”中的美人，则并非确指那沉鱼落雁闭月羞花的绝色佳人，而是指富国强兵国泰民安的美政，而是指山河无恙流金淌银的大楚。“不抚壮而弃秽兮，何不改乎此度？乘骐骥以驰骋兮，来吾道夫先路!”楚国啊，我的祖国，你为何不在大好年华的壮年来一次彻底的环境整治，清除污染，以壮士断腕的气魄来修复已满目疮痍的政治生态？醒来吧！奋起吧！乘上骏马日夜狂奔吧，朝着美政目标，我愿一马当先，为这个重振雄风的国家当开路先锋。然而，这一切都是杜鹃啼血式的徒劳，你的改革和变法方案，就是将贵族和奸佞集团送上法庭的公诉状；你所主张的联齐抗秦的战略，怎抵得张仪向靳尚行贿向怀王行骗的巨大拉力？你的特立独行，志洁行芳，在南后和靳尚、公子子兰看来，就是导致他们覆灭的根源。于是，在周赧王元年，上官大夫谗言一进，一心变法图强毫无戒备的屈原被罢黜左徒之职，贬为三闾大夫。屈原愈挫愈奋，不屈不挠，忧国忧民，奔波在救国救民的崎岖之路上，不料楚怀王听信巧舌如簧口蜜腹剑的张仪的空头支票式许诺，而只身被困于秦。屈原此时已被流放汉北和洞庭。悠悠汉水，淼淼洞庭，倒映着屈原伟岸的躯体，见证着三闾大夫哀郢忧君的耿耿忠心。

梁启超的《屈原研究》里，将屈原的诗作里提到的地名逐一排列，其中湖南地名最多，西至溆浦、南到衡山，而最多的是洞庭湖畔，其中心地点当然是他最后归宿地汨罗一带。“行吟泽畔”当然是指云梦古泽所包含的洞庭湖了。

随着屈原一道漂泊的，是失去故土的楚国百姓，“民离散而相失兮，方仲春而东迁，去故乡而就远兮，遵江夏以流亡。”

国破家亡，生灵涂炭，父老乡亲流离失所。作为曾经的左徒大人痛苦着百姓的痛苦，思念着百姓的思念，有心解民于倒悬，而自己早已沦为一介布衣，只能以同是天涯沦落人的身份与百姓相互搀扶着走向风雨泥泞。

扁舟一叶欲何往？清泪两行洒沅湘。“将运舟而下浮兮，上洞庭而下江。”尽管屈原日夜遥望郢都，发出“鸟飞反故乡兮，狐死必首丘”的仰天浩叹，但是在泽畔行吟漂泊的十多年中，屈原无时不以富国强兵、国泰民安为怀。

在洞庭湖畔的磊石山，在洞庭湖心的青山岛，我寻觅过你的清晰而渺茫的足迹。在长乐古镇的上下街，在新市老街的麻石路，我聆听过你的吟唱。洞庭湖敞开八百里胸怀，接受你酣畅淋漓的倾诉；沅湘大地化为巨幅竹简，任凭你把壮志豪情写满四水三湘。

洞庭湖是你的会客厅，在这里，你先是与渔父促膝谈心，继而与山鬼不期而遇，从“若有人兮山之阿，被薜荔兮带女萝”的女神的颦笑之中，透视着君臣之间的若即若离。你虽然早已处江湖之远，依然如当年身居庙堂一般“出则接遇宾客，应对诸侯”，不过应对的已不是诸侯，而接遇的宾客也非在朝时所迎宾客，而是生活在社会最底层，被战争和奴隶制度还有年复一年的自然灾害所戕害、所碾压的平民百姓，接遇的另一个群体，则是来自湘天楚地、浩渺长天的天神东皇太一，恳求其赐福人间。

屈原接待的第二位神仙是云中君，他为云中君唱出“览冀州兮有余，横四海兮焉穷”的颂歌，是为了祈求其恩泽大地，保百姓风调雨顺五谷丰登。

接着，屈原又约见了大司命，少司命，东君，河伯诸神，一一请安问好，极尽殷勤恭谦，与当年执掌左徒大印时判若两人，原因只有一个，哀民生之多艰。

文如其人，言为心声。屈原作品的奇诡、神秘、狷狂、浪漫，既是他所处的时代和地域的天然造化，更是他在文学表达方面独树一帜的美学形态和审美呈现。最能体现屈原政治抱负和精神高度的，自然是他忧思忧愤而作的巅峰之作《离骚》了。

在这部熔铸了屈原的理想、信念、痛苦、渴望、激情乃至生命的恢宏之作里，借大量意象作比兴之工具，用春秋笔法回顾了当年力助楚王推行改革实行法治因之贾祸的过程，表述了“九死犹未悔”的坚定信仰和信心。接着强调举贤授能的政治主张、“上下求索”的坚毅决心，表现追求美政理想的强烈渴望。

在这一段里，诗人展开想象的翅膀，驾起玉虬乘风车飞向广袤太空，“朝发轫于苍梧兮，夕余至乎县圃……吾令羲和弭节兮，望崦嵫而勿迫。路漫漫其修远兮，吾将上下而求索。饮余马于咸池兮，总余辔乎扶桑……”这是中华民族最早的航天航空实践，这是坐地日行八万里，巡天遥看一千河的潇洒热身！屈原无法将美政理想种植在三楚大地让其开花结果，于是干脆用如椽巨笔饱蘸长江和洞庭湖的沧浪之水，把一腔激情和万丈雄心写在浩瀚长天。这其中不仅有女娲补天、精卫填海、愚公移山、夸父追日的大勇无畏，更有志洁行芳的伟大人格、富国强兵的宏大理想、探寻无知领域的求索精神和深邃思想，这是上古神话中的英雄们所无法同日而语的。

伟大的灵魂穿越苍梧、县圃、崦嵫、咸池、天津、不周等组成的奇妙旅程，更是穿越了2300多年的风云雷电、日月星辰，直抵每一位有识有志有为之士的心房。

在这篇东方神曲的结尾，诗人将有心效力报国无门的苦闷、悲怆、忧虑、愤懑渲染到极致，理想破灭，诗人并未颓废，而是借神巫灵氛之口，选择去国远游，在九天之上遥望故乡。在全诗结尾，诗人发出“既莫足与为美政兮，吾将从彭咸之所居！”这是一种舍生取义的预约，也是为整整一个黑暗无望的时代唱响了发聋振聩的招魂曲。

尽管屈原多次在诗中表示追随彭咸的意愿，但是点燃这根导火索的火源，还是秦将白起率十万虎狼之师踏平郢都的这个惊天噩耗。楚虽三户，亡秦必楚。如果两代楚王不是如此昏庸无道，按照屈原的治国、外交和国防方略，只会国富民强，国泰民安。如今郢都失陷，而屈原远在沅湘，手无寸铁，空怀壮志，无力回天！沉沉黑夜，需要一道撕破黑暗的闪电！长长隆冬，需要一声唤醒春天的惊雷！端午，是中华民族的传统佳节，“端”者，正也！“端”者，开始也。这个国家应该有个正气清风从头开始的胆略气魄，这个国家的人民也应从逆来顺受忍辱负重的状态中幡然奋起，如果不能生前拯救这个漆黑腐朽的世界，就应该有人充当这撕破漫漫长夜的闪电，成为唤醒沉睡不醒的春天的惊雷，就应有人在端午节这个象征新的发端的重大节日冲天一怒，振臂一呼，用自己的悲怆换取世人的觉醒、国家的振兴。

于是，在公元前278年端午，在汨罗江河伯潭的江面上，一个伟岸的躯体悲壮一跃，用拥抱真理、拥抱世界的方式告别了这个没有真理的时代，用生命的最后一点火星引爆了一个伟大民族永不熄灭的精神火炬！

剑胆琴心共一楼

楼是腾空跃起的梦。

楼是支撑脊梁的魂。

楼是点燃精神之火的烛台，

楼是演奏高山流水的古琴。

岳阳楼，一座高耸在人类文明史上的精神圣殿。作为生于斯长于斯的“土著”，我没有理由不为零距离亲近岳阳楼而骄傲。让我们抖落历史典籍上的灰尘，拨开时空隧道的烟云，去领略千古名楼的博大精深、源远流长、光辉灿烂和瑰丽浪漫吧！

说古楼，先说说古城。城是楼之基，楼是城之魂。早在旧石器时代，就有人类在大江大泽交汇的这片土地上渔猎耕种，繁衍生息。岳阳有记录的568处遗址中，旧、新石器时代遗址就有130多处。每每想起这些，我的耳边便隐隐响起那石头撞击的叮叮当当！20世纪80年代初，华容县车轱山新石器时代遗址，就挖掘出令人惊喜的大批石斧石锛，还有网坠、谷物。我到过发掘现场，感受过先人渔猎耕种的勤劳勇敢。在临湘市沅潭镇长源村发现的旧石器时代遗址，出土了距今约20万年的打砸石器7件。

岳阳夏商为三苗之地。岳阳最早的城池出现在商周，商叫彭城，为我国江南最早的古城之一，在云溪陆城铜鼓山。1988年省市考古队实地发掘，收获颇丰。

春秋战国时期，岳阳属楚国。楚之附庸罗人、麇人活动在汨罗江、新墙河流域，修筑了罗子国城和麇子国城。有专家称，汨罗乃“麇罗”谐音演变而来，不仿姑妄听之。

如以商代彭城开始计算，岳阳已有3400多年历史。麇城建于东周，麇是楚国的附庸小国，没有内政外交之主权。楚国将视为异己分子的麇人驱赶至湘北并大兴土木筑城以监视，城址就在城陵矶。穿越时空隧道，我们依稀可见大规模的罗人、麇人大迁徙，这些弱小部落的男女长幼，呼儿唤女饮恨南迁，“护送”他们的是雪亮的刀刃和粗野的斥骂。

不料当他们抵达巴陵大地，方知自己因祸得福，所谓“三苗之地”竟是鱼米之乡！

肇始于东汉末年的巴陵古城，地域狭小，但地势险要。《水经注》称“巴陵故城，本吴之巴丘邸阁也。晋庆康元年立巴陵县于此，后置建昌郡。宋元嘉十六年立巴陵郡。”这是对巴陵古城历史沿革的权威表述。“吴之巴丘邸阁”是东汉末年即三国时代周瑜所开发。邸阁是驻军的屯粮和后援供给基地，相当于总参建的营房和总后建的仓库。

《三国志·吴志》称“瑜还江陵，为行装而道于巴丘”。巴丘扼江控湖，易守难攻，自古是兵家必争的军事要塞，且得水陆舟楫之便。周瑜病逝巴丘后，鲁肃奉孙权之命接管东吴水师，“将兵万人屯防于此”，修筑城池，以抵抗借驻荆州的刘备，这是极具战略眼光的英明决策。对于以汉室后裔称雄的刘备及其虎狼之师焉能不防？于是，岳阳楼也应运而生，当时的使命是供鲁肃操练水师时阅兵。

于是，岳阳楼开始从历史的风烟中渐显雄姿。

岳阳楼肇始于 1780 年前的东汉末年，鲁肃筑楼阅兵。当然，当时尚不叫岳阳楼，而且既然是武将阅兵观阵之地，也绝非文人风雅之所。可以想象，烟波浩渺的湖面上，风樯林立，橹桨纷飞，鼓角动地，杀声震天。曾经为孙刘联盟作出重大贡献的鲁肃，在距离巴丘仅百十公里的赤壁执掌东吴水师的帅印。既要面对近在今益阳关羽的眈眈虎视，又要提防被赤壁战火烧得恼羞成怒的曹操再度挥师南下卷土重来。“所见在简或上，此心与武侯同”，一向谨慎而勤勉的鲁肃岂敢有半点懈怠？他筑楼阅兵，即是强兵之举，又是展示实力，振其军威之策。今天，我们穿行在时空隧道般的“岳阳门”洞，侧耳细听，似乎鼓角和杀声还在石墙古木间回荡。这是公元 214 至 217 年岳阳楼前洞庭湖上的历史回声。

大约 225 年后，即公元 439 年，岳阳始置巴陵郡，修复城楼，也就是说，巴丘由军事设施改为行政治所，岳阳楼正式完成了剑胆与琴心的交接，成了文人雅士吟风弄月的风雅之地。山东才子颜延之从始安郡（桂林）太守任上调建康（南京）任新职，乘舟从湘江源头一路吟诗到湘水与长江交汇处，登楼四顾，诗兴大发，立即命随员笔墨伺候，乘兴挥毫，一首《始安郡还都与张湘州登巴陵城楼作》从笔管喷涌而出：

江汉分楚望，衡巫奠南服。
三湘沦洞庭，七泽蔼荆牧。
……
却倚云梦林，前瞻京台囿。
清氛霁岳阳，曾晖薄澜澳。
……

这是"岳阳"二字首次出现在诗词中。岳阳人应该铭记颜延之。这也被认为是岳阳楼上出现的第一首诗，也就是说，岳阳楼成为历代文人墨客抒怀吟诗的大雅之堂，从颜延之肇始。一首送往迎来间的官场应酬诗，捕捉到了稍纵即逝的灵感火花，一不留神就为这片钟灵毓秀的地域传播了美名。

又过了 275 年，时值公元 716 年的唐开元四年，又一颗文曲星从古楼盔顶放射出至今仍然耀眼的光华。曾被唐玄宗下文任过中书令的张说先生贬官岳州。为人刚直，年近半百的燕国公回首宦海惊涛，心潮难平。三国时鲁肃所筑阅兵楼也许几近废弃，于是他又大兴土木，在原东吴水师阅兵楼稍稍偏南的城墙之上修建了南楼。后来，刘禹锡有诗：

湘洲路四达，巴陵城百雉，
何必颜光禄，留诗张内史。

刘禹锡最早把颜延之、张说二人同岳阳楼联在一起。北宋范致明《岳阳风土记》："岳阳楼，城西门楼也。下瞰洞庭，景物宽阔，唐开元四年，中书令张说驻守此州，每与才士登楼赋诗，自尔名著。”

张说赋诗：

危楼泻洞庭，积水照城隅。

是楼逼城而岸者，正合岳阳楼地势，说明张说所修的南楼，就是继鲁肃阅军楼之后的岳阳楼。从此，岳阳楼上空群星璀璨，佳作迭出。可谓“孔夫子挂腰刀——文武双全!”岳阳楼因军事而肇始，因文化而兴盛。金戈铁马、重彩浓墨在这里交替展演，文韬武略、剑胆琴心成为这座江南三大名楼魁首的“建筑”风格。你看那儒雅清秀的装饰，不正是和刚毅挺拔的架构，酷似将军头盔的金色楼顶浑然一体吗?

唐乾元二年（公元759年），两颗光耀千秋的巨星在岳阳楼上相聚。一位是五十九岁的诗仙李白，另一位是四十二岁的贬官贾至。

李白数次光临岳阳，一来就喝酒，一喝就醉，一醉就不买单。在岳阳的城中之湖古城的掌上之珠——南湖，李白就赊过酒，有诗为证：

南湖秋水夜无烟，耐可乘流直上天。
且就洞庭赊月色，将船买酒白云边。

这次与贾至把酒临风，酒过三巡，李白敞襟露怀。想起一路坎坷，不由诗如潮涌，挥毫泼墨，酣畅淋漓：

楼观岳阳尽，川迥洞庭开。
雁引愁心去，山衔好月来。
云间连下榻，天上接行杯。
醉后凉风起，吹人舞袖回。

李白因遭遇高力士在贵妃前恶意诽谤，从翰林供奉的官位上革职并被赶出长安，开始了流浪漂泊，壮游天下名山大川，也开始了放浪形骸，纵酒高歌，也就有了中国文学史上唐诗的繁荣。

李白到底多少次来岳阳，有学者说五次，有的说六次，现在查无实据，但是他写洞庭湖和岳阳楼的诗不少，据不完全统计至少25首。“淡扫明湖开玉镜，丹青画出是君山”“巴陵无限酒，醉杀洞庭秋”“洞庭西望楚江分，水尽南天不见云”等脍炙人口，各有天地。

李白流浪经岳阳到江州，即现在的九江，被永王李璘聘为府僚佐。也许是李白经老友韦子春作为中介，李白以为从此英雄有了用武之地，报国之志终于有了寄托，谁知傍墙墙倒，傍水水跑，李璘起兵造反，被强大的朝中情报机关获取机密，事败被诛。城门失火，殃及池鱼。并未参与谋反的李白靠七律七绝平平仄仄能洗清一身的嫌疑吗？李白本当受其株连，因郭子仪仗义力保，改为流放夜郎，即今贵州深山，途中遇赦获释。乾元二年，解除了“劳动教养”的李白有如倦鸟出笼、鱼游大海。他乘着酒兴再度来到岳阳，写下了这首神采飞扬、意境悠远的《与夏十二登岳阳楼》：

一句“楼观岳阳尽”，把岳阳楼得水而壮，得山而雄，“纳千顷之汪洋，收四时之烂漫”的独特地势，把岳阳楼美轮美奂的外形与巧夺天工的技艺概括其中，一生好作名山游的李白见过的名楼何止百十座？而千楼之魁当首推岳阳楼了。这与后来的明代魏允真之说“岳阳天下楼”异曲同工，且互为印证。

“川迥洞庭开”，我们可以设想：正如李白在《早发白帝城》所述，万里长江如一条长龙，辞白帝，穿巫峡，越瞿塘，腾西陵，千里奔波越万山过江陵，浩浩荡荡奔泻而下，来到城陵矶三江口与八百里洞庭激情相拥。穿越崇山峻岭的江水何曾见过如此开阔壮观的大泽？被狭窄的三峡逼急了的浪涛见了这浩渺洞庭，如人一般顿觉豁然开朗，欣喜异常！

“雁引愁心去”，说明凡登楼者，尤其是把酒临风者，必然其喜洋洋者也！满腹愁思，都被洞庭湖上凌空飞越的大雁所牵引而去，而远山却将一轮皓月轻轻衔在嘴里，把千里月光洒向静影沉璧的湖面。写景状物，心旷神怡！

“云间连下榻，天上接行杯。醉后凉风起，吹人舞袖回。”李白的大多篇什与酒有关，他举杯也许是邀明月，也许是戏权贵。如《将进酒》标题就是酒！今夜的李白酒酣耳热之际，穿越于云间天上，轻功了得！纵酒高歌之后，还随凉风而翩然起舞，自娱自乐！

也是乾元三年，贾至这位也曾经位居中书舍人的岳州司马，写下了与李白诗情调迥异、风格截然相反的诗章《岳阳楼重宴别王八员外贬长沙》：

江路东连千里潮，青云北望紫微遥。
莫道巴陵湖水阔，长沙南畔更萧条。

长江东去，直奔东海。北望青云，象征吉祥的紫气竟是如此遥不可及。不要说洞庭湖辽阔博大，它南面的长沙却是民生凋敝，一片萧条。这是贾至时代的长沙。今天的长沙已成饮誉全球的山水洲城，今非昔比。

贾至的宴请王八员外诗与李白的“楼观岳阳尽”作了极佳的对比。然而，李白并非纵情声色犬马之辈，一代诗仙也并无超然世外的半仙之体。奇诡浪漫、恣肆豪放的诗风，建筑在坚实的爱国情怀之上。他壮游华夏名山大川，一腔豪情如庐山瀑布飞流直下，手托酒杯如杜鹃啼血般浅酌高歌，发出的是有心杀贼、无力回天的愤懑，倾诉的是“安得倚天剑，跨海斩长鲸”的凌云壮志。

“安得倚天剑，跨海斩长鲸！”诗仙从壮阔岳阳磨砺了倚天长剑，尚未跨入东海，剑却折断于安徽当涂。然而，诗仙的报国壮志和浪漫情怀，将长驻名楼，长醉洞庭！

诗圣留句，古楼大幸！“句”，是指杜甫的千古绝唱“乾坤好句”。

又一位伟大的诗人将登上岳阳楼，他登楼的脚步，比贾至和张说更显得沉重、悠缓。他是五十八岁的杜甫。

杜甫是我国古代伟大的现实主义诗人。诗歌是时代的镜子，他所处的时代，正好是唐代盛极而衰的时代，他和老百姓一道，经历了安史之乱的黑暗和混乱，目睹了唐玄宗的荒淫无道，唐肃宗的昏庸无能，乱臣贼子的骄奢淫逸，地方官吏的残酷贪婪，写了一千四百多首其中不少是愤世嫉俗的诗歌反映民间疾苦，揭露统治集团罪恶的诗篇，“朱门酒肉臭，路有冻死骨。”“安得广厦千万间，大庇天下寒士俱欢颜。”强烈的人民性和责任感，使杜甫获得“诗圣”的美称，更难能可贵的是杜诗的人民性获得了人类社会的公认。

杜甫晚年举家离开成都草堂，经如今的直辖市重庆，在朝天门码头登船，顺江而下，大历三年（768 年）三月出三峡，走江陵，冬季乘舟从湖北公安到达岳阳。这是杜甫第一次登岳阳楼，写下的这首《登岳阳楼》可谓空前绝后，成为千古绝唱：

昔闻洞庭水，今上岳阳楼。
吴楚东南坼，乾坤日夜浮。
亲朋无一字，老病有孤舟。
戎马关山北，凭轩涕泗流。

贫病交加，茕茕孑立，一叶扁舟，载不尽人间风雨，世态炎凉。半囊诗稿，写不完民间疾苦，宦海惊涛。杜甫就这样托着残病之躯，舍舟登陆。有文献称当时漫天皆白，雪野冰天，杜甫在儿子的搀扶下，一步一颤，拾级而上，登上心仪已久的岳阳楼。放眼烟波浩渺的八百里洞庭，他先是为大泽的辽阔深远而欣喜，他以“昔闻”起笔，看似平实，随之“今上”，虚实相生，平中见奇，工整隽永的首联，发出了绝唱的第一声绝响。

颔联的笔锋徒然拓展空间，推出了“吴楚”与“乾坤”两个意象，二者虽皆为气势恢宏大全景，但仍有大小之分，宽阔的湖面涵盖吴天楚地，天地日月浮游其上，其势之壮，可比沧海！

复联笔锋一转，把手中的镜头刷地推了上去，由全景式的无限大的宇宙天穹转入小景特写，以前面的阔大无边反衬自己的孤苦无助，这是一种绝妙的对比！景愈恢宏情愈悲凉，孤舟老病，景阔人孤，用对比、夸张、渲染、对偶、拟人、状物等多种手法巧妙融合，深刻反映了国破山河在的动乱悲苦。由于此行带有妻小，诗圣在这里说的“亲朋无一字”应指怀才不遇的孤独感、失落感。清代黄生说，“写景如此阔大，自叙如此落寞，诗境阔狭顿异。”不阔则狭处不苦，触狭则阔景愈空。

尾句“戎马关山北”又是虚拟的大景，铁马金戈入梦来，战争频仍，血影刀光，生灵涂炭，哀鸿遍野。而“凭轩涕泗流”则是写实的小景，大小对应，呼应首联，老先生悲从中来，唏嘘声触动后世无数泪腺。

全诗在拔地而起的氛围中从容起笔，在气吞山河的意象中自然提笔，在凄苦悲凉的现实中逆势转笔，在忧国伤时的哽咽中沉郁收笔。笔是收了，但千千万万的吟诵者心头仍然是滚滚滔滔，眼前的八百里激浪仿佛一齐涌上心头，再登临岳阳楼放眼云梦泽，定会感觉自己的胸襟也扩大了，眼光也深邃了……

客观公正地说，作为岳阳楼文化之精髓的经典名句“先天下之忧而忧”，虽然问世于278年之后的北宋庆历六年，但这种忧国忧民忧天下的志士之忧，早已在杜诗中呼啸而出，感天动地了！

“杜诗”和“范记”，是岳阳楼文化中的两座高峰，是中华民族优秀传统文化中的两件瑰宝。前者早于后者278年，前者是后者的热身和铺垫，后者是对前者的应和和升华，诗与记交相辉映，共同托起精神圣殿、儒家文化丰碑等种种美誉。

说到范记，让我们走近滕子京和范仲淹。

滕子京，名宗谅，字子京，洛阳人，与范仲淹同举进士。范仲淹，字希文，苏州人。滕子京与范仲淹曾一道在江苏泰州修捍海堰，在泾州二人并辔御敌，屡建奇功。范、滕二人用忧其君、忧其民的忠诚战胜了海潮洪水，打退了西夏来犯之敌，但总是抵御不了官场的凶险，应付不了朝廷的“恶搞”。尽管范仲淹官至副相，由于他推行“庆历新政”，伤害了政敌的私利，一夜之间惨遭贬谪，流放至河南邓州。滕子京呢，也遭遇在五个月内三次贬官，流放至湖南岳州。然而滕子京虽遭贬谪，仍然“落榜不落志”。在岳阳任知州三年，他勤政为民，励精图治，以项目为抓手，把教育放在优先发展的位置，建文庙兴学；同时重视建设，重修岳阳楼；关注民生、兴修偃虹堤和通和桥。“越明年，政通人和，百废俱兴”是见诸官府正史筑于百姓口碑的政绩。

重修岳阳楼是庆历五年立项上马的，第一道难题是经费不足。滕子京通过艰苦深入的调查研究，了解到当时民间存在大量三角债现象，于是他采取官方督查清偿三角债，所得近万缗银两亲自执掌，全额用于修楼。所有债权人镌名于功德碑，一如当今摄制电视剧片尾必列一长串赞助单位之美名。这一举措也体现了滕子京力挺新政，逆向思维的做派。他一心推进事业，不怕评头品足，以至于授人以柄，险遭诬陷。司马光曾记载这一历史，并说“楼成极雄丽……州人不以为非，皆称其能。”新楼落成，滕子京抚今追昔，百感交集，曾说：“落其成，待痛饮一场，凭栏大恸十数声而已。”说明岳阳楼的重修，凝聚了他的全部心血，新楼也寄托了他的壮志雄心。

滕子京自知岳阳楼光有形还远远不够，比形更重要的是神。于是，他对远在千里之外的莫逆好友范仲淹写了一封求记书，并附上一幅《洞庭秋晚图》。求记书立意高远，出手不凡：“窃以为天下郡国，非有山水环异者不为胜，山水非有楼观登览者不为显，楼观非有文字称记者不为久，文字非出于雄才巨卿者不成著。”四句话如顶针续麻，句句递进，逻辑严密，滴水不漏。世人皆知《岳阳楼记》美妙绝伦，很少有人知道滕子京的求记书也是一篇文采飞扬情真意笃的美文。

远在河南邓州的范仲淹于庆历六年6月收到求记书，9月15日完成了千古雄文《岳阳楼记》。

《岳阳楼记》内涵深广，思想深邃，影响深远，堪称绝唱。368字，字字珠玑，行行金玉。借景抒情，气吞广宇，情撼天穹。寓物规劝，立意立德，把以天下为己任的士大夫之最高精神意念，酣畅淋漓地挥洒于“忧乐”之上、“悲喜”之中。

我们读《岳阳楼记》可以用当代影视艺术的蒙太奇手法来会意。《岳阳楼记》本身就是两组精彩绝伦的蒙太奇，有全景、中景、近景，还有特写：“若夫霪雨霏霏，连月不开，阴风怒号，浊浪排空，日星隐耀，山岳潜形”。这是大全景，它调动了俯仰摇移等多种手法，极尽渲染造势之能，把洞庭湖的狂风巨浪表现到极端极致，“商旅不行”是近景，“樯倾楫摧”是特写。“薄暮冥冥，虎啸猿啼”，近景中有特写。这是第一组蒙太奇，有视频讯号，也有声频参数，视频自不必说，单说声频，就有风号、涛声、虎啸、猿啼！有声有色，撼人心魄！

第二组蒙太奇画面迥异，首先是摇镜头大全景：“至若春和景明，波澜不惊，上下天光，一碧万顷”。近景来了：“沙鸥翔集，锦鳞游泳，岸芷汀兰，郁郁青青……”其中“锦鳞游泳”必须把镜头推上去拍特写。光影艺术，功夫了得！

上述两组蒙太奇，看是状物，实是写情。写“阴风怒号”与“春和景明”这两种完全不同的览物之情。回顾范仲淹所经历的宦海沉浮，纵观无数志士仁人的仕途坎坷，范相将世事沧桑和人间悲苦化为风云雷电，聚散于纸上，炸响于笔端。范仲淹设计了一类忧谗畏讥、满目萧然的心理状态。然而，当人生际遇适逢春和景明，人的心境自然与一碧万顷的洞庭湖一般，“把酒临风，其喜洋洋者也！”何等心旷神怡，春风得意？这两组画面分别用截然不同的气候，不同的景物，来形象地衬托和刻画两种完全相反的心理反映，酒翁之意不在酒，也不在山水之间也。从容不迫刻意渲染的景物描写，气氛营造，大量铺陈，层层推进，全是为了凸显不同际遇时所呈现出的不同心理反映，读者读来有如观看现代医疗所用心电图，真切观察到人心隐秘世界的活动轨迹。跌宕有致，蔚为壮观！

上述两种览物之情，皆为人之常情。然而作者皆不以为然。范仲淹认为，无论客观环境如何变化，士大夫当“不以物喜，不以己悲；居庙堂之高则忧其民；处江湖之远则忧其君”。自己的悲欢忧乐，与社稷江山相连，与民间疾苦相通。有作为的士大夫，应该以忧常伴，进亦忧，退亦忧。然则何时而乐耶？与忧相对应的是乐，人有七情六欲，一个感情正常、神志清醒的人有忧，必有乐。那么什么时候乐呢？文章写到这里，如火箭加速冲天而起，如激流决堤奔泻而下，两句闪耀着中华民族优秀传统文化灿烂光辉的绝妙好词喷涌而出：“先天下之忧而忧，后天下之乐而乐”！这是大丈夫以天下为己任的壮志雄心的咏叹，这是人民公仆哀民生之多艰的民本情怀的宣泄，是志士仁人最高精神境界的展示，是无数后人终身追求的道德标尺。振聋发聩，震古烁今，放射着理性的光辉。

洞庭天下水，岳阳天下楼，八百里洞庭和千古名楼，不仅属于中国，也属于全人类！《岳阳楼记》是照亮世界的精神火炬，而这火炬的基座设在中国的岳阳，无法撼动！

非“君”莫属

八百里洞庭潾潾波光里，折射着刘禹锡“白银盘里一青螺”的鲜亮；两千年的滔滔诗河中，翻卷着李白“淡扫明湖开玉镜”的铿锵；斑竹林的飒飒秋风中，闪烁着李贺“湘神弹琴迎帝子”的虚幻；二妃墓的朗朗月色里，环绕着贾至“白云明月吊湘娥”的缠绵……

君山不仅承载了诗仙的浪漫、诗圣的沉郁、诗鬼的诡秘，不同时间、相同空间铸就的汪洋恣肆、缠绵悱恻、豪放婉约、浪漫凄美，也全部被她纳于怀内，蕴于胸间。因此，我要说，君山是诗岛。

诗言志，也言情，君山的诗，从屈原的《湘君》《湘夫人》开始，就与情息息相关。诗岛，更应是情岛！

我曾在十年前陪央视记者李芳庭航拍洞庭湖，在数百米高空俯视我平日只能虔诚仰视的圣岛。当时已年过半百且身患绝症的李芳庭作为岳阳籍的名记者对君山情有独钟，不顾机组人员以油不够了相威胁，固执地迫使直升机一遍又一遍在绿岛上空盘旋。我更觉有“机”可乘，大饱眼福。洞庭湖、君山、岳阳楼、三江口如一幅硕大的立体画，任我们尽情观赏。当飞机返航时我向君山投下最后一瞥，突然冲李芳庭惊呼一声：“嗨，这君山岛像个扑克牌上的红桃，这不是一颗心吗？”

也许是我的孤陋寡闻，也许当时没有时下这么多浪漫词汇，我尚只知“红桃”是一颗心，还不知这符号称“心形”。直至2002年在地球的那一边，我泛舟于千岛湖上，瞻仰了心形岛的雅韵秀色，才猛然记起真正的心形岛就在我的家乡，想起不顾劝阻抱病为中国心形岛拍片的李芳庭。那次冒险的飞行后不久，李芳庭留下尚未来得及编完的《我的家乡岳阳（续集）》乘鹤西去，留下游子对故乡万种情，留下荧屏世界满庭芳……

李芳庭的“芳心”常留心形岛！

为心形岛而跳动的芳心何止千颗万颗？

莫道前路无知己，天下谁人不识“君”？君山，如一位仪态万方亭亭玉立于洞庭碧波之上的仙女，多情地环顾着亚非拉欧美，优雅地回眸唐宋元明清。

山不在高，有仙则名。尽管君山只有 0.96 平方公里，但她正好是中国版图陆地面积的千万分之一。尽管她的绝顶也仅海拔 68.6 米，但因为有舜帝二妃娥皇女英的芳魂萦绕，有黄帝铸鼎、始皇封山、汉武帝射蛟、洞庭龙王招婿、吕洞宾朗吟等仙踪缥缈，她早已蜚声中外名扬古今，在道家七十二福地中，她竟然力挫群雄，将名次排到了十一位。

《二妃哭舜》与《柳毅传书》是东方经典爱情故事，是君山无价的精神财富。《二妃哭舜》尽管家喻户晓，但不到君山，还是不能真切地感受它的凄美动人。二妃墓如一朵永不凋谢的心花，娴静优雅地绽放在斑竹林中。那掠过竹林飒然而过的清风，仿佛是娥皇女英低回的呜咽。屹立在湘妃祠被封为“渊德侯”的二妃塑像，满目忧伤难掩沉鱼落雁美貌，神情凄苦不遮雍容华贵气度，传神写意，栩栩如生，堪称一对精美典雅的东方维纳斯。

西晋张华编撰《博物志》记载：“帝之二女，舜之二妃，曰‘湘夫人’。帝崩。二妃啼，以涕挥竹。竹尽斑。”就是这寥寥 24 字，却穿云裂石地奏出中国经典爱情的千古绝唱。

当代著名作家和史学家唐浩明借曾国藩之口说，“（从斑竹上）联想到一种血性。娥皇女英明知舜帝已死，不可再见，却偏要南下寻找，寻不着，则投水自尽，以身相殉。这是什么血性呢？是知其不可为而为之的血性，是以死报答知遇之恩的血性，是对目标追求至死不渝的血性。”二妃哭舜的故事感动中国数千年，正是缘于我们这个民族对真诚和血性的崇尚。因此，娥皇女英成为历代爱着和被爱着的人们永生的青春偶像，成为万人追捧的东方美神、爱神。美神长驻之岛，爱神芳魂所在，不是情岛是什么？

花团锦簇之中，茂林修竹之间那眼幽深神秘的柳毅井，用优美动人的故事和温馨浪漫的气息，把君山作为情岛的宝座垫得四平八稳，无隙可钻。

君山应感谢唐代文学家李朝威，是他将柳毅传书这个唐朝凤仪年间的故事刻在了君山岛。柳毅落第归来于泾阳偶遇饱受虐待的牧羊龙女，受其托千里传书至君山桔井入洞庭龙宫，使龙女终获解救。龙王有意将龙女许配柳毅，柳婉拒之，回乡后娶张氏，张氏殁后又娶卢氏，洞房花烛夜方知卢氏就是龙女。

柳毅急公好义，图的是救龙女于水火，并无见色起意乘人之危的歹念。然而善有善报，老实人终究不吃亏。送人玫瑰，手留余香。泾川噩梦使龙女擦亮了“龙眼”，树立了正确的婚恋观，注重了人的自身价值，于是对柳毅由恩生爱，一往情深，巧扮民女，终得佳缘。

这个故事充满玫瑰色的浪漫，把大爱之真、情爱之善演绎得瑰丽神奇，多彩多姿。古往今来，多少向往美满婚姻的人们慕名而来，与古人分享爱情甜蜜。甚至有人想入非非，徘徊在柳毅井口追寻龙女芳踪，期待着桃花运的降临。

有人说，君山不就是二妃哭舜和柳毅传书两个爱情故事吗？冠之以情岛似乎资源不足。此言大谬！君山自古称有缘山，有史以来此山就与爱有缘。君山的爱情故事俯拾皆是，且有声有色。君山 72 峰，本身就是爱的产物、情的载体。

72 峰成因至少有三种传说，每种都有情有爱，感天动地。人称君山通的君山本土古建筑专家兼民俗专家李水生，为我递上一杯君山银针，娓娓道来。

相传洪荒年代，洞庭东部水面上一条孽龙兴风作浪，过往船只樯倾楫摧。住在洞庭水府的 72 个青螺仙子眼见各自钟爱的小伙子葬身鱼腹悲痛欲绝，为降服孽龙，拯救苍生，72 青螺仙子一齐脱下赖以生存的螺壳，72 个硕大如山的螺壳一齐化为正义的山峰压住兴妖作怪的孽龙，于是浩渺烟波中出现了群峰镇孽龙之势的奇特地貌——君山。“你看，君山有龙口、龙舌山、龙涎井、乌龙尾，这都是那条孽龙留下来的。”李水生绘声绘色。

72位青螺仙子舍身取爱，既是为风浪吞没的情郎殉情，更是为无数商旅赢得平安。这种超越了儿女之情的大爱惊天地泣鬼神，石头听了也会流泪的。

君山之作为情岛，应无异议了吧？

作为天然珍稀植物王国，君山的无数爱情故事就漫不经心地长在奇花异草里，茶园竹林中。

君山自古是御茶园，君山银针是著名贡茶，曾于1956年莱比锡国际博览会上荣获金奖，这些已是尽人皆知。然而，不少人一定不知道茶与爱情的漫长渊源。君山是茶岛，自然也是情岛。

每到采茶季节，72峰漫山茶香飘远，茶歌撩人。在交通闭塞，通信不发达的年代，恋人们只能用茶歌、渔歌择偶求欢，泼辣野性的茶歌，就是他们原生态的征婚广告。

“家住君山赭树坡，春来爱唱采茶歌，姐妹结伴山头去，一个茶篮背上拖，站在茶山喊情哥……”“茄子开花紫红色，嫁人莫嫁排鼓客，上身臭虫下身蚤，一身气色闻不得”“板栗开花一溜线，去年想你到今年，去年想你犹自可，今年想你莫奈何，抱起枕头喊妹它……”“前河有女艳如花，一路歌声去采茶，妹采茶来郎解渴，不为喝茶为赏花……”这些茶歌或打情骂俏，或投石问路，句句有爱，字字含情。悠悠茶歌声中，多少有情人唱成了眷属。

与茶有关的爱情故事，就像君山茶园的香茶，也是一抓一大把，稍予冲泡，清香四溢。白鹤茶的故事就属此类。

相传古代君山一般实人家之靓女与一青年渔民倾心相爱，常在香炉峰、斑竹林等处幽会。靓女父母百般阻挠，这对有情儿女美梦难圆，竟双双投白鹤井殉情。从此，白鹤井水冲泡的茶，总有一股清雾袅袅飘出，云卷云舒间，人们可见一双白鹤跃然而起，冲天而去。有人写诗赞咏这杯中奇观："入口醇香神着益，杯中白鹤上青天……"

这是又一个梁祝化蝶的佳话，充满了东方式的睿智与凄婉。我将思绪缓缓地沉入白鹤井的深底，将目光静静地抬向茶杯口蒸腾而上的雾中，将心灵紧紧地贴向传书亭那洞穿历史烟云的通透式窗棂，将耳鼓默默地张向斑竹林中若有若无的天籁，我听到了人间大爱的千古绝唱，看到了东方情岛的万般瑰丽。

漫步情岛，柔肠百结。清风掠过情歌浸染的茶园，撩起漫山脉脉含情的柳条，我刚小心翼翼地扒开一枝挡路的斑竹，又一根青藤羞羞答答地牵住了我的衣袖……

唐风宋韵此一湖

看洞庭，光用眼远远不够，当用心！用一颗经唐诗宋词熏染浸润过的心，才能读懂洞庭。触摸波涛，才能借助"李杜"的平平仄仄，范文正公的悲悲喜喜领略大泽的雄奇秀雅博大精深……

范仲淹眼中的洞庭是优美的，更是壮美的。她"上下天光，一碧万顷，沙鸥翔集，锦鳞游泳，岸芷汀兰，郁郁青青……"范公为岳阳楼作文以记之，名曰写楼，实为写湖。楼不过是范公的瞭望台、立足点，也就是阿基米德说的那个"支点"。范公用岳阳楼这个支点，撑起了人间悲喜天下忧乐！如椽巨笔横扫八百里洞庭无边风月，并借湖抒怀，凭洞庭波涛潮涌潮落，纵论天下兴亡云卷云舒，寄托以天下为己任的壮志雄心。

用心来读洞庭湖的，当然还有杜甫，"吴楚东南坼，乾坤日夜浮。"既是眼读，也是心读，用眼来测量洞庭之辽阔，用心来感受云梦之浩茫，尤其是"戎马关山北，凭轩涕泗流"则更是蘸着一腔激情，借岳阳楼下洞庭洪波来浇胸中块垒，抒爱国情怀。

带着“心读”的理念，我与友人登上了军用快艇。据上校介绍，好几位党和国家领导人为大江大湖治理而亲自考察洞庭湖水系，乘坐的就是这艘心忧天下之艇！

武警岳阳船艇码头，得天独厚地坐落在千古名楼北侧。快艇如离弦之箭，射向洞庭湖的波峰浪谷，把湖面犁出一道银白的弧线。就在这快艇劈波斩浪刺向湖心的短暂一刻，我下意识地回望陆地，这才发现此刻才算真正领略了孟浩然的隽永豪放：

八月湖水平，涵虚混太清。
气蒸云梦泽，波撼岳阳城。

只有将视角置于洞庭湖面仰视岳阳古城，才更觉孟诗气势磅礴意境深远。以岳阳楼为标志的这座历史文化名城，雄峙于烟波浩渺的洞庭之东，那砌在东吴水师的浩浩军威之上的古城墙，承受着千年依旧的波涛的拍打和摇撼。那斑斑驳驳直指蓝天的慈氏塔，乍看酷似从湖面猛然拱出的一名披坚执锐的武将，又像一柄刺破青天的长剑。如果说浩瀚洞庭是湖区人民心中的大海，那么慈氏塔就是定海神针。难怪元稹放歌洞庭：

人生除泛海，便到洞庭波。
驾浪沉西日，吞空接曙河。
虞巡竟安在，轩乐讵曾过。
唯有君山下，狂风万古多。

作为内陆湖泊，洞庭不愧为五湖之宗。如此壮阔无限，是要有神针以定日月乾坤的。正是出于如此的担当，慈氏塔才能如此从容淡定地穿透唐宋元明清的重重烟雨，笑傲脚下万顷依旧的滚滚涛声……

透过岳阳楼金色的盔顶，一座古朴而又新潮的城市，在洞庭湖的涛声中蒸蒸日上，昂昂奋起！汴河街的雅韵，瞻岳门的威风，后羿斩蛇的豪气，与一幢幢拔地而起的现代摩天大厦激情对话，相映生辉。古老的地域文化与崭新的时代气息水乳交融，一如这跃入波峰浪谷中的舰艇，集民族风格与现代科技于一体，让我既沉浸在孟诗范记的壮阔意境里，又分明感受到了这座古城强劲心律的搏动！

湖光秋月两相和，潭面无风镜未磨，
遥望洞庭山水翠，白银盘里一青螺。

当我猛地回头西望，快艇已从孟浩然天地驶进刘禹锡水域——君山近了！

但见万顷碧波之上，岸芷汀兰之外，状若青螺的宝岛君山渐行渐近，那飞檐高耸的朗吟亭似乎在热情地招手，亭外绿树上展翅飞翔的白色水鸟也依稀可辨。水鸟们为什么飞而不走？也许它们正在倾听亭内吕仙把盏朗吟他的代表作：

朝游北越暮苍梧，袖里青蛇胆气粗，
三醉岳阳人不识，朗吟飞过洞庭湖。

对了，这是香炉山，君山东南面的酷似一尊香炉的岛外之岛，山外之山。香炉的底座与君山一脉相连，但眼下的丰水季节小岛与大岛隔水相望。香炉山之对于君山，恰似台湾岛之对于大陆，而且都处于母体的东南方，都是那么同根同脉，连体连心！

艇行山前，满目青翠。芦苇举起尖尖密密的茎叶，如北宋末年钟相杨幺设下的伏兵，警惕地保卫着君山的秀丽与神秘。

还没来得及窥探龙口的苍莽和柳毅井的幽深，快艇已顶着宝岛边缘的林盖，载着满身碧绿掉头南行。艇已向君山道别，但我心里弥漫的还是李白的吟哦：

帝子潇湘去不还，空馀秋草洞庭间。

淡扫明湖开玉镜，丹青画出是君山。

汽艇穿行于楼岛之间，载着我们“朗吟飞过洞庭湖”。又一位宋代诗人和书法家挥洒在楼岛之间的浪漫与豪兴，盖过了汽笛的欢鸣：

投荒万死鬓毛斑，生入瞿塘滟滪关。

未到江南先一笑，岳阳楼上对君山。

出峡过滩，豁然开朗！是浩渺洞庭的壮美雄奇，使称雄书坛的黄庭坚笔下生花，获得了诗人桂冠！

与君山遥遥相望的，是一艘屹立于波峰浪谷中的不沉之舟——艑山。这是一艘无需任何能源的“航母”。千里长风就是它的汽油，万顷激浪就是它的给养。这是一座与君山风格迥异的孤岛，47 亩从地壳深处拱出水面的面积呈狭长形，怪石组成一道天然屏障，任凭湘江故道激流的抽打冲刷。如果主峰海拔 68.6 米的君山呈现的是秀丽隽永、温婉多情的阴柔之美，那么海拔 44 米的艑山挥洒的是奇崛俊朗，坚韧不拔的阳刚之壮！

山上的哑女塔已无处可觅，只能到范致明的《岳阳风土记》的线装黄页中去寻找了，即使找着哑女也无法沟通，还是掉转艇舵去三江口吧！

汽艇再次从岳阳楼下一闪而过，李商隐的《岳阳楼》如艇身刮出的浪花，绽放在水天之间：

欲为平生一散愁，洞庭湖上岳阳楼。

可怜万里堪乘兴，枉是蛟龙解覆舟。

载着一湖唐风宋韵，汽艇穿过势若飞虹的洞庭湖大桥，乘风破浪直扑长江洞庭交汇的江湖奇观三江口。回首西南蓝天碧水，耳畔不禁想起浪漫诗仙那穿透时空的吟唱：

洞庭西望楚江分，水尽南天不见云。
日落长沙秋色远，不知何处吊湘君。

义薄云天华容道

华者花也，容者貌也。华容，花容月貌之谓也。

是的！我的故乡之美名令人倾倒，诱人神往。然而，华容二字的内涵远不止沉鱼落雁、闭月羞花，自然美之美学价值远不如社会美！华容还是千秋大义的代名词，知恩图报的说明书，仁义友善的形象大使，礼仪文化的鲜艳旗帜。

这一切都源于1800多年前那场赤壁之战。是那阵浩荡东风吹灭了曹操八十三万人马的虎狼之气，是那场炽烈大火焚毁了曹军誓破孙刘联盟的万丈雄心。后人有诗曰：“魏吴争斗决雌雄，赤壁楼船一扫空。烈火初张照云海，周郎曾此破曹公。”

三江水战，赤壁鏖兵，改写了三国的政治军事格局，给了华容县千载难逢的历史机遇。

按说华容乃八百里洞庭之腹地，遐迩闻名的水乡泽国。县域版图上黑色土壤原本就是汪洋洞庭之湖床，沧桑历变而成冲积平原，因此地肥水美，插根筷子也发芽，插根柳枝便成荫。然而就是这一马平川之上，洞庭碧波之畔，在燕山运动时横空出世拱出个四十五里桃花山。它既不属于罗霄山脉北段余脉，又与鄂西群山之脉毫不搭界。雄峙于长江之南，洞庭之北，重峦叠嶂，气宇轩昂。她以近四千公顷的苍翠近四百米海拔之高，张扬着红色革命根据地的光荣和绿色省级森林公园的幽雅。顾名思义这里的确是桃花盛开的地方。阳春三月，莺飞草长。那一夜之间如赤壁之火点燃的桃花，漫山遍野熊熊燃烧，洋洋洒洒四十五里，热热闹闹蔚为大观！

汽车诗意地穿过洞庭湖大桥的如虹气势和君山的大野芳菲，转眼进入华容的版图。从松木桥三角坪将方向盘顺时针方向优雅而潇洒地一扭，车轮和心境就泡在了桃花山花海花浪之中了。这一扭，如时光倒流时空穿越，扭进了我金色的少年时代，穿入了墨山小学春游的欢畅。记得桃花山所属墨山半腰那棵人称白果树的千年银杏拔地参天，举起遮天蔽日的金枝玉叶，展示着植物活化石的伟岸与婀娜。当地老人泣不成声地诉说当年日寇曾在树下惨无人道地将我同胞活活剥皮，苍老树干上血迹斑斑！老人声泪俱下的控诉与古木迎风的呼啸，至今还在我脑际呜咽轰鸣挥之不去。

墨山白果树不知始于何年杳然消失，但它的雄姿永远屹立在我的记忆中。而另一棵拔地参天的白果树，顽强地挺立在桃花山深谷之中，向人们娓娓讲述大湖的旷远和大山的沧桑。

这不是简单的一棵银杏树。抬头放眼树冠，这是一片偌大的树林，葱葱而又浩浩；低头静观树干，这是一堵古墙，斑斑而又阔阔。那时有时无的树皮，像是秦砖上留下的弹孔。那十人合抱的树干下端，是半裸于土石之上的盘根错节，是这些硕大无朋的根和无孔不入的须，深情地扎入这一大片富有灵性、富于母爱的沃土，忠实地为植物化石提供生命之源。

这棵千年银杏比墨山千年银杏幸运得多，它见证过石公华抗日根据地的血火，它为新四军伤病员的康复洒过绿荫。它的身旁曾经是新四军第五师石公华支队的战地医院，它的树枝上晒过伤员的绷带，挂过根据地红色战旗，它的枝干雄健地撑起抗战必胜的红色信念。

如果从地形地势上揣测分析，这株植于西晋的“中华银杏王”还应见证过那场改写三国历史的动人一幕。尽管它离那支惊魂未定仓皇逃窜的败军还有数里距离，但它如踮起脚尖应看得见那面无精打采的绣有“曹”字的军旗，它张大耳朵应听得见那疲惫不堪的蹄声。

是的，这蹄声从离此不远的华容古道上传来。华容道，也因此而名播古今。尽管后来有人试图强拽着这条古道扯进别的什么地方，但无数典籍和无情数据都雄辩地证实华容道当然在华容县，顾名思义，毫无疑义！华容道就在华容县，就好比天津卫就在天津市，上海滩就在上海市一样明确而简单！

让我们把历史的磁带倒回 1800 多年前那个著名的战例。距岳阳不过百来公里的赤壁，还在大火中战栗抽搐，曹操率张辽诸将仓皇西逃。一路遭遇孔明设伏，先是吕蒙阻击，继而赵云横路，张飞堵截，可谓荆天棘地，险象环生，而曹军竟一次次鬼使神差地化险为夷，都可谓上苍有眼，天不灭曹！

曹操惊魂未定，依然老谋深算。这一次他运用统筹法、优选法和大数据分析研判科学决策，逆向思维地选定了小路华容道。

罗贯中如是描述：

> 诸将曰：“峰烟起处，必有军马，何故反走这条路？”操曰：“岂不闻兵书有云：‘虚则实之，实则虚之’，诸葛亮多谋，故使人于山僻烧烟，使我军不敢从这条山路走，他却伏兵于大路等着。吾料已定，偏不叫中他计！”诸将皆曰：“丞相妙算，人不可及。”

“宁可我负天下人，不可天下人负我”的一代奸雄，就这样率人困马乏的战败之师，沿着这嶙峋怪石之中的崎岖山道，步履维艰地走进关云长的伏击圈。

四十五里桃花山，成了令曹操提心吊胆的“逃滑山”！怪石奇峰一齐朝他咧嘴张牙，飞瀑流泉向他发出刺耳讪笑。主峰雷打岩上的参天古树伸出老长的虬枝，在曹操眼中简直就是张翼德那勾魂的丈八蛇矛，使他多看一眼都毛骨悚然！

曹操的马蹄终于踏上了峡谷间的青石板。为了整肃军纪，重振虎威，他命将士就地砍伐林木，铺于泥泞坎坷之上。他惧怕后军来赶，命张辽、许褚、徐晃引百骑执刀在手，但凡迟慢者便斩之。此时军已饿乏，众皆倒地，曹操残忍地喝令人马践踏而行，死者不可胜数。真可谓慈不掌兵，无毒不丈夫也！

几经折腾，曹军仅剩三百余骑，八十三万人马已经成为“神马”，而神马已快化为浮云。这历尽劫难的幸存者将是曹操东山再起的火种。他一心走出峡谷直奔荆州，重整旗鼓再图霸业。

疲惫而沮丧的马蹄在峡谷里艰难地跋涉，终于出现了豁口的亮光。这里的山谷越来越狭窄，最窄处只能容一匹马或一架战车通行。路两边石壁如刀削斧劈。脚下石板坑洼不平。间或从头顶树林中窜出一两只飞鹰，如黑色闪电掠过败军之帅的视野，令张辽、许褚诸将也不免毛发倒竖，只有曹操仍然镇静自若。当马队走进这华容古道正中地带，曹操突然扬鞭策马仰天大笑，深山峡谷荡起曹操大笑的回声，惊起一群群林中飞鸟。

诸将大惑不解：“丞相何又大笑？”

这个“又”字颇有文章，因为败走赤壁以来，曹操每过险境总是先笑一通。笑诸葛亮徒有虚名，“此处如果设伏，吾命休矣！”总是话音刚落，伏兵从天而降……

这是最后一次扬鞭大笑了。操曰：“人皆言周瑜、诸葛亮足智多谋，以吾观之，到底是无能之辈。若是此处设一旅之师，吾等皆束手就缚矣。”

话音未落，一声炮响。青龙偃月刀在峡谷中发出一道寒光，关云长率五百校尉策马而来，那匹由曹操缴获吕布的坐骑继而转赠给关云长的赤兔马，今日更具龙马精神威风八面。曹军见了，亡魂丧胆。

老谋深算的曹操先是绝望地一惊，随即调适好几分紊乱的心态准备迎战关羽。此刻程昱马前进言：“某素知云长恩怨分明，信义素著。丞相旧日有恩于彼，今只亲自告之，可脱此难。”

一句提醒梦中人。曹操从其说，即纵马向前，低下尊贵的头深施一礼：“将军别来无恙？”

关云长的心理防线先受一挫：“关某奉军师将令，等候丞相多时。”关云长答非所问，语气中性。

接着，曹操屈尊恳求借路，拿出来说事的是“昔日之情。”

“昔日”，指关云长在约法三章之前提下勉从虎穴暂栖身之时。曹操为收卖关云长之心，施以“上马金，下马银”之小恩小惠，“备绫锦及金银器皿相送”。“小宴三日，大宴五日”，并封之以汉寿亭候。曹操岂知云长身在曹营心在汉，最后还是溜之大吉，直奔刘皇叔麾下。

曹操此刻旧话重提，以“情”动人，关云长却让他碰了个软钉子：“背日关某虽蒙丞相厚恩，然已斩颜良，诛文丑，解白马之围，已奉报矣。今日之事，岂敢以私废公？”

当年恩惠，已由战功抵销，你还有什么话说？

曹操见一计不成，再度攻心，提起五关斩将之事，并强调“大丈夫以信义为重”，猛烈摧毁关云长的心理防线。

正如罗贯中先生所述，云长是个义重如山之人，想起曹操当年许多恩义，与后来五关斩将之事，为何不动心？又见曹军惶惶，皆欲垂泪，益发心中不忍。

曹操不费一兵一卒，靠一个“义”字推开了那柄无坚不摧的青龙偃月刀。

此刻的关云长深知放曹之后果，如果他不是将个人安危置之度外，如果他不是将信义看得高于一切，重于生命，他不会勒转马头，命众军“四散摆开！”

于是，就在这幽幽密林中的华容古道上，就在这关公横刀口前，曹操倒马崖下，奏响了一曲气贯长虹义薄云天的信义之歌。

千秋功罪，谁人曾与评说？

华容古道所承载的是中华民族传统文化中不可或缺的信义文化，而不必也不可能担当起当代的时代先锋所应担当的一切道义与使命。捉放曹的功过是非并不十分重要，因为黯淡了刀光剑影，远去了鼓角争鸣，华容古道上的蹄声早已消失，但关云长树起的那面由信义和良知编织的仁义大旗，如一团不熄的火焰，点亮人性恒久的温暖。

我坚信仁义的火焰以其巨大的能量终将融冰为水，铸剑为犁！

碧野在这里植过树

生在水乡长在泽国，熟悉摇船划桨，就像牧民熟悉策马驰骋；熟悉荷塘挖藕，就像战士熟悉沙场征战；熟悉渔舟唱晚，就像边民熟悉落日孤烟；熟悉荷花盛放，就像藏胞熟悉冰山雪莲。

老实说，对于今天的目的地——湖北仙桃“梦里水乡”这个并不陌生的称谓，我是怀有莫名的抵触情绪的，我自认为我的家乡那才是梦里水乡的典范和标本！我生活过的那个乡镇就东有东湖、西有西湖，30 年前《人民日报》上的巨幅照片《天下第一网》，硕大无朋的渔网拉起的是华容东湖人称雄天下的豪气。西湖上九十九个汊，汊汊都是荷叶田田、柳絮飘飘、蛙鸣阵阵、燕呢声声。油榨岭大坝挡着的是我深沉的记忆，花篮窖闸门晾着的是我梦幻般的乡愁。

带着这些不服，我走进了这片江汉平原上的原生态。这里呈现的文旅创意的独特业态，竟然横蛮地颠覆着我顽固的心态，霸道地改变着我精神的状态。

这种颠覆是痛苦的！一种难以名状的煎熬！这荷塘、这水杉、这绿岛、这栈道、这凉亭、这水榭、这渔网、这扁舟、这青青芦苇、这翩翩水鸟、这悠悠水车、这长长木桥……哪一样我们家乡没有？哪一类不是司空见惯？为什么这些到了你们这里，就像玩魔术一样被诗意地排列组合，国画般地谋篇布局，书法般地传神写意，梦境般地扑朔迷离？

沿着荷塘村方砖或青瓦铺就的街巷，仿佛走进千年沔阳的记忆深处。并不高大巍峨的骑马墙上，仿佛挂着“湖北沔阳洲，十年九不收，收一年，狗子不吃糯米粥”的声声酸楚。那状如小丘，浑浑黝黑的“天下第一蒸”，似乎在刻意显摆这里稻香鱼肥的富庶。醉翁之意不在“蒸”，不蒸包子蒸（争）口气。本人对这种以体量规模之极端赚取“吉尼斯纪录”之举从来不以为然，然而转念一想，江汉平原的粉蒸肉不是遐迩闻名吗？这硕大无比的篾蒸倒也放大了地域独特的饮食文化，那吊车吊起大盖之时，冲天洋溢的除了弥天而起的香气和蒸汽，还有沔阳人文化自信的底气和硬气！

画舫倒是平淡无奇，但是置身画舫上看到的风景却别有洞天。这哪是在乘舟观景，分明是在彩色宽银幕上郎朗放歌，是在水墨丹青里翩翩起舞。这不，那一只鸬鹚带着炫技的嫌疑夸张地扑棱双翅高调入水，须臾便以奥运游泳冠军的姿态跃出碧波，尖硬的喙叼着一条正在挣扎着的刁子鱼，纵身一跃飞向渔翁伸过来的竹篙上，身手矫健，轻功了得！这是一幅几近从我记忆的拷贝上消失的鱼趣图。是渔翁那根被那只鸬鹚和那条刁子鱼压成半弧的竹篙，把我拉入了湿漉漉水淋淋的梦境。

“哎哟喂——”一阵富于天沔花鼓韵味的歌声，贴着潾潾清波传来。循声望去，一座葱茏碧绿的小岛上，筑有一个楠竹构建的凉亭，亭中一位红衣天使正在手托腮帮朝我们歌唱。调皮的湖风将她的乐句撕成了碎片，但这并不影响我们之间的心灵感应。

十二座绿岛依次接受画舫的检阅，十二名仙女将婀娜倩影倒映湖中，生成一湖春色、双层梦幻、百种联想、千般遐思、遍野惊艳、满耳浩叹！

舍舟登陆，腿已上岸，心还浸在湖里，意念还挂在渔翁的竹篙上。

脚下的水上栈道，呈梯形铺向正前方，栈道两边是遮天蔽日的水中森林。这是一种名叫池杉的落叶乔木。这种来自美国南部的植物，高耸半空，脚踏“湿”地，树冠如伞，枝干笔直，它们有如向前看齐的仪仗部队，身材颀长，脊梁挺拔，玉树临风，气宇轩昂，忠心耿耿地护佑着天赐的一湖碧水，信誓旦旦地维持着游子的一帘幽梦万缕乡愁。

透过伸向地平线的林带深处，我的思绪之舟划向上世纪七十年代的喧嚣与宁静。当一些人挤在城市高举拳头狂呼口号时，另一些人却坚守在这片称之为“五七干校”的水上林场，种下绿色的希望，播下梦想的种子。据村民回忆，植树队伍中有一支来自武汉的作家队伍，领队的是著名作家碧野。这位经历过晋察冀抗日战火硝烟洗礼的文艺战士，用汗水书写时对春天的憧憬，用自己的笔名（其真名为黄潮洋）诠释对绿色生态的渴望。当年我阅读碧野的《情满青山》，每每为作者寄情高山林海，尽展侠骨柔肠而激动不已，今天这耸立在万顷碧水中的参天杉林，何尝不是“碧野们”饱蘸心血写在这里的绿色诗行《情满水乡》？

夜宿野奢度假营地，集装箱式的独栋居室里，是现代科技武装起来的居住空间。林间的鸟在不甘寂寞地鸣叫，小河的水在不事张扬地流淌，荷塘里的荷花争先恐后地向路人暗送秋波，小镇上三三两两的吃货在七七八八的湖鲜之间大快朵颐。我钻入属于我的那口集装箱，让疲惫和烦闷在鸟语虫鸣声中消解释放，乡恋和乡愁随着庞大浑圆的筒车浸润和晾晒，躯体和灵魂却再度登上画舫，在欸乃声中缓缓驶入梦里水乡……

第九章 绿色壮歌

三湘四水的桥头堡

滔滔长江挟着通天河的狂野、虎跳峡的剽悍、夔门的桀骜不驯和荆江的九曲回肠，以刚柔相济的气韵和高贵庄重的风度，浩浩荡荡挥师城陵矶三江口，与浩浩汤汤向北挺进的洞庭湖水激情会师。两支雄师来不及握手言欢，就应着海洋的召唤昂首东去，用千堆雪和万重波的汪洋恣肆，把“星垂平野阔，月涌大江流”的雄浑诗意挥洒在楚地吴天。

三江口，实际上就是万里长江和八百里洞庭的交汇之处，本应是丁字形，也许是因为长江浩荡，洞庭浩渺，二龙相撞，河床震颤，于是形成丫字，遂名“三江口”。抑或是这城陵矶以钢浇铁铸金刚之身横蛮挡道，方才逼“丁”为“丫”。与南京燕子矶、马鞍山采石矶并称长江三大名矶的城陵矶兀立江心，气势不凡。矶头之侧，有一石筑之台名擂鼓台，相传春秋时期楚庄王在此擂鼓督战大败叛军，激越高昂的鼙鼓声至今仍与长江涛声同频共振。

“马壕里（岳阳市城区一地名）连着马德里，城陵矶连着洛杉矶”，此话并非笑谈。自古以来，岳阳就是茶马古道、万里茶道和海上丝绸之路的重要节点，节点成就了岳阳在湖南经济社会发展中的杠杆地位，而城陵矶就是这台杠杆撬起希望与未来的坚实支点。宋代曾在此开埠，明代设有巡检司，晚清光绪皇帝御批设立“洋关”，现在一栋“洋关”作为全国重点文物保护单位，仍在无声地讲述岳阳依托长江对外开放的故事。作为国务院公布的第一批沿江开放城市，岳阳一直在享受母亲河的特别眷顾。

城陵矶是三湘四水通江达海的桥头堡，这句响亮的口号并不使港区人感到满意。岂止是三湖四水，长江流域腹地广阔，而像城陵矶港这样的深水良港，属凤毛麟角。长江的航运优势之一就是它具有广阔的内陆腹地，而岳阳除了湖南三湘四水均汇于此之外，还可向云、贵、川、渝辐射，两千多年前开凿的灵渠还将广东广西部分地区的航运引渡湘江汇入长江。水运是最经济的运输方式，也是永远也不会被时光淘汰的运输方式，即使是高铁纵横航空发达的当今，水运仍然是不少企业的首选。

三江口的壮观还源于三座飞架在东洞庭湖万顷碧波之上的大桥。早在20世纪末，岳阳人民就实现了洞庭飞虹的梦想。走遍天下路，难过岳阳渡的尴尬被丢进大湖流向大江大海。近6000米的长度，双向四车道的宽度，提升了岳阳发展的速度和岳阳人民幸福指数的高度。

“气蒸云梦泽，波撼岳阳城。”孟浩然虽然终身怀才不遇，但岳阳人民世世代代都仰视他的才华和气魄。然而最能体现孟氏豪气的景观，莫过于位于长江洞庭交汇处之南的三桥飞渡。

杭（州）瑞（丽）高速必经岳阳，杭瑞洞庭大桥横空出世。2018年通车运营。内蒙古浩勒报吉通往江西吉安的国铁Ⅰ级电气化铁路，岳阳又是必经之地，一座浩吉铁路洞庭湖特大桥再次飞越洞庭天堑。

五里三大桥，三桥镇三江。加上横跨长江的荆（州）岳（阳）长江大桥，岳阳组成了大江、大湖、大港、大桥同框展示的天下大观，水上奇观。

这些凌空飞越的钢铁巨龙气势恢宏、造型精美，尤其是三桥居中的杭瑞高速洞庭湖大桥，桥长2390米，主跨1480米，建造时是世界第七、国内第三跨径桥梁，也是世界第二、国内第一大跨径钢桁梁悬索桥，其跨度比闻名遐迩的湘西矮寨大桥还长304米。分别高达203米和206米的东西双塔拔地而起，两根硕大无朋的大红悬索优雅而坚定地斜横空中。塔顶设计为岳阳楼式的将军盔顶之写意线条，而挺拔塔身却横向托起一排垂直向天的铁白钢索，如耸立在大泽之上的排箫之管。而横亘于两塔之间的悬索和高悬于水云之间的桥面，则是悠长而典雅的琴弦，同济大学、湖南大学、湖南省建筑设计院组成的精英团队，为大桥造型起了个极富诗情画意的雅称——“潇湘琴韵”。

“挥毫当得江山助，不到潇湘岂有诗?”

这是中国桥梁工程技术工程人员和建桥英雄们，以洞庭为舞台，以长江为天幕，以中国创造为主题，以湘音楚韵为基调，写在大江大湖上的东方神曲、当代楚辞!

还有这京港澳、随岳、大广、长岳等纵横成网的高速公路，直达京广连通全国各地的高速铁路，京广、浩吉等铁路，岳阳三荷机场的强大的空乘空运优势，与长江黄金水道、洞庭湖所连接的湘资沅澧及众多的长江支流，构成了岳阳水陆空铁立体交通国内外双循环网络，岳阳成为中国中部物流中心。

作为三湘四水乃至云贵川桂广大腹地通江达海的桥头堡，岳阳的地势就是优势，水源就是资源。岳阳的核心资源、竞争优势和发展潜力都在港口。志在千里的岳阳人不能拒绝太平洋的邀请，也不能麻木不仁地无视大西洋的频频“放电”、印度洋的婉转秋波。

长江航运武汉至城陵矶段常年维护水深达 4 米，8000 吨以上集装箱船、万吨以上散货船常年停靠城陵矶港。远大集团的数千套拼装式楼舍，就是从城陵矶启航，跨过南太平洋抵达阿根廷的。岳阳自古是海上丝绸之路重要节点，马六甲海峡出水的大量岳州窑提梁壶，雄辩地证明城陵矶港辉煌的前世今生。岳阳还是中国黄茶之乡，相传舜帝南巡驾崩苍梧之野，他的爱妃娥皇女英千里迢迢追逐至洞庭湖，惊闻噩耗痛不欲生，悲怆的血泪溅在君山岛青竹上，青竹从此斑痕累累，毛泽东的《七律·答友人》中“斑竹一枝千滴泪”就是据此而抒情的佳句。晋代张华

《博物志·史补》载："尧之二女，舜之二妃，曰湘夫人。舜崩，二妃啼，以涕挥竹，竹尽斑。"张华用惜墨如金的语言，讲述了一个惊天地泣鬼神的大爱故事。

据传说，二妃挥涕斑竹之后，双双投洞庭湖为舜帝殉情，引来百鸟来仪，湘灵鼓瑟。其实，据本人田野调查一线采访，娥皇女英或在悲壮一跃之前，或在惊闻噩耗之前，在君山岛一带至少还办过两件布泽后世的农桑之事，一是在采桑湖采桑叶并向当地人传授养蚕技术，从此这里就有了采桑湖的美名。如果此说成立，那么岳阳的丝绸业发端已有数千年。二是在君山岛撒播茶籽，从此以君山银针为代表的岳阳黄茶绿满湘北，香飘天涯。唐代贞观十五年文成公主入藏，其随身携带嫁妆就有产于岳阳南湖的灉湖含膏。岳阳黄茶在雪域高原发出的扑鼻芬芳，是文成公主人格之花的美丽绽放。茶马古道的马铃驼铃至今还在中国历史文化名镇聂市镇的麻石街巷回响，凝洞庭长江之精华而精心制作的老君眉，熏染了曹雪芹的精神世界。

古丝绸之路是汉唐时期从中华大地延展到世界各国的贸易之路、文化之路，对外输送的中国产品主要是丝绸、陶瓷和茶叶，而这三大产品岳阳均有生产，而且历史悠久，影响巨大。

港，三点水与巷的组合，临水的街巷是也。

岳阳因水而生，因水而兴。上善若水，水润万物。水是岳阳城喷涌的财富，水是岳阳人澎湃的激情。长江经济带、洞庭湖生态经济区、长江中游城市群等数项国家重大战略在岳阳形成叠加效应。如何运用城陵矶这个支点，撬起江湖之城的希望与未来？

城陵矶新港区应运而生。110 平方公里的规划控制面积，69 平方公里的规划建设面积，秉承港、产、城一体化理念，承载起在通过建设大港口、促进大物流，带动纵深腹地大发展的使命，以长江经济带建设主阵地的姿态，排兵布阵，决胜千里。港区内建有国际集装箱码头、综合保税区、通关服务中心、港务集团中心控制室、军民融合产业园、际华三五一七橡胶制品有限公司、巴陵油脂、高澜节能、临港国际汽车城、九鼎产业服务园、保障性住房建设工程，白杨湖总部经济服务区……

作为长江八大良港之一城陵矶，是中国最大内陆港，长江中游水陆联运、干支流联系的大型枢纽，国家一类口岸。2021 年，城陵矶口岸开行至外高桥、洋山、东盟、澳大利亚、日本、韩国等地航线 1338 班次，完成集装箱吞吐量 60.0636 万标箱。

一场突如其来的新冠疫情，使繁忙充实的城陵矶港口猝不及防，络绎不绝的车队一夜之间不再络绎不绝，衔尾相随的货轮一时仙踪难觅，平日辛勤忙碌的龙门吊车也没了昔日生龙活虎的昂扬与踔厉，只有一江碧水仍然汹涌澎湃不舍昼夜浩荡东去。

伫立在长江南岸擂鼓台边的李岳东从长江的澎湃和激奋中感受到了勇气和力量。江水滚滚滔滔奔向东海，靠的是目标的召唤，同伴的推动，更难能可贵的是争先恐后、不甘沉沦、一往无前的进取精神。

带一叠口罩，一叠合同，待疫情稍稍缓解，李岳东便以城陵矶新港区党工委委员、管委会副主任的身份率队出发了。尽管手机上呈现的是绿码，但他们的行程并非一路绿灯。在长沙，他们不怕热脸挨冷脸。在一家知名企业，人家不泡茶，李岳东拧开自带的矿泉水瓶盖解渴。

怎么会不渴呢？人家说你们城陵矶对岸就是湖北，武汉入湘第一市就是你们岳阳，武汉是抗疫的主战场，那你们岳阳不就是副主战场吗？李岳东牛饮般吞下半瓶矿泉水，积极地运动三寸不烂之舌："你说的是前年的事，即使是前年我们岳阳严防死守，疫区的蚊子都不让飞过长江，今年武汉早已不是风险区，英雄智慧的武汉人和岳阳人，积累了丰富的抗疫经验，成为疫情风险最小的地区。再说我们城陵矶大江边江风呼啸，什么病毒也不敢拢身。你们的产品老是积压也不是长远之计，我们给你开辟绿色通道快运快装，你们有任何要求我们都一对一地在第一时间解决。我包里绿色通道的合同不多了，刚才还有朋友在催我送合同呢。快签字吧，更高更快更强，唯有选择长江！”

在衡阳、在常德，李岳东凭一瓶矿泉水，激活了企业家一度因疫情蔓延而一度停滞了的滚滚心潮，久违了的集装箱又源源不断运到城陵矶港口，长江岳阳段再现蓬勃生机与活力。

隔山唱歌山答应，隔水唱歌水回音。借动湘资沅澧的跨省延伸，城陵矶港区将广西南宁的碳酸钙引入自己的龙门吊车，还成为贵州矿业依靠长江运往多地的快速通道。

2021 年 9 月 1 日，作为国家长江干线铁水联运的 12 个重点项目之一，城陵矶松阳湖铁路专用线正式营运。从此，随着一声气贯长虹的汽笛和车轮行进的声音，岳阳铁水联运最后一公里被打通，京广铁路和万里长江不再是隔空相望而是热烈拥抱，金色十字架从此的一横一竖互为延展，同频共振。预计年到达运量为 114 万吨，年发送运量为 206 万吨。水铁联运除了货运大幅增加，物流成本大幅降低外，还可有效地减少碳排放，让城陵矶港成为真正的长江上的绿色通道。

城陵矶，是浩浩长江为你输送了不竭的能量，让你穿过历史烟云，笑看世道沧桑，托起岳阳人、湖南人乃至更广阔地域的人们的蔚蓝色梦想，将写有“中国制造”的各类集装箱，运往太平洋、大西洋、印度洋！

追光之谷

武汉光谷，一片流光溢彩的科技洼地。它从一根自主研发和生产光纤启航，发展成全国光电子产品产业航母，仅光纤光缆就占据了全世界四分之一的份额。

武昌似乎注定与光有缘，且不说历代帝王将相纷至沓来，金戈铁马旌旗鼓角之犖犖大观，也不听崔颢题诗、李白却步，黄鹤踪杳白云依旧之悠悠余响，仅是这座英雄城的城头辛亥一声枪响，就足以证明中国封建制的漫漫长夜就是从这里撕破，继而迎来民主共和的曙光的。1926 年 10 月，叶挺将军率领的北伐铁军再次用炮火和热血驱去黑暗，迎接光明，由陈毅作词的新四军军歌开头两句就是："光荣北伐武昌城下，血染着我们的姓名。"那慷慨豪迈的气派与激越铿锵的节奏，将英雄部队和英雄城市的英雄气概，挥洒在中华大地。

这里还是一片文化教育的圣地，珞珈山苍翠了武汉大学的不老青春，东湖碧波滋润了莘莘学子丰厚的涵养。华中科技大学、武汉职业技术学院、武汉软件工程职业学院等多所高等院校的百万在校大学生，在这片湖泊星罗棋布、科研院所林立的风水宝地学习成长。多名诺奖获得者，70 多名两院院士、25 万各类专业技术人员在这里呕心沥血地攻关夺隘，年获科技成果达 1500 多项，武汉科教综合实力位于全国前列。

走进中国光谷，我被光谷广场上的雕塑群所洋溢的艺术气息和科学精神所倾倒。作为武汉的新技术中心，光谷广场理所当然地成为这座蜚声中外的科技城的露天客厅，而客厅的陈设除了绿树繁花、石凳木椅，还有一组以科学和知识为主题，展现与这个九省通衢的科技大省有渊源和交集的古今著名科学家的雕像，其中有毕昇、李时珍、李四光、王竹溪、戴芳澜、涂长望、王承书、池际尚、陶述曾、赵学田、李绪鄂、王家楫、伍献文、李国平、夏坚白、钱保功、方俊等。作为活字印刷核心技术发明者，毕昇在一片斑驳而清晰的字模中永生。而具有湖北蕲春户籍的李时珍则不辞劳苦地踏遍青山。王家楫呢，正在全神贯注地观察显微镜下的切片，脸上的肌肉紧绷着，如炬的目光传递着温暖。

零距离地仰视这些彪炳史册的科学家，通过他们极具感染力的动作、姿势，我仿佛感受到了他们的呼吸甚至脉动，粗粝的花岗岩和浑厚的青铜，铸就了这群中华民族精英的人格之不朽，刻出了光谷城厚重的学术精神和多彩的艺术气息。

我曾经在美国的西海岸，浮光掠影式地扫视过硅谷的天际线。我也曾不止一次到北京中关村一日游，这里被人称为“中国硅谷”，我对此说持有异议，我们的中关村作为全中国第一个国家高新技术产业开发区、第一个国家自主创新示范区、第一个国家级人才特区，实力雄厚，成果众多，当代“四大发明”——联想汉卡、四通打字机、五笔字型输入法、方正汉字系统，引领了中国计算机产业的第一波技术浪潮，为中国信息产业带来革命性变化，让横平竖直、方方正正的汉字直接输入电脑，打破了西方国家某些信息产业权威所鼓吹的“汉字必须通过英文字母方能输入电脑继而搭上信息化快车”的预言。中关村是地球村中的一个强势崛起的富裕村，为什么要比照大洋彼岸那个“谷”而叫什么“中国硅谷”？为什么不能将硅谷叫作“美国中关村”？

光谷也是如此，它是地球村最大的光通信研发生产基地，最大的高中端中小尺寸显示面板产业聚集地，全国重要的存储器研发生产基地，生物产业聚集地。说光谷具有世界先进水平的产业格局，没有半点夸张和溢美。

光谷是希望之谷，光明之谷，它的光源，来自灿若星辰的科技群星，而这一颗颗闪烁在浩瀚夜空的明星的光源，来自一颗颗为振兴中华奋力追梦的耿耿忠心和勃勃雄心。

冯裕才就是其中的一颗星，一颗用忠心和雄心燃烧自己照亮别人的星。

冯裕才记得，他是怀揣着势血走进华中科技大学助教岗位的。32 岁的年轻助教意气风发地抡起黑板刷为教授刷新教学内容，也开始思考刷新中国数据科学的宏愿。

血气方刚的助教忘不了那屈辱的一幕：武汉钢铁集团于 1978 年用 50 亿巨资引进日本一套设备，欲建设“一米七”热轧钢材自动化生产线，设备生产者当然要派出工程师团队指导安装，这其是中是否有曾在1938年武汉会战中参战者的后代，我方不大清楚。而我方清楚的是，这群吃过武昌鱼打着饱嗝的日本人虚应故事完成任务回国时，竟然当着我方人员的面，将三卡车技术资料付之一炬。

这是当年强盗行径的返祖，这是赚足人民币后过河拆桥的劣行，这是对我泱泱中华科技欠发达现实的嘲讽，更是对我国科技工作者的疯狂叫板！

就在这令人发指的现场，一名年轻的科技工作者差点咬断牙根，气断肝肠，他就是冯裕才。他暗下决心，一定要研发一套中国人自己的数据库管理系统，而且这套系统的先进性至少要超越日本！

当他在贷款5000元的表格上签字时，钢笔尖虽然有些发抖，当写到自己名字最后那个字时，笔尖回归稳健。也许他想起了李白的诗句："天生我材必有用"，这个材"材"和"冯裕才"的"才"同音同义，区区5000元算什么，不是"千金散尽还复来"吗？

十年磨一剑，磨砺的是青春和人生！1988年，冯裕才研发的"数据库管理系统CRDS"终获成功，填补上我国享有自主知识产权的数据库管理系统的空白。

武汉达梦数据库有限公司的招牌，沐浴着新世纪的阳光，挂进了光谷。

有一种理念，叫作"站在巨人肩膀上"，当然，这也是科学技术领域的一种选择，无可厚非。

但是并非所有的项目都可找个巨人的肩膀来站。2003年，武汉达梦数据库有限公司就因此而发生争论，80%的员工主张用"开源"的方式，也就是在用国外开源代码的基础上进行数据库的研发，这样省时省力，能有效解决公司存在的欠发工资的尴尬。

而不到20%的少数派中就有冯裕才，他拒绝开源，理由并不复杂，开源，就是在别人的地基上建房，没有“土地证”，自然就没有“房产证”，信息安全没有保障，知识产权是别人的，想创新也无用武之地，这样的企业文化与殖民文化何异？他们的梦想就是研发具有知识产权和核心竞争力的中国式数据库管理系统，它的每一行代码都应牢牢控制在自己手里。

冯裕才率领30名中高级工程师在机房里奋战210天，这期间有个别工程师当了一去不返的黄鹤，冯裕才看似珞珈山一般的沉静，其实他胸中如长江一般澎湃。武钢那三卡车日本的技术资料焚烧的火焰，时刻在噬咬他的五脏六腑。

捷报飞来时，已是2004年的春天。“不惜千金买宝刀”，冯裕才是不惜千金铸宝刀，大手笔砸钱搞研发。他不是为自己和企业而战，而是为祖国和民族的尊严而战。他只有一个心愿——用自主创新的成果，为国内核心领域的数据安全保驾护航。这是国家战略的需要。

冯裕才的思维时而顺向，时而逆向。当时代大潮滚滚涌来，他使用顺向思维，他说：“如果我们员工的目标跟公司一致，他就有前途。如果公司的目标跟国家的战略一致，这个公司就有前途。”

冯裕才使用逆向思维时说过：“世界上最快的捷径，就是不走捷径。”

似乎在绕口令，细嚼却耐人寻味。

自2017年起，光谷进入自贸区时代，进出口总额居全国高新区第四。烽火通信等一批优质企业从这里启航出海，长飞光纤海外业务占全年总收入三成，华大基因创建了全球首个超高通量“火眼”实验室，在全球近30个国家和地区落地生根。

全球150个国家和地区与光谷“热恋”并“产子”，聚集1400多家外企，其中有世界500强占二成。2021年光谷所在的东湖高新区外贸进出口总额达18.3万亿元，占湖北省34%。

在长江经济带共抓大保护，不搞大开发的战略背景下，如何坚持生态优先绿色发展，如何抓好绿色转型，光谷可算一名长江中上游城市群的领跑者，步履矫健而又稳健，它所肩负的，是国家使命和时代责任。它所追逐的，是强国之梦，希望之光。

一个时代在田埂上起飞

黄浦江在这里优雅地画了个半圆，江之西是素有“东方巴黎”雅称的国际大都市的繁华市区，江之东则曾是阡陌田畴，发达和荒凉，喧闹和寂静，文明和原始，仅仅隔一条黄浦江。

三十年河西，三十年河东，这句老话得到了印证，然而这不是大自然江河改道所致的沧桑变化，而是源于党中央关于开放开发上海浦东的重大决策，源于改革开放向纵深吹送的浩荡春风。

党中央对浦东开发开放寄予厚望，强调以上海浦东为龙头，进一步开放长江沿岸城市，尽快把上海建成国际经济、金融、贸易中心之一，带动长江三角洲和长江全流域经济新飞跃。

进入新时代，党中央继续对浦东开发开放提出明确要求，把一系列国家战略任务放在这片希望之城、活力之都，推动浦东开发开放不断展现新气象，实现新跨越。党中央把我国第一个自由贸易试验区、首批综合性国家科学中心放在上海先行试验。

位于浦东陆家嘴金融贸易区银城中路的上海中心大厦，以 632 米的高度傲视群楼。这栋处于最低海拔而绝对高度雄踞世界第二的集商务、办公、酒店、商业、娱乐、观光等众多功能于一体的摩天大楼，将巍峨挺拔的上半身插入江海之间飘忽不定的云岚雾霭之中，居高临下地注视着脚下这片日新月异的热土，目送着奔腾不息的浩荡长江义无反顾地奔向东海，拥抱大洋。田野里长出的城市，荒芜里孕育的繁华。上海中心大厦的横空出世，标志着一个伟大的时代在田埂上迅疾而潇洒地起飞，标志着一个伟大的民族，稳健笃定地自立于世界民族之林。

浦东的强劲领跑，使上海作为长江三角洲龙头地位得到凸显，长三角一体化战略得到快速推进，同时引领的是长江经济带的绿色转型和高速发展。

“中国科学院”五个红色行书，洒脱却不失庄重，流畅且蕴含典雅，这是东方文豪郭沫若先生的墨迹。长江经济带城市群中，有两处标有“中国科学院”字样的建筑，即上海张江综合性国家科学中心、合肥综合性国家科学中心。这是两处世界先进水平重大科技基础设施建筑群，二者均可代表国家能在高层次上参与全球科技的竞争与合作。

这是一只巨大的海螺，东海渔民称其为鹦鹉螺，它象征着上海这座因海而生、因海而兴的国际大都市具有大海一般的澎湃活力和磅礴气势，也象征着同步辐射光源综合性实验装置作为基础科学研究的载体，对生命科学研究将产生巨大作用。沿海地区常用海螺作为生产和冲锋的号角，它发出的声音浓厚、响亮，这只被改革开放的春风吹响的硕大海螺，雄壮的号声与这个伟大时代的脉搏同频共振，与奔腾不息的长江涛声形成恢宏的交响。

大国重器镇东海，世纪梦想圆张江。“路曼曼其修远兮，吾将上下而求索。”万里长江，孕育了昂首向天，终身求索的屈原。秭归和汨罗龙舟竞渡的拼搏精神，激励着 6300 多公里河道上的每一朵不甘平庸的浪花。《天问》中 170 多个事关天文、地理、历史、人文等诸方面的问题，长江将用这只灵动的海螺作答。历代科学家致力于微观世界的观察和探求，他们借助于光，但自然光线的波长有限，肉眼的观察力无法深入观察更为细微的世界和领域。从何处获取那种波长极短的光源呢？怎样求得这一束见微知著，照亮微观世界的奇光呢？

不仅是中国，世界各国的科学家都为之冥思苦想，因为有生命科学、医药材料、物理化学等基础性理论研究，把水都烧开了等着这把米下锅，米在哪呢？

少安毋躁，米，来了！就在这只硕大的海螺宽敞的内壳里，同步辐射光源解决了这一世纪难题。运转了 13 年的宏大装置，向世界庄严宣布。上海光源具有波长范围宽、强度高、亮度高，并具有高难直性、高偏振与准相干性。具有可准确计算、高稳定性等一系列远超其他人工光源的特性，当代最先进的核磁共振仪和 X 透视机的性能和其相比，只能算小巫见大巫。

近年来，上海光源研发硕果累累，“幽灵”粒子外尔费米子的实验发现，高铁接触性研发，故宫文物保护……黄浦江的一江春水荡起碧波，向路人娓娓讲述重器铸梦的真实传奇。

2019 年冬，新冠病毒袭击武汉，对于这种人们素不相识的病毒的追踪与观察刻不容缓。在防疫抗疫大战打响的同时，上海光源科学中心主动联系相关科研院所，第一时间取到新冠病毒的病毒结构、蛋白结构，运用光源观察分析，及时得出完整而精准的晶体结构，为医药院所开发防疫抗疫相关药物提供了极有针对性的前期服务和科学支持。换句话说，如果没有大国重器的运用，我国防治新冠疫病的科技水平将停留在早期落后的阶段。

说到这里，上海光源科学中心副主任刘波抑制不住成就感的流露，但这种骄傲与自豪的外在表现仅仅是一瞬，而且很难被人察觉，除非你借助他们研发的极微弱的短波光源来观察。

骄傲吧，国之重器的研发者！自豪吧，上下求索的浦东人！

国之重器与国之大者

“大数据时代已经到来！”全球知名咨询公司麦肯锡诲汝谆谆：“数

据，已经渗透到当今每一个行业和业务职能领域，成为首要的生产因素，人们对于海量数据的挖掘和运用，预示着新一波生产率增长和消费者盈余浪潮的到来。”

芝加哥，五一国际劳动节的起源地，1886 年 5 月 1 日数十万工人离开机器涌向芝加哥街头，争取八小时工作制，正义的呼声响彻全美，震撼全球。

也许正是这次伟大罢工运动，催生了科研机构对大数据掌控、分析、利用的渴望。不然，大数据的理念怎么会由芝加哥大学商学院教授詹姆斯·麦肯锡先生 1926 年创建的麦肯锡咨询公司首创呢？

在共抓大保护，不搞大开发的背景下，长江三角洲区域一体化发展上升为国家战略。长江三角洲地区是我国经济发展最活跃、开放程度最高、创新能力最强的区域之一，在国家现代化建设大局和全方位开放格局中，举足轻重。全国约四分之一的“双一流”高校、国家重点实验室呈扎堆之势，科创产业紧密融合，大数据、云计算、物联网、人工智能等新技术与传统产业渗透融合，在电子信息、生物医药、高端装备、新能源、新材料等领域形成了一批国际竞争力较强的创新共同体和产业集群。雄厚的投资实力、人才实力、科技实力支撑着长三角成为长江经济带高质量发展的主战场、主力军。

以应用为导向的数据交换机制在长江三角洲建立。2022 年 1 月 18 日，上海市大数据中心、江苏省大数据管理中心、浙江省大数据发展局正式签约，实现省级层面跨域信息系统的互联互通，促进跨省域数据的共享共用。

无锡市，国家历史文化名城，北倚长江，南临太湖，是国务院批复确定的长江三角洲地区中心城市之一。鼋头渚、灵山古镇、南禅寺等名胜古迹遐迩闻名。

然而，让无锡人倍感风光无限的，是一道引领时代前沿的崭新景观

——国家超级计算无锡中心。

这道别样景观位于无锡市滨湖区蠡园街道吟白路一号，春秋时期，越国大夫范蠡携西施在此处湖上泛舟，想必此湖因西施的超高颜值和曼妙倩影而沉鱼落雁。决策者将计算机中心落户这方风水宝地，作为“商圣”的范蠡九泉有知，面对神通广大的“神威·太湖之光”，该目瞪口呆，瞠乎其后了。

这里笑傲江湖的神器，是中国运算速度最快的传统计算机——神威·太湖之光。正是这体型宏大、结构精密的国之重器，让中国进入了拥有自主核心技术的超算时代。这里的年轻工作人员成天在浩如烟海的数据中徜徉穿越，他们将萌宠可人的布娃娃放在工作台上，随时抚摸或逗哄用以缓解工作的重压。他们为无数企业和政府机构提供了精准的计算数据服务，却算不清自己误了多少次花前月下的约会，算不清父母与日俱增的白发的根数及其增长速度。

时代前进的速度匪夷所思！这里计算一分钟的数据，等于全世界 70 万人用传统计算方式计算 32 年的总和。

我们这辈人大多学过珠算，三下五除二，四下五除一，我们背得滚瓜烂熟，记得当时打个简单的“六百六”，我曾得到全班第一名，那已经不是严格意义的拨珠计算，而是下意识地表演了，在实战中根本保持不了表演的速度，拨错一粒珠子又得从零开始。

记得在一部反映我国两弹一星研制过程的电视剧中，出现过数十位科学家同室拨打算盘，用最原始的计算方式来代替计算机工作的画面，那拨打算盘珠的噼噼啪啪之声，在大漠戈壁中发出空灵而悠远的回响。

“俱往矣！数风流人物，还看今朝！”1936 年早春，毛泽东同志就在这首千古绝唱中结束句里用了这个作为动词的“数”字，正是这个与计算机有关的“数”，如今成为一个时代的属性和标签。

恩格斯说过：“任何一门科学的真正完善，在于数学工具的广泛应用。”

神威·太湖之光没有辜负革命导师的教育引导，中国的计算机在伟大的新时代大显神威！中国在气象观测、海洋科学、生物医药、航空航天、先进制造、新能源与新材料研发等关乎国计民生的重要科学领域，如一辆攻无不克、无坚不摧的战车，攻关夺隘，屡战屡胜，凯歌震天，捷报频传。

和“神威·太湖之光”同样具有高颜值和挺拔身材的年轻白领段芳，以国家超级计算机中心媒体主管的身份接受采访：“对于‘神威·太湖之光’的能力，我们通常不去说它了，已经是尽人皆知了。我们更想说的和更想做的，是使用好这台机器，立足无锡，面向长江三角，为更多的企事业单位尤其是先进制造的中小企业提供强大、精准的算力支持，让国之重器更好地普及到普通企业用户中去。”

这是“神威·太湖之光”向长江三角洲发出的肺腑之言，这是计算机精英团队向站起来、富起来并强起来了的伟大祖国倾诉的集体宏愿！

驻足倾听的，不仅是现场的采访者，还有滚滚长江、茫茫东海！

另一位计算机界的“超级巨人”是位于浦东的上海超级计算中心，它迎着21世纪的曙光惊艳亮相，是中国最早建立的一个面向社会开放，实现资源共享的超级计算机服务平台。20多年来，升级改造和更新成了这里的常态，一次次凤凰涅槃，一次次浴火重生，使之越来越功能齐全，算力强劲。目前拥有的“魔方Ⅱ”“魔方Ⅲ”等超级计算机，正以昂扬的斗志、精准的计算，致力于国家科技进步和企业创新提供高端计算服务。

另一位雄踞长三角的计算机巨人，是2020年揭牌的江苏苏州国科综合数据中心。

上有天堂，下有苏杭。张继的《枫桥夜泊》，为这座历史文化名城平添了无限诗情画意。至于“月落”到底处于何时几分几秒，“乌啼”

到底是独鸣还是合唱？如果是合唱到底是多大阵容？音量达到多少分贝？这些恐怕再精良的计算机系统也难算出了，况且苏州国科综合数据中心特有的GPU（图形处理器）的主要职责与《枫桥夜泊》无关。它的神圣使命是为苏州工业园区乃至更大范围内的人工智能、纳米材料、生物医药、电子信息、机械制造产业集群，提供高规格的超算服务，使之形成强大而完整的产业链条，为这座活力之城中形成军团的高新企业插上翅膀，注入动能。

国之重器服务于国之大者。拥有大数据、云计算超级算力的长江三角洲，风景独好，活力无限。